L'ANNÉE CRIMINELLE - 2

Pierre Bellemare est né en 1929.
Dès l'âge de dix-huit ans, son beau-frère, Pierre Hiegel, lui ayant communiqué la passion de la radio, il travaille comme assistant à des programmes destinés à R.T.L.
Désirant bien maîtriser la technique, il se consacre ensuite à l'enregistrement et à la prise de son, puis à la mise en ondes.
C'est Jacques Antoine qui lui donne sa chance en 1955 avec l'émission *Vous êtes formidables.*
Parallèlement, André Gillois lui confie l'émission *Télé-Match.*
A partir de ce moment, les émissions vont se succéder, tant à la radio qu'à la télévision.
Pierre Bellemare ayant le souci d'apparaître dans des genres différents, rappelons pour mémoire :
Dans le domaine des jeux : *La tête et les jambes, Pas une seconde à perdre, Déjeuner Show, Le Sisco, Le Tricolore, Pièces à conviction, Les Paris de TF1, La Grande Corbeille.*
Dans le domaine journalistique : *10 millions d'auditeurs,* à R.T.L.; *Il y a sûrement quelque chose à faire,* sur Europe 1; *Vous pouvez compter sur nous,* sur TF1 et Europe 1.
Les variétés avec : *Plein feux,* sur la première chaîne.
Interviews avec : *Témoins,* sur la deuxième chaîne.
Les émissions où il est conteur, et c'est peut-être le genre qu'il préfère : *C'est arrivé un jour,* puis *Suspens* sur TF1, sur Europe 1 *Les Dossiers extraordinaires, Les Dossiers d'Interpol, Histoires vraies, Dossiers secrets, Au nom de l'amour, Les assassins sont parmi nous, Par tous les moyens, Quand les femmes tuent, Les 1000 histoires, Les Grands Crimes de l'histoire, Les Tueurs diaboliques, Marqués par la gloire,* puis *Crimes de sang, Crimes passionnels, Nuits d'angoisse, La Peur derrière la porte.* Enfin, un roman, *La Fourmilière.*

Dans le Livre de Poche

Pierre Bellemare présente

C'EST ARRIVÉ UN JOUR, *t. 1 et 2*
SUSPENS, *t. 1, 2, 3, 4*

Pierre Bellemarre et Jacques Antoine

LES DOSSIERS D'INTERPOL, *t. 1 et 2*
LES AVENTURIERS
HISTOIRES VRAIES, *t. 1, 2, 3, 4, 5*
DOSSIERS SECRETS, *t. 1 et 2*
LES ASSASSINS SONT PARMI NOUS, t. 1 et 2.
LES DOSSIERS INCROYABLES
LES NOUVEAUX DOSSIERS INCROYABLES
QUAND LES FEMMES TUENT

Pierre Bellemare et Jean-François Nahmias

LES GRANDS CRIMES DE L'HISTOIRE, *t. 1 et 2*
LES TUEURS DIABOLIQUES

Pierre Bellemare, Marie-Thérèse Cuny,
Jean-Marc Épinoux, Jean-François Nahmias

L'ANNÉE CRIMINELLE, *t. 1 et 2*

PIERRE BELLEMARE
MARIE-THÉRÈSE CUNY
JEAN-MARC ÉPINOUX
JEAN-FRANÇOIS NAHMIAS

L'Année criminelle

DOCUMENTATION : GAËTANE BARBEN

Tome 2

ÉDITION° 1
TF1 ÉDITIONS

J'habite à une quarantaine de kilomètres de Paris dans un petit village.

Il y a un an, en face de chez moi, sur un terrain en friche, un homme qui m'était inconnu a décidé de construire sa maison. En six mois le gros œuvre était achevé, la charpente disposée, la couverture de tuiles établie et puis... plus rien !

Le chantier resta désert de longues semaines. Pire... des fenêtres, des portes déjà montées disparurent. La maison à peine construite se délabrait. Pourquoi ce mystérieux abandon ?

C'est le maire qui allait me donner la clef de l'énigme. Le constructeur inconnu était marié et père de famille. À la suite d'une scène de ménage, le mari rendu fou furieux avait tué son épouse et ses deux enfants et retourné l'arme contre lui.

Aujourd'hui, la maison est devenue une curieuse ruine neuve et déjà le village lui a donné un nom : « le chantier des quatre morts ».

Il m'arrive souvent au hasard d'une promenade de m'arrêter en ce lieu et une même question s'impose à mon esprit : comment un homme, habité par le désir de construire un lieu de vie, peut-il être dans le même temps un exterminateur ? J'aimerais trouver le psychologue qui me donnera une réponse satisfaisante.

C'est parce que la vie des hommes fabrique les situations dramatiques les plus extraordinaires que notre équipe, depuis bientôt quinze ans, s'est efforcée de réunir les meilleurs dossiers ayant fait l'objet de communication dans la presse du monde entier. À chaque fois, nous avons tenté de vous faire découvrir les deux faces d'un même univers, l'apparente et la cachée.

Cependant, jusqu'ici, nos recherches étaient orientées vers le passé.

Avec Gaëtan Barben notre documentaliste, Marie-Thérèse Cuny, Jean-François Nahmias et Jean-Marc Épinoux, nous avons décidé de nous consacrer au présent, à l'année que nous vivions. En prenant le recul nécessaire, nous avons voulu vous faire vivre et peut-être parfois mieux comprendre les grandes affaires de notre temps. Mais il arrive aussi qu'un petit fait divers en dise plus long sur l'évolution de nos mentalités qu'un grand drame. C'est pourquoi vous trouverez aussi dans ce livre le cocasse, le burlesque et même le comique.

L'année criminelle, c'est le miroir de notre humanité telle qu'elle est, sans le maquillage des faux bons sentiments qui nous font dormir tranquilles.

Pierre Bellemare

L'homme le plus condamné de France

France
1985-1991

– Gardes, faites entrer l'accusé !

La voix du président Buet vient de résonner, au milieu du plus grand silence, dans la cour d'assises de Grenoble. Nous sommes le mercredi 10 mars 1991, il est 10 heures du matin. On sent une certaine fébrilité dans le public, tandis que chacun tourne la tête en direction du box.

L'homme qui va faire son apparition n'est, en effet, pas comme les autres: c'est le plus lourdement condamné de tous les prisonniers français. Lors de son procès précédent, devant les assises de Chambéry, il s'est vu infliger la réclusion à perpétuité assortie d'une peine de sûreté de trente ans.

La peine de sûreté, créée par une loi de septembre 1986, est une période pendant laquelle le détenu ne peut bénéficier d'aucune libération anticipée ni d'aucune permission. Dans le cas présent, il est sous les verrous depuis 1988 et ne se retrouvera pas à l'air libre avant 2018. À moins que les jurés de Grenoble n'en décident autrement car, par chance pour lui, le jugement de Chambéry a été cassé pour vice de forme...

Un brouhaha parcourt l'assistance. Pascal L.G., l'homme le plus condamné de France, vient de faire son entrée. Le moins qu'on puisse dire, c'est qu'il ne correspond pas à l'image qu'on se fait du grand criminel. Il est tout jeune ; il a vingt-cinq ans, mais a l'air d'un adolescent. Il est calme et réservé dans son attitude, petit, mince, frêle. Son visage est pâle, avec des cheveux coupés très court. S'il n'était très brun, il aurait une certaine ressemblance avec Tintin.

Pascal s'installe et ne cherche personne du regard dans la salle. Personne n'est venu pour lui apporter son soutien, ni un parent ni un ami. Comme lors de son premier procès, il est seul face à la justice. À le voir ainsi, il ferait presque pitié et pourtant les faits reprochés à ce jeune homme aux allures de premier communiant son terribles.

Pascal, né le 18 mars 1965, est le fils d'un policier et d'une comptable, séparés depuis, et qui ne le voient plus ni l'un ni l'autre. Il arrête ses études à seize ans et pratique divers métiers. Il est successivement manœuvre, barman, manutentionnaire. Parallèlement, il commet des petits cambriolages, ce qui lui vaut une condamnation en 1987. Libéré après un an de prison, le 11 janvier 1988, il s'en va à l'aventure, sans argent, et c'est alors que, brusquement, il bascule dans le crime.

Il se souvient qu'il a travaillé, en 1985, chez un négociant en vins de Haute-Savoie, monsieur D., et il s'y rend fin janvier... Dans la journée du lundi 1er février, monsieur D. retrouve au première étage de sa villa le corps sans vie de sa mère, Angeline D., quatre-vingt-quatre ans. La malheureuse, sauvagement frappée à coups de bûche, a le crâne fracassé. La chambre est dans le plus grand désordre et une somme de 40 000 francs a disparu. Les soupçons se portent vite sur Pascal, qui figure sur la liste des anciens employés, en raison de son casier judiciaire, mais il reste introuvable.

Les enquêteurs le recherchent activement et restent optimistes sur leurs chances d'aboutir. Ils ne se doutent pas que le temps presse tragiquement et que le criminel va récidiver moins de trois semaines plus tard...

Le dimanche matin 20 mars, un supermarché près d'Annemasse, toujours en Haute-Savoie, est resté ouvert. Hervé T., dix-neuf ans, le fils du directeur, y est allé travailler. À 12 h 15, il quitte le magasin, en emmenant un camarade, qui habite la banlieue d'Annemasse. Il le dépose à son domicile et se rend chez ses parents, dans un autre faubourg d'Annemasse, pour déjeuner. Il n'y arrivera jamais...

À 13 heures, Pascal appelle au domicile des parents du jeune homme:

– Je viens d'enlever votre fils. Allez immédiatement à votre magasin.

Monsieur T. obéit à l'injonction de ne pas prévenir la police et se rend au supermarché. Le téléphone retentit dès qu'il y est arrivé:

– Prenez l'argent qui se trouve dans le coffre et rentrez chez vous.

Monsieur T. s'exécute et prend la somme qui s'y trouve: 350 000 francs. L'ouverture du coffre à cette heure non programmée prévient automatiquement la police, mais tout se déroule si vite qu'elle n'a pas le temps d'intervenir.

Rentré au pavillon, le directeur du supermarché reçoit les dernières instructions de Pascal:

– Déposez les billets derrière la cabine téléphonique que je vous indique...

C'est tout près. La voix anonyme conclut avant de raccrocher:

– Votre fils vous sera rendu une heure après.

Là encore, monsieur T. suit les ordres à la lettre et, quand il regagne son pavillon, il trouve le commissaire d'Annemasse, qui vient d'arriver.

Une terrible attente commence. Elle ne sera malheureusement pas longue. Le lendemain, lundi 21 mars, à 8 h 45, un retraité découvre, dans un chemin de terre des environs, le cadavre d'Hervé, tué de deux balles dans la tête.

L'enquête ne traîne pas. Il faut dire que le meurtrier n'a pas fait preuve de discrétion. On l'a vu rôder dans les environs à bord d'une R5 blanche. Plusieurs témoins en ont fait une description qui correspond parfaitement à celle de Pascal. Pascal, qui figure dans la liste des anciens employés du supermarché.

Preuve supplémentaire contre lui, la R5 est retrouvée peu après. Il s'agit d'une voiture volée, mais ses empreintes y figurent, de même que celles d'Hervé. Pascal est donc pratiquement identifié comme l'assassin, mais reste à savoir où il se trouve car, depuis sa sortie de prison, il n'a pas de domicile fixe.

Son imprudence va le perdre. Avec l'argent de la rançon, il achète une 205 GTI à un particulier. Le fichier des cartes grises livre son adresse : un studio de Juan-les-Pins. Il est arrêté le 28 mars et avoue aussitôt le meurtre d'Hervé.

Il tente, dans un premier temps, de nier celui d'Angeline, mais la perquisition de son studio le confond. Les policiers découvrent les chaussures avec lesquelles il a laissé des empreintes dans la chambre de la vieille dame, et il passe une deuxième fois aux aveux...

Le procès de Pascal s'ouvre le 27 novembre 1989. À l'audience, il ne montre aucun trouble, reste parfaitement impassible. Une attitude qui n'est pas pour lui attirer la sympathie, d'autant que les psychiatres le jugent « ni curable ni réadaptable ». À l'issue des débats, et après une délibération d'une heure et demie, il est condamné à la réclusion à perpétuité, assortie d'une peine de sûreté de trente ans.

Son avocat, maître Bernard Rippert, se pourvoit en

cassation et la Haute Cour trouve un motif d'annulation dans la procédure de Chambéry, le renvoyant devant les assises de Grenoble.

Telle est la brève et tragique histoire de celui qu'on va juger aujourd'hui... Il faut pourtant y ajouter un dernier épisode : hier, dans la journée du 9 mars, Pascal a tenté de s'évader. Il l'a fait avec une folle témérité, au cours de la promenade. Il a couru devant lui et n'a été rattrapé que sur le chemin de ronde.

Mais cette audace est-elle bien surprenante ? Qu'avait-il à craindre, lui qui ne peut pas être plus lourdement condamné ? Et qu'avait-il à perdre, lui qui doit encore rester vingt-sept ans en prison ?

Car c'est bien la peine de sûreté et ses conséquences qui vont être au centre des débats. Créée pour remplacer la peine de mort, elle est loin de faire l'unanimité. Les gardiens de prison, en particulier, y sont très hostiles. Elle risque d'engendrer des êtres désespérés, prêts à tout, à risquer aussi bien leur propre vie que celle des autres pour s'en sortir. « L'évasion ou la mort » : telle pourrait être leur devise.

Après l'interrogatoire d'identité et le rappel des faits, les débats s'ouvrent par l'audition des psychiatres. Et c'est peut-être le moment essentiel, car ce sont sans doute eux qui ont joué le rôle décisif lors du précédent procès. Ils ont employé alors des qualificatifs extrêmement graves à l'égard de Pascal : « incurable, irrécupérable, terriblement dangereux ». Ces jugements sont rarissimes devant une cour d'assises lorsque l'accusé n'est pas déclaré irresponsable et ont certainement pesé d'un grand poids dans la peine de sûreté de trente ans.

Voici d'abord le docteur Boudard, de Grenoble, nouvel expert, entendu en vertu du pouvoir discrétionnaire du président Buet. Il avoue son trouble et même son incompréhension.

– Pascal est un homme assez banal, mais il présente une absence d'émotion, de vie affective. On ne peut pas mettre d'étiquette sur lui ni rien expliquer. C'est une énigme, une frustration.

Le second expert, le docteur Lemmel, de Lorient, qui a déjà examiné Pascal en 1986, reprend, lui, les jugements très sévères du procès de Chambéry.

– Il présente une très grande dangerosité. Il est intelligent, mais ni curable ni réadaptable, sauf si son comportement est modifié par une longue psychanalyse faite à sa demande.

Après ce tableau «très noir», selon l'expression du président Buet, une visiteuse de prison vient témoigner en faveur de Pascal. Cette mère de famille âgée de soixante-huit ans est loin d'être aussi savante que ceux qui l'ont précédée, mais ses paroles frappent l'assistance par leur simplicité et leur humanité.

– J'ai été bouleversée par le premier verdict. Je viens voir Pascal régulièrement depuis. Il a repris ses études. Il essaie de comprendre ce qu'il a fait... J'ai un fils qui est tombé dans la drogue et qui s'en est sorti à vingt-cinq ans. Qui d'entre nous peut qualifier un garçon de vingt-cinq ans d'incurable ?...

La parole est à l'accusé et l'impression favorable provoquée par cette déposition risque fort de s'évanouir, car, à la demande du président, il fait le récit de son premier meurtre, celui d'Angeline, la vieille dame assassinée à coups de bûche. Il le fait à sa manière, c'est-à-dire froidement, sans émotion apparente.

– J'ai acheté un foulard et des gants et je suis allé observer la maison. Quand je n'ai plus vu la camionnette du fils, Monsieur D., je suis entré en passant par la fenêtre. Madame D. a crié. J'ai frappé avec le morceau de bois. Elle est tombée. J'ai continué, puis j'ai fermé les volets.

Le meurtre est d'autant plus odieux qu'Angeline s'était montrée particulièrement bonne et généreuse avec Pascal. C'est pour ainsi dire sa bienfaitrice que le jeune homme a tuée. C'est ce qui explique que Jean, le fils de la victime, n'ait pas de mot trop dur pour lui.

– C'est un fauve sous une peau de mouton, un serpent, un ordinateur du crime, la dernière des bêtes doublée d'une intelligence au service du mal...

11 mars 1991, deuxième jour du procès de Pascal. Il est à présent question de son second meurtre, celui d'Hervé. L'ami le plus proche de la victime, le dernier à l'avoir vu vivant, vient le premier à la barre.

– Nous faisions des jeux de rôle. J'allais le voir au magasin avec son père. Je pense tous les jours à lui...

Le jeune homme ne peut pas aller plus loin. Il éclate en sanglots. Le président Buet l'invite à se retirer et se tourne vers l'accusé :

– Cela fait trois ans qu'Hervé est mort. Vous voyez que son souvenir est présent, que l'amitié est restée. Et à vous, cela vous fait quoi ?

Pascal se lève et ne répond pas. Le président attend un moment, avant de conclure :

- On ne le saura pas. Asseyez-vous.

Il y a un murmure sourd dans le public. L'effet produit par tant de froideur est tellement désastreux que maître Rippert demande une suspension d'audience pour s'entretenir avec son client...

À la reprise, c'est au tour de monsieur T. de venir à la barre. Le malheureux père fait sa déposition un mouchoir à la main.

– La voix du correspondant anonyme était déterminée. Les instructions étaient précises et minutieuses. J'ai obéi. L'inconnu m'avait affirmé que mon fils serait libre dans l'heure. J'ai donc déposé l'argent et je suis parti. Puis j'ai attendu...

Ce qui s'est passé pendant ce temps, Pascal le précise

à la demande du président et chacun retient son souffle devant cette terrible évocation :

– J'ai ramassé le sac derrière la cabine téléphonique et j'ai repris la route. À l'intérieur du coffre, le jeune homme se plaignait. J'ai trouvé un petit chemin forestier boueux, désert, bordé de hêtres. J'ai ouvert le coffre. Le jeune homme a commencé à se dégourdir les jambes puis a fumé une cigarette. Je lui ai dit : « Tu peux t'en aller. » Mais il avait peur que je lui tire dans le dos. Pour le faire partir, j'ai tiré un coup d'intimidation au-dessus de sa tête. Il est tombé par terre. Je lui ai demandé si je l'avais blessé. Il a répondu que non. Mais il a ajouté qu'il m'avait reconnu et qu'il le dirait à son père. Alors, j'ai réarmé mon revolver et je lui ai tiré une balle dans la tête, puis une seconde.

Le récit est terminé. Le président Buet tente de nouveau de comprendre la psychologie du meurtrier. Il l'interroge.

– Il y a deux morts dans votre vie. Comment vit-on avec ?

Pascal se lève. Il sait qu'il doit absolument répondre. Il hésite et finit par lâcher quelques phrases dont il faudra se contenter :

– Ma vie était compliquée. Je pense toujours à ce que j'ai fait. C'est comme si j'avais dévasté une famille...

Premier à prononcer son discours, maître Serge Billet, partie civile, représentant à la fois messieurs T. et D. :

– Vos regrets sonnent faux, dit-il. Dans les cercueils, vous avez enfermé deux symboles : la jeunesse et le respect qu'on doit à la vieillesse. Je ne crois pas que la justice des hommes puisse vous le pardonner...

Le troisième et dernier jour du procès commence avec le réquisitoire de l'avocat général Jean-Michel Tissot. Il a des formules cinglantes :

– Cet homme est un commando à lui tout seul. C'est un serpent. Un reptile, c'est froid et ça fuit quand ça a peur. Il s'est attaqué à Madame D., quatre-vingt-quatre ans, et à Hervé à peine sorti de l'adolescence... Non, vous ne lui trouverez pas de circonstances atténuantes, parce qu'il avait le pouvoir de s'arrêter.

Mais dans sa conclusion, il récuse explicitement le verdict de Chambéry, en demandant la perpétuité «assortie d'une période de sûreté de vingt ans pour qu'il ne tue pas de nouveau».

Maître Bernard Rippert en voit sa tâche facilitée. Il reconnaît la responsabilité de ce «solitaire égaré dans le troupeau des humains», mais il s'en prend vivement à la peine prononcée contre «le recordman de la sanction pénale».

– Heureusement, cette peine de trente ans a ému les honnêtes gens, parce qu'elle a jeté un jeune de vingt-cinq ans au fond du trou. À des actes barbares, on a répondu par une sanction barbare. La prison est un endroit où on ne vit pas, où le temps est suspendu. La justice doit ouvrir les yeux, y compris ceux du coupable:

Conformément à la loi, Pascal a la parole en dernier:

– En prison centrale, je serai entouré de psychiatres. Sans doute pourrai-je m'expliquer avec les personnes que j'ai blessées. Je n'oublie pas le mal que j'ai pu faire. Quand j'arriverai à comprendre, je leur demanderai pardon.

Tout est dit et les jurés se retirent pour délibérer. Ils reviennent avec un verdict qui suit exactement les réquisitions de l'avocat général: la perpétuité, avec vingt ans de sûreté.

Pascal n'est plus l'homme le plus condamné de France.

La dame aux dogues

France

1988-1991

Dans l'arrière-pays niçois, il est un lieu idyllique, où le pêcheur philosophe devrait pouvoir rêver en paix. Décor superbe, la vallée du Paillon, le col Saint-Roch, sauvage, où normalement la truite doit se laisser taquiner.

Mais l'homme moderne, peu respectueux de la nature, a pris depuis quelques décennies l'habitude d'abandonner les déchets de sa prétendue civilisation un peu partout. Notamment les carcasses de voitures. Et les carcasses de voitures se retrouvent régulièrement au fond du ravin, dans le Paillon, au mépris de la tranquillité des truites et des pêcheurs, au mépris de l'environnement, au mépris du décor.

Un monticule de carcasses de voitures, qui risque d'obstruer la rivière. Les assassins de la nature ne passent pas encore aux assises. Sauf...

Cette carcasse d'Opel Corsa grise, venue enrichir ce dépotoir métallique, paraît, à l'œil exercé d'un pêcheur, d'une décomposition récente ; un fouillis de tôles froissées n'a pas la même couleur, ni le même aspect, selon qu'il a séjourné plusieurs semaines dans ce cimetière, ou quelques jours.

En levant les yeux, le pêcheur peut également

déterminer le point d'origine de la chute. À 120 mètres au-dessus de lui, le chemin départemental 15, un virage en épingle à cheveux: c'est de là-haut que les propriétaires d'épaves indélicats balancent les voitures.

Mais celle-ci est une Opel grise, et dans le journal de la veille, le pêcheur a lu une annonce concernant une Opel grise, à bord de laquelle circulait une personne disparue, recherchée par sa famille.

Le pêcheur abandonne la truite, d'ailleurs improbable vu la pollution qui envahit le Paillon, et s'en va prévenir la gendarmerie.

Excellent réflexe, car l'immatriculation concorde avec l'avis de recherche.

Les gendarmes, encordés, descendent la pente abrupte et, à mi-chemin, font une découverte macabre: un corps, probablement éjecté dans la chute du véhicule, est accroché à des branchages.

Jean-Jacques S., vingt-quatre ans, disparu, selon ses parents, depuis le 18 mars 1988, est donc retrouvé là, recroquevillé, le 24 mars suivant. La remontée du corps par hélicoptère est une vision hallucinante pour le père du jeune homme.

L'examen par le médecin légiste l'est encore davantage. Car il ne s'agit pas d'un accident de la route: une balle de fusil de chasse, de calibre 22, est la cause de la mort. Elle a été tirée à bout portant, canon contre poitrine, à hauteur du cœur.

Après examen de la carcasse du véhicule, il est clair que le corps a été placé dans le coffre, emballé dans des sacs plastique, portant la marque d'une nourriture pour chiens dont la télévision nous rappelle régulièrement, et en musique, qu'elle est à la fois royale et éminemment canine...

Les parents de la victime dirigent les soupçons vers l'ex-femme de Jean-Jacques, Danielle B., qui dirige un élevage de dogues dans la région. Jean-Jacques s'est séparé d'elle un an auparavant, pour monter son propre élevage. Elle l'aurait menacé par téléphone à plusieurs reprises.

Danielle reconnaît les faits, mais en accuse Max G., quarante et un ans, éleveur et dresseur de dogues lui aussi. Elle s'explique ainsi :

– Nous n'avions pas l'intention de tuer Jean-Jacques. Il venait me réclamer de l'argent sans arrêt. J'ai appelé mon ami Max pour me défendre. Jean-Jacques est arrivé dans l'après-midi, vers 15 h 30, le 18 mars. Il m'a réclamé de l'argent comme d'habitude ; j'ai refusé. Max, qui attendait dans la maison, est sorti pour lui dire de s'en aller. Ils se sont disputés, puis en sont venus aux mains, alors Max est reparti dans la maison, pour revenir avec un fusil de chasse. Je n'ai pas eu le temps de l'empêcher de tirer. Nous avons voulu nous débarrasser du corps, alors nous l'avons mis dans le coffre, et nous sommes allés chez un autre ami, Jean-Pierre S. ; je vis en concubinage avec lui. Nous sommes arrivés vers 18 heures et nous l'avons mis au courant. Nous avons réfléchi, dîné, et c'est vers 3 h 30 que nous avons pris la décision de l'amener avec sa voiture au col Saint-Roch, pour faire croire à un accident. Nous pensions que la voiture brûlerait en tombant dans le ravin.

Max est, bien entendu, arrêté aussitôt, et déclare :

– J'étais bien là, mais ce n'est pas moi qui ai tiré, c'est elle... Je n'ai fait que l'aider à se débarrasser du corps. Elle m'avait demandé de venir, parce qu'elle en avait assez de Jean-Jacques, et qu'elle voulait le supprimer.

Quant à Jean-Pierre, il n'a pas assisté au crime, et peut simplement confirmer la suite.

C'est ainsi que commence, en janvier 1991, aux assises des Alpes-Maritimes, le procès des éleveurs de dogues.

Car tout le monde élève des dogues dans cette affaire.

Danielle, Jean-Jacques, son ex-mari devenu victime, et Max. Ils sont tous des «relations de chiens»

Le dogue allemand est un animal de poids et de taille considérables, dont le dressage est apparemment destiné, dans la région, à fournir des fauves aux propriétaires de villas.

Danielle, éleveuse de dogues allemands, s'était installée dans l'arrière-pays niçois, pour y refaire sa vie. Elle y a rencontré Jean-Jacques, propriétaire de dogues, qui cherchait une pension pour eux. Ils se sont mariés. Mariage non conformiste, à Reno, aux États-Unis, en 1985, alors qu'ils ont vingt ans de différence. Danielle a alors quarante et un ans, et Jean-Jacques vingt-deux ans. Danielle a déjà une longue vie d'expérience; lui, pas grand-chose. Ce mariage au Nevada, qui n'est d'ailleurs pas légalement enregistré en France, se brise d'un commun accord en 1987. Ils continuent de se voir, élèvent chacun séparément leurs dogues. Jean-Jacques occupe un emploi supplémentaire de croupier au *Palm Beach*. Un an plus tard, il termine sa courte vie, «abattu comme un chien», dit la presse locale, et seuls les dogues de son ex-femme pourraient désigner son véritable assassin.

Car les deux principaux inculpés, Danielle et Max, passent leur temps à s'accuser l'un l'autre, changent de déclarations comme de collier à puces, et font tourner la justice en bourrique.

Danielle aurait commandité le crime à Max, qui serait venu aussitôt avec un fusil. Max aurait tiré par accident. Max aurait tiré de sang-froid. Non, c'est Danielle qui avait le fusil. Réflection faite, elle n'avait pas le fusil en main, le coup est parti tout seul. Il s'agit d'une maladresse. Et puis – nouvelle réflexion –, c'est bien Danielle qui a tué: Jean-Jacques devenait encombrant, il voulait ses bijoux et son argent... Pas du tout, c'est Max qui a tiré, alors qu'il devait simplement faire peur à Jean-Jacques...

Dossier épais, plein de contradictions. Pas moins de

neufs déclarations différentes relevées par les enquêteurs, qui laissent perplexe le président du tribunal qui, durant trois jours, doit démêler les ficelles de ce crime sordide.

Danielle est défendue par maître Kleniec, et le célèbre maître Vergès. Les deux autres inculpés, Max et Jean-Pierre, par trois avocats.

L'accusée, Danielle, est le centre du procès. C'est elle qui a varié le plus dans ses déclarations et ses aveux. C'est donc sur elle que repose l'intérêt, et les défenseurs des coïnculpés l'accusent d'avoir commandité le meurtre à Max, qui avait besoin d'une mise de fonds pour installer un magasin de toilettage pour chiens.

Pauvres chiens... Élevés, dressés, toilettés par des humains auxquels on devrait faire passer un examen de moralité avant de les leur confier.

Qui sont donc ces humains-là ?

Danielle, quarante-trois ans au jour du procès, élevée dans un pensionnat religieux, a connu un parcours professionnel laborieux. Serveuse puis vendeuse, elle a d'abord épousé, en 1966, un petit truand niçois et proxénète. Ce premier époux, inculpé de proxénétisme aggravé, et incarcéré à la prison des Baumettes, a eu, lui aussi, un destin tragiquement court : il a été abattu alors qu'il sortait de prison, par quelqu'un qui, manifestement, l'attendait... C'était en 1984. Et en 1985, à Reno, Danielle épousait un garçon de vingt ans plus jeune qu'elle...

Entre-temps, et précédemment, la vie privée et la vie professionnelle de cette femme se sont intimement mêlées. Prostituée à partir de 1979, elle exerçait son métier près de l'aéroport de Nice et vivait discrètement dans un studio dont elle était propriétaire. Prostituée notoire et sans histoires, selon un témoin de la Mondaine au procès : « Lorsqu'elle rentrait tard le soir, elle ôtait même ses chaussures pour ne pas déranger les voisins. » Revenus supposés à cette époque : 40 000 francs par mois.

Des problèmes de santé vont l'obliger à changer de

métier. D'où l'élevage de dogues allemands, sur le sort desquels elle pleure abondamment. «Seuls les chiens semblent lui manquer durant son incarcération», précise l'expert psychiatre.

La dernière version qu'elle donne au procès fait, d'ailleurs, la part belle aux chiens:

– Jean-Jacques et Max se sont disputés à propos des chiens... J'ai entendu des éclats de voix, puis Jean-Jacques a voulu rentrer dans la maison. Max l'a suivi, pour l'en empêcher. Un premier coup de feu est parti, il y a eu bagarre, et un deuxième coup de feu. J'étais paralysée de peur...

À l'issue de la deuxième journée d'audience, Danielle et Max se rejettent toujours la balle, du moins les chevrotines qui ont atteint Jean-Jacques à moins d'un mètre de distance.

La presse commence à évoquer un règlement de comptes entre truands niçois.

Cheveux platine, regard noir, corsage blanc et blazer bleu marine, la «commanditaire du crime» selon certains, la victime d'un chantage à l'argent selon d'autres, a le visage classiquement mystérieux et livide des accusés d'assises.

D'où vient ce sentiment persistant qu'elle ne dit pas la vérité? Notamment du témoignage de son concubin et co-inculpé, Jean-Pierre qui, lui, n'a jamais varié dans ses déclarations depuis le début de l'enquête, et accuse les deux autres de complicité.

Quant au personnage de Max, il est plus difficile à cerner. On l'appelait Max la Menace dans sa jeunesse. Originaire de Nantes, il s'est installé dans la région pour dresser des dogues. C'est ainsi qu'il a fait la connaissance de Danielle. Sur leurs rapports privés, rien. Danielle précisera d'ailleurs par lettre aux journalistes qu'elle n'était pas sa maîtresse. Elle semble tenir à cette mise au point.

À l'issue de la troisième journée d'assises et des longues plaidoiries de la défense, les jurés n'avaient toujours aucune certitude quant au véritable assassin de Jean-Jacques. La blonde Danielle, ou le brun Max ?

L'avocat général les a confondus dans la même demande de réclusion criminelle à perpétuité, prenant comme évidente la thèse de la préméditation.

Résultat du jury : vingt ans de réclusion pour Danielle. Vingt ans de réclusion pour Max, assortis d'une peine incompressible des deux tiers.

Quant à Jean-Pierre, il est libre. Trois ans dont six mois ferme sont largement couverts par sa détention préventive. Il n'était accusé que de non-dénonciation de malfaiteurs.

Vingt ans... Si l'on envisage la liberté conditionnelle pour Danielle, – possible, puisqu'il s'agit pour elle d'une première condamnation dans sa vie agitée –, elle pourra être libre dans sept ans. La chose peut paraître anormale, mais avec le jeu des remises de peine et les trois ans de préventive, elle pourrait n'accomplir que sept ans de réclusion, puisqu'elle pourra demander la conditionnelle à la moitié de sa peine. À condition de se bien conduire.

Ce qui n'est pas le cas de son complice, Max. En mars 1991, il tentait de s'évader du parloir de la maison d'arrêt de Nice. Ayant introduit un pourvoi en cassation depuis sa condamnation, il n'avait pas été transféré en centrale. Or, le parloir d'une maison d'arrêt est plus convivial que celui d'une centrale. Son épouse s'est présentée le 8 mars à 16 h 30, pour une visite, portant un sac à main dans lequel elle avait dissimulé une perruque et une paire de lunettes. Max les a revêtues et a tenté de se glisser dans la foule des visiteurs qui quittaient le parloir. Hélas ! un surveillant l'avait repéré.

Navrante tentative, car il lui aurait fallu, au premier

barrage, échapper au contrôle de l'encre sympathique dont on marque les détenus, et qui les trahit aux rayons ultraviolets. Les visiteurs étant, d'autre part, comptés à l'entrée et recomptés à la sortie, il aurait été visiblement en trop. Il lui aurait fallu une complicité intérieure, ou que son épouse prenne sa place… Évasion ratée. Comme le crime. Tout faux, Max.

Dernier détail de ce procès fumeux, sans assassin désigné : la curieuse demande de Danielle de se constituer partie civile ; en qualité d'épouse de la victime ! Outre un système de défense classique, destiné à enfoncer son coïnculpé, cette démarche est intéressante.

En effet, si Danielle n'avait été reconnue coupable que de complicité de meurtre, voire même d'en être l'instigatrice, elle n'aurait pas été légalement frappée d'indignité de succession et aurait eu alors la faculté de réclamer l'héritage du défunt. Pour être indigne de succession, il faut avoir donné volontairement la mort, ou tenté de le faire activement.

Sa demande d'héritage a été rejetée aussitôt faite. Mais, comme il n'a pas été prouvé formellement qu'elle tenait le fusil en main, qu'elle a tiré elle-même, y aura-t-il bagarre de succession à la sortie de prison de la dame aux dogues ?

Ce serait fou, non ?

Le meurtrier du marais

France

1988-1991

La journée du 20 septembre 1988, dernière de l'été, se termine, mais à vrai dire, au cœur du marais de S., on se croirait plutôt en automne.

Une voix s'échappe d'une maison en torchis entourée de maigres cultures potagères.

– Charline, je ne suis pas tranquille. Ne rentre pas trop tard.

– Ne t'inquiète pas, Maman. Qu'est-ce que tu veux qu'il m'arrive ?

La barque à fond plat de celle qui vient de répondre glisse entre les roseaux et disparaît dans la brume. Comme tous les jours à la même heure, Charline C., malgré les appréhensions et les recommandations de sa mère, Mireille, va se promener seule dans le marais...

Charline est une enfant rêveuse et solitaire. Sa seule distraction est cette navigation quotidienne, à l'heure où le soleil se couche dans les brumes. Bien qu'âgée de vingt et un ans, elle n'aime pas les bals et les autres distractions de son âge. Elle n'a pas d'amoureux.

Charline est pourtant une belle fille, on serait tenté de dire une belle plante, une brune bien bâtie aux yeux noisette. Seulement, elle est un peu sauvage, comme tous les habitants du marais.

Le marais est un lieu à part, un endroit en dehors du reste du monde, où le temps lui-même semble s'être arrêté. Le marais, ce sont vingt-cinq fermes basses de maraîchers pauvres où on n'accède qu'en barque. Les choux y poussent au milieu des nénuphars, dans un brouillard et une humidité constants. Les habitants du village voisin appellent les originaux qui s'obstinent à vivre dans ces lieux si peu accueillants: «ceux d'en bas».

Charline pousse de ses bras solides sur la longue perche qui lui sert pour avancer. C'est ainsi que les barques du marais se manient, un peu comme des gondoles, debout, en prenant appui sur la vase. Tous «ceux d'en bas» connaissent le geste depuis l'enfance.

Le regard de la jeune fille se perd dans les brumes environnantes. Elle hume l'air chargé d'eau. Faut-il être étroit d'esprit, comme le sont les gens du village, pour ne voir dans le marais qu'un endroit arriéré et insalubre!...Le marais, c'est cette harmonie de gris et de bleus dont les tons changent selon le temps ou le moment de la journée; c'est ce silence peuplé de bruits mystérieux, trahissant la vie végétale et animale. Ici, rien n'est changé ou presque depuis le Moyen Age. On s'attend à tout instant à rencontrer, derrière les feuilles des roseaux ou les branches des saules, les fées ou les lutins des contes.

Le marais, c'est ce cadre romantique et mélancolique qui ne ressemble à rien d'autre, fait pour inspirer les peintres ou les poètes. Et c'est vrai que Charline est romantique et mélancolique. Pour quelle raison ? Cela ne s'explique pas. Tout à l'heure, elle terminera sa promenade comme tous les jours. Elle abordera au village et ira se recueillir sur la tombe de son père. Elle ne l'a pas connu: il est mort dans un accident de voiture peu avant sa naissance. Ensuite, elle retournera à la maison. Cette promenade à travers les brumes, dont la destination est une ombre, sera achevée...

Là-bas, devant, un aune vient de bouger. Est-ce un oiseau, un canard d'eau ? C'est impossible, c'est trop gros... Intriguée, Charline fait avancer sa barque dans cette direction. C'est peut-être une fée : sait-on jamais ? Les feuillages s'écartent. Non, ce n'est pas une fée.

– Ah ! c'est vous... Que voulez-vous ?

– Rentrer chez moi. Ce n'est pas loin. Vous pouvez me déposer ?

– Bien sûr. Montez.

– Voulez vous que je rame à votre place ?

– Mais non, j'ai l'habitude. Installez-vous au fond.

Charline donne un grand coup sur sa perche et la barque se met à glisser sur l'eau. Elle garde le silence, son passager aussi. On n'entend plus que les grenouilles qui s'appellent entre elles...

20 septembre 1988, 10 heures du soir. Dans la maison des C., au cœur du marais, c'est l'émoi. Mireille et ses deux fils, Laurent et Philippe, appellent Charline de toutes leurs forces, en vain... Alors, dans la nuit noire, ils mettent une barque à l'eau. Munis d'une seule lampe de poche, ils explorent ces bras d'eau qu'ils connaissent par cœur, mais il n'y a pas d'autre signe de vie que les bruits furtifs des bêtes qu'ils dérangent dans leur sommeil.

À l'aube, ils se résignent à rentrer. Il n'y a plus rien d'autre à faire que de prévenir les gendarmes.

Les recherches s'organisent, sous la direction du commandant Zanatta. Étant donné les circonstances de la disparition – un marais à la tombée de la nuit –, le pire est à craindre et des moyens importants sont aussitôt mis en œuvre. Des hommes-grenouilles explorent l'étendue d'eau en tout sens et, l'après-midi même, c'est la découverte que chacun craignait : le corps de Charline est retrouvé, gisant dans la vase, par quarante centimètres d'eau.

Elle est tout près de chez elle, à quatre cents mètres, pas plus. Dans la nuit, sa mère et ses frères ont dû passer plusieurs fois en barque au-dessus d'elle, mais elle était cachée par les lentilles d'eau et les premières feuilles mortes.

Il s'agit d'un crime et non d'un accident, c'est ce qu'établit de façon certaine l'autopsie. Charline a le visage tuméfié, résultat d'un coup violent. Ce n'est pourtant pas lui qui a été fatal : elle est décédée par noyade. Sans doute, son agresseur l'a-t-il jetée à l'eau la croyant morte. Elle n'a pas été violée...

Le commandant Zanatta peut faire ses premières constatations. Il ne s'agit pas d'un crime de rôdeur. Quel vagabond peut être assez fou pour s'aventurer dans cet endroit désolé au crépuscule ? De plus, il faut obligatoirement avoir une barque, savoir s'en servir, et enfin être capable de se diriger dans ce véritable labyrinthe que constitue le marais.

Le meurtrier n'est pas un touriste non plus. En septembre, ils sont presque tous partis. Il y en a bien quelques-uns pendant les week-ends, mais l'agression a eu lieu en semaine. Il ne reste donc plus que les habitants du marais. Or, vingt-cinq familles seulement y vivent, soit environ cent trente personnes. La liste des suspects est donc réduite. Il suffit de les interroger les uns après les autres, et c'est bien le diable si on ne finit pas par démasquer le coupable. L'enquête s'annonce bien...

Mais le commandant et ses hommes vont rapidement déchanter. Ils n'avaient jamais eu affaire à « ceux d'en bas », car il n'y a pas de délinquance au marais. Ils vont découvrir rapidement qui ils sont.

Les habitants du marais ne sont pas des gens très sociables. Ils se connaissent, bien sûr, tous entre eux, mais ils se parlent très peu et ils parlent encore moins aux étrangers.

À la caserne où ils sont convoqués les uns après les autres, c'est un défilé de femmes en fichus et d'hommes aux mains calleuses, l'air méfiant, parfois buté. Certains mettent des heures pour répondre.

– Où étiez-vous la nuit du 20 septembre ?

– Je ne sais pas.

– Vous n'étiez pas chez vous ?

– Si, sûrement.

– Alors, pourquoi disiez-vous que vous ne saviez pas ?

– Je ne sais pas...

D'autres sont plus bavards, mais de toute évidence, ils mentent. Ces gens qui ne sortent pratiquement jamais de chez eux parce que, sur la terre ferme, « l'eau leur manque », semblent avoir été pris, dans la soirée du 20 septembre 1988, d'un besoin aussi soudain qu'irrésistible de faire la noce. Ils ont été dans toutes les directions.

– Qu'est-ce que vous êtes allé faire en ville ?

– M'amuser.

– Avec qui ? Vous y avez de la famille ?

– Non. Je suis allé au cinéma.

– Quel film avez-vous vu ?

– Je ne me souviens pas...

Les mois, puis les années passent. Le marais reste sous constante surveillance. Les gendarmes ont fait l'acquisition d'une barque à fond plat et patrouillent, ou se rendent à domicile chez les uns et les autres. Ils espèrent découvrir un indice, recueillir un témoignage, mais rien ne vient. Ils suivent toutes les pistes, y compris celle d'un règlement de comptes familial : en vain. Comme le disent les mauvaises langues :

« Ils rament, dans les deux sens du mot. »

Mai 1991 : après trente mois d'investigations infructueuses, les gendarmes vont devoir classer le dossier du meurtrier du marais. Mais le commandant Zanatta est obstiné. Il est plus que jamais accroché à son idée de départ : ce n'est pas un rôdeur ou un touriste qui a fait le coup, c'est l'un des habitants. On va reprendre une dernière fois tous les dossiers et peut-être la lumière se fera-t-elle...

Lorsque l'examen est terminé, on ne peut pas vraiment parler de lumière, mais il y a bien quelque chose : l'un des habitants du marais, Michel D., a été condamné en Belgique pour une affaire de mœurs. Il avait été, par la suite, amnistié, ce qui explique que la chose n'ait pas été découverte la première fois.

Cela mis à part, il n'y a rien de spécial contre lui. Il vit avec Dominique D., sa concubine. D'après divers témoignages, le couple est uni.

L'interrogatoire de Michel et de Dominique était l'un de ceux qui s'était déroulé de la manière la plus satisfaisante. Ils n'habitaient que depuis peu le marais et n'avaient pas la mentalité des gens du lieu. Ils ont répondu clairement et sans se faire prier aux questions. Michel a affirmé qu'il n'avait pas bougé le soir du crime et sa compagne a confirmé ses dires...

Les gendarmes se rendent au marais pour les interroger, mais ils découvrent alors qu'ils n'habitent plus le marais. Ils ont déménagé peu de temps après le drame, pour s'installer dans une petite maison d'un faubourg de Saint-Omer. Est-ce que ce n'est pas suspect ?

Comme la première fois, Michel répond aux gendarmes sans se faire prier. Ce conducteur de chariots de manutention au chômage semble un homme ouvert et sincère.

– Il n'y a que les gens qui y sont nés pour se plaire dans le marais. Nous, on ne s'y est installés que parce qu'on n'avait pas les moyens d'aller ailleurs. Mais cette humidité, c'était malsain, surtout pour les enfants. Sans compter les difficultés pour le ravitaillement et pour l'école. Alors, dès que j'ai pu trouver quelque chose ailleurs...

Son interrogatoire n'ayant rien donné, les gendarmes décident de questionner, hors de sa présence, sa compagne. Et tout de suite, Dominique se montre beaucoup moins affirmative que la première fois.

– Je pense qu'il était là ce soir-là...

– Vous avez dit dans votre déposition qu'il n'avait pas bougé.

Pressée de questions, Dominique finit, au bout de quelques temps, par avouer la vérité :

– C'est à cause de l'affaire de Belgique. En fait, Michel s'est absenté un petit moment. Quand on a appris le crime, il m'a demandé de dire qu'il n'avait pas bougé, sans quoi, avec son passé, il serait forcément soupçonné...

Cette fois, il ne reste plus qu'à arrêter Michel. Il nie pendant près de deux jours, mais alors que la garde à vue est sur le point de se terminer, il passe brusquement aux aveux.

– Charline ramait. Moi, j'étais allongé sur le fond de la barque. Je l'ai frappée avec sa perche. Elle est tombée à l'eau. J'ai cru qu'elle était morte. Je me suis enfui.

– Pourquoi avez-vous fait cela ?

– Je ne sais pas ce qui m'a pris...

Malgré l'obstination des gendarmes, Michel restera dans l'incapacité de leur fournir un mobile. Peut-être parlera-t-il plus tard, mais pour l'instant, le crime du marais reste encore enveloppé de brume.

La télévision à la barre

France

1990-1991

– Mesdames et Messieurs, la Cour!

Il est 14 h 45, ce 25 mars 1991. Le public présent dans la salle d'assises du palais de justice de Douai se lève, tandis que le président et ses deux assesseurs font leur entrée.

La salle d'assises de Douai est moderne, avec des boiseries claires, des colonnades à l'antique sur les murs, de larges fenêtres, un box des accusés vitré. L'ensemble est bien éclairé, fonctionnel, et ne dégage pas cette impression de majesté un peu écrasante qu'on éprouve dans des palais de justice plus anciens.

C'est un homicide volontaire qu'on va juger, cet après-midi de printemps, un meurtre comme il s'en commet des dizaines par an et pourtant cette affaire n'est pas comme les autres: elle a quelque chose d'extraordinaire et même d'unique.

Le procès est, en effet, télévisé, et c'est la première fois en France, la loi interdisant la présence de caméras dans l'enceinte des palais de justice. Une seule exception a été faite, pour le procès de Klaus Barbie, mais les débats ont été seulement enregistrés; ils n'ont pas encore été diffusés. Tandis que dans ce cas précis, la programmation est déjà prévue pour le mois de juin suivant, sur la Cinq.

L'initiative de cette première revient à Daniel Karlin et Tony Lainé. Dans le cadre d'une série consacrée à la justice en France, ils ont voulu, en 1989, filmer une affaire criminelle de bout en bout et ont obtenu l'accord du garde des Sceaux de l'époque, accord confirmé par son successeur. Car ce n'est pas seulement le procès qui a lieu ce jour qu'ils ont filmé, c'est toute la procédure depuis l'arrestation et les aveux. Pour cela, il a fallu, bien sûr, l'autorisation de l'inculpé, qui pouvait interrompre à tout instant le tournage, mais aussi de tous les intéressés: le juge d'instruction, les policiers, les magistrats, les jurés et même les gardiens de prison.

Pour faire leur choix, Daniel Karlin et Tony Lainé s'en sont remis au hasard. Ils se sont installés dans la région de Lille et ils ont attendu que le premier crime se produise. Ce fut l'affaire D. qui s'est présentée et le hasard a bien fait les choses, car on va voir qu'elle offre des aspects pour le moins peu communs...

– Gardes, faites entrer l'accusé !

Peu après l'ordre du président, ce dernier arrive entre deux policiers et prend place dans le box vitré. C'est un tout jeune homme, à l'air enfantin. Il a les cheveux châtains très fournis coupés court, le front bas, les sourcils très fournis également, le nez un peu épaté, les lèvres épaisses. S'il fallait le définir en deux mots, il donne l'impression d'un être fruste, mais pas méchant.

À ses côtés s'est installé son défenseur commis d'office, maître Renaud Tardy, guère plus âgé que lui. Il a des allures d'artiste, avec coiffure au flou savant et lunettes... Le président entame l'interrogatoire d'identité, en la présence silencieuse et discrète des caméras disposées dans la salle: le premier procès que verront les téléspectateurs français commence.

– Vos nom, prénom, date de naissance et qualité.

L'accusé se lève, intimidé, un peu gauche. Il a du mal à trouver le micro situé en face de son siège.

– Philippe D., né le 25 janvier 1970, apprenti pâtissier.
– Vous êtes accusé de meurtre en la personne de V., Henri...

Vient ensuite la désignation des jurés, qui ne soulève aucune difficulté, puis la première surprise de cette audience. Le président demande, conformément à la loi :

– Y a-t-il des parties civiles et civilement responsables ?

Un long silence suit cette question... Personne, il n'y a personne ! C'est un cas extrêmement rare. Qui était donc la victime pour que nul ne songe à défendre sa mémoire ? Nous allons peut-être le savoir, avec le résumé des faits, lu par la greffière.

– Le lundi 13 mars 1990, vers 17 h 30, la police reçoit un appel. Rendus sur place, les policiers sont accueillis par Philippe, auteur du coup de téléphone. Ils découvrent dans la cuisine le corps sans vie d'Henri V., atteint de plusieurs coups de couteau au thorax. Philippe déclare qu'il est le petit ami de Sylvie V. fille de la victime, et qu'il est passé au domicile d'Henri, afin de prendre un casque de motard pour aller chercher sa fiancée à la sortie de son lycée avec sa mobylette. Il a alors découvert son futur beau-père râlant. Ses explications paraissant confuses, les policiers le gardent pour l'interroger, puis le relâchent. L'enquête continue. On découvre des traces de sang sur le casque de Philippe, ce qui entraîne sa garde à vue. Il avoue le mardi 14 mars.

Les jurés sont attentifs, l'accusé est tassé sur lui-même, les juges sont graves, le public fait silence : dès cet instant, sans doute, beaucoup, dans la salle d'assises de Douai, ont oublié la présence des caméras. Car ce n'est pas du cinéma : un homme est mort, le sort d'un autre est en train de se jouer... La greffière continue son exposé.

– D'après les aveux de Philippe, il résulte qu'il a fait la connaissance de Sylvie en juin 1989 et a eu des relations intimes avec elle. Mais cette liaison a déplu à

Henri, qui s'est montré très agressif, surtout lorsqu'il était en état d'ébriété, ce qui lui arrivait souvent. Le jour des faits, quand Philippe est entré, Henri l'a insulté, lui et sa fille, puis il s'est emparé d'un couteau de cuisine. Philippe a réussi sans peine à le désarmer, Henri étant impotent et marchant avec des béquilles. Tous deux sont alors allés dans la cuisine, Henri continuant à proférer injures et invectives. Excédé, Philippe a donné à trois reprises un coup de sa tête coiffé d'un casque au visage d'Henri, qui s'est effondré, sans cesser ses insultes. Mû par une impulsion irrésistible, Philippe a frappé la victime à six reprises, avec le couteau qu'il tenait toujours à la main. Puis, affolé, il a prévenu la police. La multiplicité, la violence et la précision des coups ne pouvaient laisser aucun doute sur l'issue fatale.

Et la greffière prononce la dernière phrase du rapport:

– L'examen psychologique décrit l'accusé comme à la limite supérieure de la débilité.

C'est, effectivement, tout le problème de Philippe. A-t-il compris grand-chose à toute la procédure qui a succédé à ses aveux, et que la caméra a suivie pas à pas ? Lorsqu'il a rencontré Christine Knecht-Parenty, juge d'instruction de son affaire, pourtant prévenante et attentive, a-t-il saisi tous ses propos ? À sa question: « Voulez-vous de l'avocat choisi par votre famille ? », il a répondu d'une voix presque inaudible: « Partie civile... » « Vous voulez un avocat commis d'office ? », a demandé alors le juge. « Oui », a répondu Philippe.

Et un peu plus tard, qu'a-t-il pu bien comprendre quand il a entendu le rapport psychiatrique ? « La perception de l'environnement et du soi est dysharmonieuse et entraîne des mécanismes de protection. Repli sur soi, tendance à l'isolement, inhibition, mécanismes régressifs expriment l'immaturité. La violence ne semble pas s'inscrire dans une impulsivité coutumière. »

Cela ne l'a pourtant pas empêché de faire preuve de

bon sens, et même de pertinence. Au même psychiatre qui lui demandait ce qu'était le bien, il a répondu: «Aider les vieilles gens, aimer, travailler»; et à la même question concernant le mal, il a désigné les murs de sa prison: «Le mal, c'est ici...»

Le président s'adresse à lui.

– Après l'exposé des faits, quelle est votre position?

Il y a un silence. Visiblement, Philippe n'a pas compris. Le magistrat précise:

– Vous reconnaissez les faits?

– Oui, je reconnais les faits...

On peut, à présent, passer à l'audition des témoins. Le premier est monsieur Lortoi, enquêteur de personnalité, à propos de l'accusé.

– Philippe sait à peine lire et écrire. Ses lettres, en prison ont été rédigées par un codétenu. Il a la mentalité d'un garçon de douze ans. C'est un être sérieux, travailleur, sobre, gentil, réservé et poli. Il est très attaché à ses parents...

L'enquêteur en ayant terminé, le président interroge l'accusé sur ce qui est le plus étonnant dans cette affaire.

– Est-ce que vous avez gardé des relations avec votre fiancée?

– Elle vient me voir au parloir.

– Et vous avez des projets?

– Oui: nous marier un jour...

Car c'est ainsi! Sylvie continue à aimer celui qui a avoué être le meurtrier de son père et veut faire sa vie avec lui. Quelle raison extraordinaire la pousse à agir ainsi? On découvre soudain, dans ce qui semble une banale affaire de province, une situation digne des tragédies classiques...

Le président appelle à la barre le père de l'accusé.

Visiblement très ému, il fait son témoignage avec des mots tout simples.

– C'était un garçon très gentil, serviable, respectueux envers ses parents et les autres. C'est vrai qu'il était un peu nerveux. C'était un très bon garçon. Tout ce que je peux dire, c'est que c'est vraiment mon fils !

Tandis que le papa ne peut retenir ses larmes, le président s'adresse à Philippe.

– Vous avez été heureux chez vos parents ?

– Très heureux.

Monsieur D. regarde avec émotion Philippe faire cet aveu. Le président revient à lui :

– Vous avez dit qu'il était un peu nerveux ?

Perdu dans la contemplation de son fils, monsieur D. n'a pas entendu. Le président doit répéter sa question, pour qu'il réponde enfin :

– Oui, il a été soigné pour ses nerfs...

La mère de Philippe n'ajoute pas grand-chose aux propos de son mari.

– Ça lui arrivait d'être un peu nerveux. Il ne supportait pas l'injustice. En classe, il prenait la défense des plus faibles.

Après les parents, voici l'employeur de Philippe, un pâtissier. Les mots sont exactement les mêmes :

– Philippe travaillait bien. C'était un bon gars, gentil, sérieux.

Et la conclusion est catégorique :

– S'il fallait le reprendre après sa sortie de prison, je le reprendrais !

Viennent ensuite les experts psychiatriques, qui achèvent le portrait de Philippe qu'on commence, depuis un moment à cerner... Monsieur Alain, psychologue :

– Le niveau intellectuel est faible par manque de connaissances. Mais ce déficit culturel est la conséquence de difficultés de la personnalité. L'accusé est un anxieux permanent. D'autre part, il n'a pas d'impulsivité habituelle ; ce n'est pas un passeur à l'acte. Il y a eu, dans le cas présent, un effet « Cocotte-minute ».

Autrement dit, il n'y a pratiquement aucune chance que Philippe recommence. Il a agi en fonction de circonstances tout à fait exceptionnelles. Mais à ce point précis des débats, on se demande bien pourquoi. Comment se fait-il que ce garçon doux et gentil soit devenu un meurtrier ? L'expert suivant, le docteur Faraud, psychiatre, va nous fournir un premier élément de réponse en évoquant le comportement de la victime.

Après avoir affirmé que l'accusé ne présentait pas de maladie mentale, mais qu'il semblait avoir agi dans un état second, il en vient à parler d'Henri.

– Il avait une attitude presque incestueuse vis-à-vis de sa fille. Il voulait la garder pour lui. En fait, il ne détestait Philippe que parce qu'il voulait la lui prendre. Pour lui, c'était un rival.

Après l'avoir entendu, le président le ramène à l'accusé.

– Est-ce qu'il vous a paru culpabiliser ?

– Oui, beaucoup. Il accepte d'être sanctionné, mais il souhaite une peine humaine, qui n'assassine pas sa vie future.

La déposition du docteur Desfontaines, troisième et dernier expert psychiatrique, donne lieu à un incident qui prouve que Philippe sait faire preuve, quand il le faut, de bon sens et de détermination. Dans son rapport, le praticien a affirmé que le jeune homme lui avait dit : « Le père de Sylvie était une tache qu'il fallait effacer. » Or, à l'instruction, Philippe a nié formellement avoir employé ces mots.

Le président, bien entendu, l'interroge à ce sujet et il s'exprime de la manière la plus ferme :

– Je n'ai jamais dit ça ! Je n'ai pas voulu effacer une personne.

Le docteur Desfontaines déclare, pour sa part, qu'« effacer une tache » ne lui avait pas paru une expression négative, mais sans doute Philippe a-t-il eu raison de faire préciser ce point.

Les débats vont, d'ailleurs, désormais cesser de tourner autour de lui pour s'intéresser à ce qui semble de plus en plus la clé de toute l'affaire : la personnalité de la victime.

L'enquêteur, monsieur Lortoi, revient donc à la barre, pour parler, cette fois, d'Henri.

– Il était inspecteur d'hygiène à la mairie. Il y a une dizaine d'années, il a eu un problème osseux. Il a été mis en invalidité en 1981. Il a été longtemps travailleur et doué d'un bon caractère, mais dès ses dernières années de travail à la mairie, il s'est mis à boire. Il a eu, à ce moment, plusieurs avertissements pour ivresse.

Un ami d'Henri lui succède et son témoignage apporte quelques éléments supplémentaires de compréhension.

– Il était bien dans sa jeunesse. Ensuite, il a perdu son épouse, il a perdu sa place pour maladie. C'est peut-être cela qui lui a fait changer son comportement.

À une question du président sur le penchant pour la boisson du disparu, le témoin répond qu'il ne l'a jamais vu « balancé », terme signifiant sans doute « complètement ivre », mais cette précision ne lui est pas demandée. En revanche, l'avocat général intervient pour la première fois.

– Comment se déplaçait Henri ?

La réponse confirme ce que l'on savait déjà :

– Avec des béquilles...

La déposition suivante est lue par le président. Elle émane d'un ancien collègue d'Henri à la mairie, qui n'a pu venir à la barre. « Depuis longtemps, il était devenu agressif et il buvait. C'était aussi un chaud lapin. Il allait voir des ivrognesses dans un bistrot spécialisé. Fallait voir les boudins qu'Henri se ramassait ! »

On pourrait rire, mais on ne rit pas. Le président continue de lire la déposition écrite. Effectivement, il n'y a pas de quoi rire: «C'était un violent, un malsain. Il a étouffé ses enfants. Il voulait que tout le monde cède devant lui. Il ne pouvait admettre que sa fille le quitte...»

Il y a un mouvement d'intérêt dans le public qui a, depuis longtemps, oublié les caméras. Le témoin suivant est un des personnages centraux de l'affaire, puisqu'il s'agit de l'inspecteur divisionnaire Courtecuisse, qui a mené l'enquête. L'inspecteur Courtecuisse retrace avec beaucoup de clarté cette affaire qui, il faut le dire, a été, dès le début, sans grand mystère.

– Le 12 mars 1990, à 20 heures, j'ai mis Philippe en garde à vue. N'ayant rien pu obtenir d'important, je l'ai libéré à 21 h 30. Le lendemain, un témoin me dit avoir été en compagnie d'Henri jusqu'à 16 h 20. Philippe a dit avoir découvert le corps à 17 h15. Donc si ce n'est pas lui l'assassin, il l'a croisé. Je l'ai donc fait interpeller et il est, presque aussitôt, passé aux aveux.

Si cette première partie de la déposition du policier n'apporte rien de bien nouveau, il n'en est pas de même de la seconde. L'inspecteur Courtecuisse relate, à présent, les interrogatoires de Sylvie. Elle lui a raconté que, l'année précédente, alors qu'elle préparait son bac, son père lui a ordonné de faire la vaisselle. Comme elle refusait, il a tiré un coup de fusil dans sa direction. Une autre fois, il l'a menacée d'un sabre.

– Je suis surpris, commente l'inspecteur, de l'enfer qu'Henri faisait subir à ses enfants. À l'extérieur, il pouvait avoir l'air d'un brave homme, mais chez lui, c'était terrible!

Ce n'est pourtant pas tout. Le président prend la parole d'un ton grave.

– Vous avez même eu d'autres soupçons. Sylvie a fait une IVG en septembre 1989...

– Oui, Monsieur le Président: j'ai pensé à un inceste.

Mais Sylvie a démenti avec énergie. L'enfant était de Philippe et, comme ils n'avaient pas de situation, ils ne pouvaient pas le garder... J'ai fini par la croire, en raison de l'état physique d'Henri. Avec son infirmité, elle aurait pu le repousser sans aucun mal.

Mais le plus terrible reste encore à entendre.

– Quelle a été la réaction de Sylvie, après la mort de son père ?

– Le soulagement, Monsieur le Président. Elle a dit : « C'est peut-être méchant à dire, mais je respire. Maintenant, il n'y a plus d'engueulade chez moi. Je respire. »

Le témoin se retire sur ces mots... Après cette dramatique évocation, l'arrivée à la barre du docteur Devaux, expert, provoque presque un sentiment de détente. Pourtant, sa déposition est importante ; elle est même capitale.

– Une prise de sang a été faite sur la victime, après sa mort. Le taux d'alcool était de 3, 32 g, ce qui est considérable.

C'est effectivement le mot qui convient, si l'on se souvient que le taux interdisant la conduite est de 0, 80 g, quatre fois moins. L'avocat général essaie, pourtant, d'en tirer un argument.

– Ce taux pouvait-il entraîner une perte de l'équilibre ?

On voit où il veut en venir : un Henri titubant, perdu dans l'alcool, aussi vulnérable qu'un enfant, face à son agresseur. Mais l'expert ne lui laisse pas cette possibilité.

– C'est impossible à dire. Chez un sujet aussi habitué à l'alcool que la victime, ce n'est pas certain du tout.

Maître Tardy intervient à son tour.

– Mais est-ce que cela pouvait renforcer son agressivité ?

Cette fois, le docteur Devaux est affirmatif :

– Oui. C'est mon opinion.

Autre spécialiste, le médecin légiste. Il vient dire que la victime présentait deux types de blessures : des bleus énormes sur le front, résultant des coups de casque et six plaies par couteau au thorax. Tout cela est parfaitement conforme aux aveux de Philippe et ne soulève aucune discussion.

La suite est, en revanche, un moment particulièrement redouté par la défense : la communication aux jurés des photos de l'identité judiciaire montrant le corps de la victime. L'effet produit par ces documents macabres est souvent désastreux pour l'accusé. Et c'est parfois injuste, car moins le crime a été prémédité, plus il a été commis de manière impulsive, plus les plaies sont spectaculaires.

Quoi qu'il en soit, le jury se passe les photos sans mot dire et on en arrive au moment le plus dramatique et le plus attendu du procès : l'audition des enfants d'Henri.

Thierry, l'aîné, est entendu le premier. Il a vingt-deux ans et il est en train d'effectuer son service militaire. Le président entre directement dans le vif du sujet.

– Quel était le comportement d'Henri avec ses enfants ?

Thierry n'hésite pas.

– Il gueulait sur nous. Il n'était jamais sain d'esprit. Il était toujours dans l'alcool, surtout les derniers moments.

– Et son comportement avec l'accusé ?

Là encore, pas d'hésitation.

– Il ne pouvait pas sentir Philippe.

– Philippe était-il violent ?

– Non... Je m'attendais à ce qu'il arrive à tout moment quelque chose à mon père. Le docteur lui avait dit : « Avec ce que vous buvez, vous pouvez mourir à chaque instant. » Mais je ne m'attendais pas à ça de la part de Philippe. Je ne sais pas ce qui s'est passé.

Le président remercie et Thierry se retire sur ces mots.

– J'appelle Sylvie...

Dans la salle d'assises de Douai, le silence est total. C'est le grand moment de ce procès. On va entendre la fille de la victime et future épouse de son meurtrier.

Sylvie paraît à la barre. Elle a vingt ans. C'est une petite brune à la jolie frimousse et aux allures d'animal craintif. On sent l'enfant maltraitée.

– Parlez-nous des relations de votre père avec Philippe.

– Il n'aimait pas que Philippe soit chez lui. Pour lui, c'était un intrus, un parasite. Chez lui, il voulait être le maître.

– Et ce couteau, il l'avait toujours sur lui ?

– Oui, toujours à portée de main. Il nous menaçait. Il me le mettait sur la poitrine en me disant que ça finirait mal si je n'arrêtais pas mes trucs de salope.

Le président en arrive à ce qu'il y a de plus extraordinaire dans toute l'affaire.

– Où en sont vos projets avec l'accusé ?

Sylvie ne répond pas.

– Vous continuez à le voir au parloir ?

– Oui, je suis allée le voir au parloir.

– Et vous avez encore des projets ?

– Non. Pour moi, c'est terminé...

C'est le coup de théâtre ! Il y a un moment de flottement. Philippe ne réagit pas. Le président ne réagit pas non plus. Il continue son interrogatoire comme il l'avait prévu.

– Lors de l'instruction, vous avez dit que vous étiez soulagée de la mort de votre père.

Sylvie hésite à répéter ces paroles. Le président insiste : c'est indispensable à l'établissement de la vérité. Alors, les mots viennent, timides :

– Disons que je suis moins sous la crainte. Je me sens mieux. Je ne suis pas heureuse, mais ça va mieux...

Cela dit, le président revient à la révélation qu'il vient d'entendre. Il s'adresse à l'accusé :

– Alors, c'est terminé avec Sylvie ?

– Comment cela, terminé ?

Nouveau coup de théâtre : on s'aperçoit qu'il n'était pas au courant ! La jeune fille vient de rompre là, en public, et cette rupture a été fixée à jamais par la caméra. Philippe sourit.

– Elle ne parlait pas de notre vie à tous les deux.

– Alors, c'est que je n'ai pas compris.

Le président se retourne vers Sylvie et l'invite d'un geste de la tête à parler. Elle se passe la langue sur les lèvres.

– J'ai décidé que c'était terminé, mais je ne lui avais pas encore dit.

Philippe a un geste très bref pour cacher son désarroi. Il n'y a rien à ajouter. Le président déclare au témoin :

– Vous pouvez retourner dans la salle.

Et, comme il est 19 h 45, il lève l'audience. Demain 26 mars sera le deuxième et dernier jour du procès.

Mardi 26 mars 1991, 9 h 30 : c'est l'heure des plaidoiries. L'avocat général se lève pour son réquisitoire... Il est modéré.

– Qui est l'accusé ? demande-t-il. Philippe ou Henri ?

Pour ce dernier, le verdict a déjà été rendu, et de quelle manière, par sa propre fille, qui se dit soulagée de sa mort !

Pour le reste, le représentant du ministère public, seule voix de l'accusation puisqu'il n'y a pas de partie civile, met en garde les jurés contre l'impression d'une affaire trop simple, trop lisse. Il tente de suggérer que Philippe est allé chez son futur beau-père, non pour prendre un casque, mais pour avoir une explication. Il n'avait sans doute pas l'intention de tuer, mais voulait vider l'abcès. Et il conclut en réclamant huit ans de prison.

C'est au tour de maître Renaud Tardy de parler. Si, tout

au long de l'instruction, comme des débats, le jeune avocat s'est assez peu manifesté, c'est qu'il n'y avait pas lieu de le faire. Son client a avoué, sa culpabilité ne fait aucun doute et les circonstances atténuantes sont tout aussi évidentes. Dans ces conditions, le mieux était de rester discret et de laisser les faits s'exprimer d'eux-mêmes.

Le seul moment vraiment important de sa défense est sa plaidoirie. Et maître Tardy va savoir trouver des mots sobres, simples et justes. Il a, d'ailleurs, été obligé de refaire une partie de son discours en raison du revirement imprévisible de Sylvie.

– Philippe, commence-t-il, a rencontré une personne qui est très importante dans sa vie – malheureusement, je suis obligé d'employer l'imparfait –, c'était Sylvie. C'était la rencontre avec la femme, l'amour. La fatalité, c'est qu'elle l'a amené dans une maison où régnait le malheur. Les témoins l'ont dit : c'était l'enfer. Est-ce qu'aucun de vous a déjà tiré un coup de fusil en direction de ses enfants ?

Au moment des faits, poursuit l'avocat, Henri a 3,32 g d'alcool dans le sang. Quelqu'un d'autre serait dans le coma, mais lui, cela le rend agressif. Agressif avec l'étranger qui va lui voler sa fille et agressif avec sa fille, qu'il insulte. Philippe a voulu prendre la défense de Sylvie. Il est allé trop loin, beaucoup trop loin : il le sait. Il veut expier le geste qui a été le sien. Il a commis un crime passionnel. Il a vingt et un ans. Il faut qu'il puisse reconstruire sa vie avec ses parents qui l'aiment et une Sylvie, qui ne l'aime plus.

Le président demande à l'accusé s'il a quelque chose à ajouter pour sa défense. Philippe répond d'une voix sourde :

– Je regrette.

C'est fini. L'audience est suspendue pour la délibération du jury. Il est 11 h 30.

Les jurés reviennent trois quarts d'heure plus tard avec

le verdict: la réponse est «oui» pour la culpabilité et «oui» pour les circonstances atténuantes. Philippe est condamné à cinq ans de prison.

La caméra fixe en gros plan le visage de son père et de sa mère, qui expriment un profond soulagement. Philippe fait un signe de tête dans leur direction: il ressent sans doute le même sentiment...

La justice est passée, ce mardi 26 mars 1991, à Douai. A-t-elle été bonne ou mauvaise? C'est à chacun d'en juger, dans le secret de sa conscience. Elle est passée, mais elle restera dans le témoignage sans précédent de la pellicule.

La mort à plaisir
États-Unis
1978-1991

Un jeune adolescent, courant, courant, affolé, poursuivi par un bel éphèbe blond : c'est un fait divers américain, une histoire de « gay », qui se termine devant un tribunal. L'agresseur est homosexuel, adulte ; l'agressé est un enfant de treize ans, Laotien. La condamnation tombe : « Pour agression sexuelle sur un mineur, cinq ans. »

C'est ainsi que Jeffrey D. se retrouve en prison en 1989. Il en ressort en 1990, en liberté conditionnelle.

– Ce que j'ai fait est affreux, impardonnable. Je ne recommencerai plus, je le jure.

Il a un visage d'ange, ce Jeffrey. Il est beau gosse, doux, gentil, aimable, trop poli même.

Son père ne le croit pas. Son père devine et demande aux juges de ne pas le libérer immédiatement, de lui faire suivre d'abord une cure de désintoxication alcoolique. L'alcool le rend fou, dit le père. Mais en vertu des deux principes communicants selon lesquels, d'une part, les prisons sont pleines et, d'autre part, priorité à la réinsertion des jeunes... Jeffrey est dehors. Libre. Une petite histoire sexuelle entre gamins... qu'est-ce ? Une petite tendance homosexuelle à notre époque... qu'est-ce ?

Les juges viennent de relâcher le tueur le plus fou de ces dernières années. Un *serial killer*. En français, un assassin en série. Il ne battra peut-être pas le record du nombre de victimes, mais en horreur particulière, sûrement.

Aux États-Unis, le *serial killer* est un phénomène de société. Que sait-on de lui ?

Le *serial killer* est toujours un maniaque sexuel. La drogue le concerne, l'alcool aussi, l'homosexualité souvent.

Il viole, étrangle, découpe en morceaux, brûle les cadavres, c'est selon. Il se comporte avec logique et fait tout ce qu'il faut pour ne pas se faire prendre.

Il est presque toujours d'une intelligence au-dessus de la moyenne. Il a presque toujours connu un drame psychologique d'enfance, des problèmes avec sa mère ou avec son père. Soit que l'une l'ait « surprotégé, possessivement aimé, ou alors complètement rejeté ». Soit que l'un ait exigé de son rejeton un comportement exclusivement mâle, niant la féminité qu'il portait en lui.

Cette petite tentative d'analyse n'est nullement exhaustive, bien entendu : il y a des *serial killers* qui n'ont rien souffert d'insupportable.

Lorsque, en 1990, la justice remet Jeffrey en liberté, elle ne se doute pas qu'il a déjà commis des assassinats en série, et ce depuis 1978. Parce qu'il déteste être homosexuel, Jeffrey tue des homosexuels. Il choisit des victimes noires ou asiatiques, parce qu'il est raciste. Un raciste qui eût fort bien convenu à la première page d'un magazine nazi des années 30 : grand, blond, blanc ; le bel exemplaire de la prétendue « race élue ». Le bel homosexuel honteux, qui n'aimera pas dans la douceur mais dans l'horreur.

Il a fait son service militaire en Allemagne. Il voulait

être policier dans l'armée, mais les tests psychologiques l'en ont écarté. On l'a donc nommé élève infirmier, et il a passé son temps à cogner un autre élève infirmier, Noir, et à se faire tabasser par un autre, Blanc, pour cette raison. Puis il a été renvoyé, sous le motif d'alcoolisme.

Jeffrey fait le désespoir de sa famille : il a abandonné l'Université de Colombus ; l'armée le rejette ; depuis son enfance, il n'est passionné que par une chose, découper des petits animaux au scalpel et faire dissoudre les squelettes dans l'acide. Son père lui a offert, quand il était petit, une panoplie de petit chimiste, et ce qui est extraordinaire, c'est que personne, dans la famille, ne se soit inquiété de la propension du gamin à faire le mal pour son plaisir. On l'espérait biologiste dans l'avenir... Puis le père a divorcé, la mère s'est occupée davantage du jeune frère, alors Jeffrey s'est souvent réfugié chez sa grand-mère, une brave femme qui ne s'est jamais doutée des horreurs qu'il accomplissait dans la cave de sa maison. La seule horreur qu'elle ait constatée : un jour elle surprit Jeffrey, nu, avec un autre garçon, également nu, faisant Dieu sait quoi dans cette cave. Elle le mit à la porte. On ne le revit jamais.

Jeffrey se retrouva ainsi sur le sable d'une plage de Californie, employé d'un *fast food* pendant quelque temps, de plus en plus alcoolique, clochard au soleil... Enfin, sa mère le récupère, dans un piteux état.

Il s'installe à Milwaukee, trouve un appartement dans un petit immeuble tranquille, un emploi dans une chocolaterie le jour, et traîne la nuit dans les bars gay.

Il paye convenablement et régulièrement son loyer, et lorsque les voisins se plaignent de quelques mauvaises odeurs émanant de chez lui, il s'excuse poliment :

– Mon frigo est tombé en panne, ma réserve de viande a pourri. Cela ne se reproduira plus... Je suis désolé, avec cette chaleur, je n'ai vraiment pas de chance...

Avec son visage d'ange, toutes les excuses passent. Comme la première fois, en 1978, lors de cette tentative de viol sur un enfant, il jure de ne pas recommencer. Le vilain garçon ne le fera plus.

Steven, Richard, Antony, Ricky, Eddie, Ernest, David, Curtis, Errol, Tony, Matt, Jeremiah, Oliver, Josef... et ceux dont Jeffrey a oublié le nom, dont il n'a jamais su le nom peut-être.

Jusqu'en juillet 1991, tous ces prénoms ne font partie que d'une liste de personnes disparues. Certaines sont recherchées, d'autres pas. Il s'agit, pour la grande majorité, de marginaux, d'êtres seuls, d'homosexuels perdus dans le monde des boîtes de nuit et des trottoirs où l'on racole pour quelques dollars. Ils ont entre vingt et trente ans, et acceptent un peu n'importe quoi à partir de minuit. Boire un verre, s'offrir le spectacle à deux d'une cassette porno, poser pour des photos de nus... se prostituer à la petite soirée.

La photo de nus est une spécialité de Jeffrey. Pour 300 francs environ, il emmène poser chez lui ses recrues homosexuelles, parfois même un père de famille, acculé par le chômage, ou un gamin sans toit.

Objectif : le saouler, l'assommer ou l'étrangler, violer le cadavre, puis le découper à la scie électrique, conserver les organes sexuels dans des bocaux, mettre les têtes au réfrigérateur, parfois le cœur au freezer, jeter le reste dans un bidon d'acide, puis les os à la poubelle, ou les enterrer quelque part.

Entre-temps, faire quelques photos-souvenirs du découpage et les garder dans des tiroirs afin de les contempler les soirs de solitude. Sa collection d'art personnelle.

Jeffrey a fait tout cela, et pire encore, tellement pire qu'il est difficile d'y croire : il a mangé un bifteck de bras, peinturluré des crânes en rouge ou en noir, pour servir de décoration à son appartement, bien en place sur la commode...

Ceux qui pénètrent dans cet appartement n'en ressortent pas. Sauf un, une fois, pas pour longtemps.

L'histoire se passe dans la nuit du 26 mai 1991. Deux jeunes filles, Nicole et Sandra, aperçoivent un jeune garçon nu qui court dans la rue, totalement affolé, couvert de bizarres blessures sanguinolentes. Il est poursuivi par un homme. Il est minuit passé, la rue est livrée à tous les faits divers sordides, mais tout de même, les deux jeunes filles appellent la police. Une voiture de patrouille arrive à temps, trois policiers interviennent.

À temps ? C'est exact. Mais pour ne rien faire. Pour constater que le jeune garçon a bu, qu'il s'est blessé tout seul, qu'il ne sait plus ce qu'il dit, que l'autre qui le tient par la main et le rassure n'a rien de dangereux... Bref, qu'il s'agit d'une « simple bagarre entre homosexuels », que les deux filles peuvent rentrer chez elles « s'occuper de leurs oignons (sic) ». Vérifier les identités ? Inutile, le gamin est de race asiatique, il s'appelle Konerak, un prénom à coucher dehors avec les gay. Les témoins sont de race noire, les policiers, Blancs, ont autre chose à faire que de régler des comptes d'amoureux.

Or, le petit Konerak est le frère de l'une des victimes de Jeffrey, ce petit Laotien de treize ans qui le mena en prison pour tentative de viol... Lui en a réchappé, pas Konerak, que l'on ne reverra pas : Jeffrey l'emmène, sous le regard blasé des policiers de patrouille, l'enferme dans sa chambre d'épouvante, le tue, le viole, le découpe...

Ce petit Laotien avait quatorze ans. C'est lui que les trois policiers blancs ont déclaré dans leur rapport comme étant un « adulte consentant » vivant avec un ami blanc.

Le fait que l'on ait suspendu les trois policiers blancs,

après la découverte de l'horreur, n'a rien de rassurant, d'ailleurs, car la foule blanche a montré sa colère contre cette suspension en manifestant devant les bureaux du responsable de l'enquête.

Car, entre-temps, la chance a sauvé la dernière proie de Jeffrey.

Peu avant minuit, un homme court dans la rue, hurlant, les poignets liés par des menottes. Il surgit au coin d'un bloc d'immeubles et croise une voiture de patrouille. L'agent Mueller stoppe et écoute le récit de l'homme, un jeune Noir du nom de Tracy E. Ce soir, il a «rencontré un type dans un bar» et a accepté de boire une bière chez lui. Le type l'a fait entrer dans une pièce sombre, malodorante. Puis il lui a passé les menottes et, souriant, l'a menacé d'un énorme couteau de boucher, en lui annonçant qu'il allait le tuer...

L'agent Mueller fait son devoir: il va vérifier.

Le policier frappe à la porte d'un studio dans un petit immeuble. Il entend que l'on débloque des verrous de sécurité. Le jeune homme blond qui lui ouvre est d'un calme remarquable; serein, il s'apprête à mentir en souriant, comme d'habitude.

La pièce est peinte en noir, aux murs des posters de culturistes nus. Une caméra, identique aux caméras de sécurité, est fixée dans un coin, pointée vers la porte d'entrée.

Il règne une odeur épouvantable; pourriture et relents de cadavres...

Les restes de onze victimes sont entassés dans une lourde barrique scellée contenant de l'acide, dans des boîtes et des bocaux. Les tiroirs de la commode, où trônent deux crânes, débordent de photos souvenirs pornographiques et de films d'horreur réalisés par le bourreau. Les mouches sont partout; le réfrigérateur, bouclé à l'aide de bandes adhésives, révèle aux yeux de l'agent Mueller son contenu écœurant: trois têtes, un morceau de cœur...

Tracy est l'unique rescapé de la série mortelle de Jeffrey, depuis son incarcération en 1989.

La tragédie est finie.

L'équipe qui fait le sale travail de déblayage pour l'identification judiciaire est obligée de s'armer, non seulement de courage, mais de combinaisons, de masques à oxygène et de gants. Le studio de Jeffrey est un charnier.

Jeffrey, que l'on arrête, est un chacal : il avoue avoir tué, dépecé et dévoré en partie ses victimes. Il y en a 11 ici, il en reconnaîtra 17.

En Allemagne, au moment où il faisait son service militaire, quatre femmes ont disparu. Le camarade de chambrée de Jeffrey est certain qu'il les a tuées et il est bien décidé à aider l'enquête. Il souhaiterait même être son bourreau en cas d'exécution capitale. La haine le bouleverse.

La haine bouleverse aussi la foule lorsqu'elle voit défiler les boîtes et les bidons que les policiers descendent de l'appartement de Jeffrey. Les voisins parlent ; ils disent les bruits, les odeurs. La famille parle ; elle dit ses doutes, les os retrouvés dans la cave de la grand-mère et que le beau petit Jeffrey, blond et propre, affirmait être de poulets...

Il en a enterré dans le jardin, à proximité de la maison de ses parents, dans la cave... Il a semé partout les restes de ceux à qui il proposait :

– Tu viens boire un verre à la maison ?

Cet été de 1991, la photo du monstre satanique a fait le tour du monde, sur les écrans de télévision, dans les journaux, les magazines.

On dit qu'il n'avoue que les crimes perpétrés dans les États où la peine de mort n'existe plus. Pas fou, le monstre.

Une première audience préalable, en août 1991, l'a montré aux côtés de son avocat, Gerald Boyle, toujours calme et propre, le cheveu blond et sage, récitant la liste des onze victimes dont il se souvient, donnant les détails de ses découpages sexuels. Il s'est dit tenté par le suicide, martyr de lui-même et de son enfer personnel.

Mais on l'a entendu également déclarer, à propos d'une de ses victimes, Ernest M.:

– Lui, j'ai mis des narcotiques dans son whisky, il s'est endormi et je l'ai étranglé en riant. Il se moquait toujours de moi, et me traitait comme une femme...

La caution, d'abord fixée à 1 million de dollars, a été relevée à 5 millions de dollars, environ 30 millions de francs, le juge espérant ainsi que Jeffrey ne pourra pas la payer. Le système judiciaire américain est ainsi fait que, si Jeffrey parvenait à payer cette caution, il serait théoriquement libre d'attendre son procès chez lui, et non au pénitencier. Théoriquement, car la gravité des crimes le maintiendrait probablement en détention, sous un artifice judiciaire.

Alors «l'Amérique est sous le choc», titrent les médias, qui n'en ont pas fini de décortiquer le cas de Jeffrey. Combien de psychiatres vont se pencher sur cette personnalité sadique et cannibale ? Combien de victimes va-t-on découvrir encore ? L'Allemagne va-t-elle demander son extradition ? L'accusation découvrira-t-elle que Jeffrey est coupable d'un crime dans un État où la peine de mort l'attend ?

Il a trente et un ans. S'il ne met pas à exécution sa «tentation» de suicide, Jeffrey vivra les dix prochaines années, gageons-le, d'audience en audience, d'expertise en reconstitution et en interrogatoire. Il atteindra ainsi le XXIe siècle... À moins, bien entendu, que l'on découvre chez lui la petite cellule manquante qui le mettra définitivement à l'abri du grand théâtre judiciaire, dans un asile psychiatrique.

Quoi qu'il se passe, les morts sont les morts. Dépecés, mangés, violés, enterrés ou dissous, ils le demeurent, même sans sépultures. L'horreur du mode d'opération n'y change rien ; l'intelligence s'y trouve frustrée, démunie de moyens d'analyse, de recours. Jeffrey, « trop monstre », laisse la justice perplexe.

Il faudrait saisir l'horreur naissante à sa racine, et non lorsque la plante monstrueuse a poussé et déversé son poison mortel. La civilisation, les grandes cités, la liberté, les démocraties sont prises d'angoisse devant ce phénomène, sans pouvoir le régler. L'homme moderne, le citoyen, l'*homo sapiens* ne sait pas comment prévenir la monstruosité ; il ne peut que réagir. Juger : la chose la plus difficile au monde, devant cet Américain, Jeffrey, en passe de devenir le monstre humain du siècle.

Jusqu'à la prochaine horreur humaine et individuelle, que nul ne prévoit.

Les bons ouvriers sont rares

France-Février 1991

Il arrive tranquillement tenant sa caisse à outils à la main. Son visage viril, son regard honnête, sa voix à l'accent chantant du Midi, tout cela plaît bien aux employés de la Caisse d'épargne où il entre. C'est qu'on voit beaucoup de visages dans la journée, mais ce sont des visages connus, des gens pressés qui restent quelques minutes et qui n'ont guère le temps de bavarder: on remet du liquide, on en encaisse, en essayant de part et d'autre du guichet de ne pas faire d'erreur dans les comptes ni dans les numéros de référence.

Cet homme, sans se presser, annonce qu'il vient réparer le store de l'agence qui grince et va probablement finir par se coincer. Les employés acquiescent. L'ordre vient sans doute de l'agence principale : ce sont toujours eux qui décident. Quelqu'un pourrait bien téléphoner pour vérifier, mais déjà les premiers clients arrivent: on verra plus tard.

L'artisan pose sa boîte à outils dans un coin et commence à examiner le store, à le faire monter et descendre: c'est vrai qu'il grince de manière inquiétante. Alors, il démonte l'engin avec la tranquille assurance du monsieur qui connaît son métier. De temps en temps, il échange un sourire avec quelqu'un derrière le guichet. Les employés tapent sur les ordinateurs, l'ouvrier visse, serre, graisse, fait des essais.

Décidément, il était temps qu'il vienne s'occuper de ce store : ça fait déjà trois heures qu'il s'échine et il n'a pas encore fini. On arrive à midi, le gars remet ses outils dans sa belle boîte, demande où il pourrait se laver les mains.

– Là-bas, au fond du couloir. Et n'allez pas appuyer sur la barre de la porte du fond, c'est la sortie de secours.

Au passage, l'artisan, la bouche pleine de son sandwich, s'intéresse au travail des autres :

– C'est ça le distributeur automatique de billets ? Comment ça fonctionne ?...

Voici la reprise et le dépanneur, après avoir demandé où il pourrait jeter les sacs en papier de son casse-croûte, se remet au travail. Il a des problèmes avec ce store. Ce n'est peut-être pas un rapide, mais il est consciencieux. On s'inquiète un peu : pense-t-il avoir fini aujourd'hui ? Pas de problème : d'ailleurs, il est bientôt l'heure de la fermeture de l'agence et ça ne grince plus du tout. L'artisan remet posément ses outils dans sa boîte, il remballe, il demande un balai pour enlever les traces laissées au sol. C'est un perfectionniste. Il faudrait lui demander ses coordonnées...

Mais l'artisan n'a pas l'intention de laisser son adresse. Soudain, il ouvre encore sa boîte à outils, en sort une grosse perceuse. Mais non ! ce n'est pas une perceuse, c'est un « gros calibre ». Toujours avec son bon sourire, son gentil regard et son accent bien de chez nous, le voilà qui dit :

– Les mains en l'air, c'est un hold-up !

Juste au moment où le coffre est grand ouvert pour y déposer la caisse. Du coup, l'ouvrier tranquille change de tempo : il a vite fait d'immobiliser deux guichetiers et d'obliger le dernier, le revolver sur la tempe, à mettre tous les beaux billets neufs et vieux dans un vilain sac tout gris. Tout y passe et c'est vite fait. Vite fait aussi de pousser la porte de secours et de se retrouver dans la rue, avec sa belle boîte à outils et son allure honnête. Les trois employés mettent ensuite une demi-heure à se libérer pour atteindre la sonnette d'alarme.

À ce moment-là, le sympathique artisan est loin avec les 400 000 francs qu'il a récupérés comme paiement pour la réparation du store qui grinçait. Et qui fonctionne, maintenant, parfaitement !

Reine est sortie

France-Février 1991

Reine, quel joli prénom ! Même à soixante et un ans, la vie devrait être douce quand on porte un nom pareil. Il évoque la paix, la douceur, le respect. Mais il ne met pas à l'abri des accidents.

Reine revoit toujours l'accident qui l'a handicapée pendant huit ans. Elle sortait tranquillement de chez elle lorsqu'une voiture dont le conducteur avait perdu le contrôle est venue la happer et la blesser aux jambes. Huit ans d'hôpital, de souffrances, de problèmes de tous ordres, de rééducation.

Enfin, tout cela s'éloigne, les années passent et, petit à petit, le corps reprend de la vigueur. Oh, elle doit faire attention, Reine, pas de chutes, elle ne tient pas encore très bien sur ses jambes, mais enfin, après tant de mois, elle peut à nouveau sortir de chez elle pour aller faire ses courses.

D'ailleurs, les courses, il faut bien les faire, même si, comme aujourd'hui, le temps n'est pas bien engageant... Du froid, de la neige dans l'air, du verglas... on est en février après tout. De toute façon, le parcours n'est pas long : jusqu'à la boîte aux lettres.

Reine, bien emmitouflée, s'avance prudemment

devant chez elle, tâtant du pied pour ne pas déraper sur le verglas. Elle n'a pas le temps de comprendre quel est ce drôle de bruit, un crissement très doux, un moteur de voiture... Reine n'a pas le temps de se dire que ça lui rappelle quelque chose. Elle n'a pas le temps de réaliser. Un choc énorme expédie son pauvre corps fragile en avant. Elle va percuter un banc de fer et se retrouve collée au mur, le banc brisé par-dessus elle.

Elle n'a pas vraiment mal, mais elle se dit qu'il doit y avoir des dégâts. Déjà autour d'elle on s'empresse. Elle ne sait pas qui sont ces gens, quelqu'un qui devait conduire la voiture : un visage blafard, désolé. Des pompiers et bientôt d'autres qui se consultent : des hochements de tête dramatiques. On apporte du matériel, des couvertures, des draps immaculés.

Reine se sent au centre d'un ballet sanglant, elle n'a pas encore vraiment mal, plutôt des souvenirs des douleurs d'autrefois. Pourquoi ne l'emporte-t-on pas chez elle comme la dernière fois ? Pourquoi ne la transporte-t-on pas à la clinique toute proche ? On lui fait des piqûres, elle sombre un peu dans l'inconscience.

Huit ans après cette maudite voiture qui, quittant sa route, l'a grièvement blessée aux jambes, un autre conducteur, perdant le contrôle de son véhicule sur le verglas, vient de la blesser plus gravement encore : il a fallu l'amputer sur place.

Princesse Paola

France-Mai 1991

On peut avoir dépassé la soixantaine et garder un cœur de midinette ; on peut être millionnaire et n'avoir aucune méfiance ; on peut croire que le monde est un vrai conte de fées, comme dans un roman-photo, un vrai roman de Barbara Cartland. D'ailleurs, la meilleure preuve que le monde est un conte de fées, c'est qu'on a justement passé la soixantaine, et que l'existence s'est déroulée comme dans un rêve, à l'abri de tous les gros problèmes et avec un *happy end* au bout de chaque chapitre. La preuve, c'est justement que, à soixante ans passés et sans aucune qualification pour ça, on est encore, bon an mal an, millionnaire. C'est un cercle vicieux...

Madame V., bourgeoise aisée de Neuilly, voit donc la vie en rose mais, n'étant pas foncièrement égoïste, elle se dit qu'il y a autour d'elle des misères plus ou moins cachées, qui méritent qu'on se penche sur elles pour leur apporter réconfort matériel et financier. Elle a, comme on dit, ses bonnes œuvres. Tout le monde ne peut pas en dire autant dans son milieu... Son carnet de chèques toujours à portée de la main, madame V. est un cœur charitable, et c'est ce qui l'amène à fréquenter l'assistante sociale de la prison de Fresnes. Bien sûr, la majorité de ceux qui sont derrière les grilles n'ont pas, pour les soutenir dans leur épreuve, madame V. et ses millions bien placés.

Madame V. n'est pas snob et elle prête une oreille attentive aux malheurs des autres. Elle est facile à émouvoir quand son interlocuteur lui raconte sa chienne de vie. La charité de madame V. passe par son émotivité immédiate. Un visage avenant lui parle davantage que des chiffres catastrophiques et abstraits.

Ce jour-là, chez l'assistante sociale, madame V. fait la connaissance de Paola, une femme digne et distinguée dont le destin « terrible » (et croustillant) émoustille la millionnaire, lui tirant presque des larmes. Paola, après les présentations d'usage, lui avoue, avec réticence, qu'elle se trouve là parce que son époux, réparateur en télévision, est incarcéré... Qui aurait pu penser qu'elle en vienne à tomber si bas ! Elle s'est mariée par amour-passion bien en dessous de sa condition.

En effet (et pour faire cet aveu, Paola, dans un murmure, demande à madame V. le plus grand secret), Paola confie qu'elle n'est rien moins que la « fille adultérine de la reine Juliana des Pays-Bas ». Madame V. sursaute mais, en regardant Paola de près, cette bonne dame, fidèle lectrice de *Point de vue-Images du monde*, trouve qu'il y a un air de ressemblance avec la reine. Celle-ci, dit-on, ne fut pas très heureuse avec son époux. C'est pourquoi madame V. croit trop facilement que la souveraine ait pu « se consoler entre les bras d'un lord anglais qui serait, lui, très proche de la famille Windsor ». Paola, épouse d'un malfrat réparateur de télés, serait donc le croisement des deux plus riches familles régnantes du moment... Quelle vie !

Madame V., qui ne possède pas de particule, se sent de plus en plus émue et elle n'hésite plus devant la « mission » qui l'attend : aider la « princesse » Paola à retrouver son rang et sa position. Paola se fait un peu tirer l'oreille, pour la forme, mais parvient à faire comprendre qu'elle saurait trouver l'utilisation d'un petit prêt... Et madame V. signe un chèque. Puis un autre. Après quelque temps, Paola, dont l'époux-réparateur est à nouveau libre, suggère que, pour remercier leur bienfaitrice, elle et son mari servent de « factotums » dévoués à la millionnaire sexagénaire et solitaire. On est en plein « roman-photo ». La machine est en route.

Et la bienfaitrice, étonnée, mais au fond flattée, reçoit bientôt à son domicile personnel des coups de téléphone curieux. Des voix masculines ou féminines, avec des accents hollandais ou britanniques, s'informent du lieu où l'on pourrait joindre « Son Altesse la princesse Paola pour des *arrangements* financiers importants actuellement en cours ». De toute évidence, madame V. comprend qu'elle défend une juste cause et que, « incessamment si ce n'est plus tôt», la princesse Paola retrouvera, grâce à elle, son rang social. Bientôt, on la reverra dans la rubrique mondaine de *Point de vue*. Justement, à propos de rang social, la princesse Paola a des frais personnels, sans compter ceux que lui cause la gestion des affaires de madame V. dont les comptes en banque ne vont pas fort en ce moment.

Madame V. doit signer de plus en plus de chèques, pour des sommes de plus en plus fortes. La famille de madame V. s'étonne, s'inquiète. Pour arriver à accomplir sa mission de «sauvetage» elle vend des immeubles et, pour dépanner son Altesse Royale, elle sollicite même un prêt de certains proches. «Bizarre», pensent ceux-ci...

On vient d'arrêter la «princesse Paola» au moment où elle recevait un nouveau chèque de 5 000 francs signé par la bonne dame naïve. On s'aperçoit alors que, depuis quelque temps, l'altesse royale et son prince consort-réparateur possèdent, dans le Loiret, plusieurs villas ainsi qu'une ferme en cours de restauration. Ils emploient des précepteurs pour leurs trois enfants et même un jardinier. Madame V. réalise qu'elle les a «dépannés» pour un total de 10 millions de francs, soit 1 milliard de centimes. La princesse Paola se retrouve à l'ombre, pas l'ombre de l'arbre généalogique de la maison d'Orange, celle des murs de la Santé, et son «prince consort» rejoint Fresnes.

Massages lyonnais

France-Février 1991

Lyon, ville secrète et sensuelle, traboules et nuits chaudes où, entre Saône et Rhône, dans la chaleur des nuits d'été, des hommes solitaires cherchent comment calmer leurs pulsions les plus intimes.

Lyon, une capitale, riche de possibilités. Il suffit de connaître des adresses et d'avoir le portefeuille suffisamment bien rempli. Des adresses : on peut s'en faire communiquer certaines, mais tout le monde n'a pas les relations susceptibles de le dépanner dans ces moments d'urgence. Alors, les mœurs étant chaque jour de plus en plus libres, on peut se renseigner simplement en parcourant les petites annonces. Non pas dans des revues vendues sous *blister* de plastique, mais tout simplement dans les journaux gratuits, que l'on trouve souvent coincés dans sa boîte aux lettres. Là, des colonnes, parfois des pages entières, offrent des espérances : petites annonces matrimoniales qui déboucheront souvent sur l'adhésion à un club plus ou moins onéreux, « pavés » par lesquels des jeunes filles munies d'un téléphone offrent leurs services dans différents domaines.

D'autres annonces, illustrées de jolis visages féminins, exotiques, orientaux, proposent des séances de relaxation complète par le biais de salons de massages ultra-perfectionnés, ultra-sophistiqués, ultra-caressants...

Un numéro de téléphone, quelques sonneries pendant lesquelles on se demande ce que l'on va dire comme entrée en matière, une voix douce, si douce, qui répond :

– Ici, le Thaï, bonjour. Vous désirez venir vous relaxer ? Mais bien sûr, vous verrez, nos hôtesses masseuses sont absolument extraordinaires, leur technique orientale de massage *shiatsu* vous laissera absolument détendu, dans un état que vous ne pouvez imaginer. Ne croyez pas qu'elles se contenteront de massages purement mécaniques et impersonnels ; nos hôtesses savent deviner les désirs les plus secrets et les plus intimes de nos clients... Elles savent inventer les massages les plus troublants, qui feraient se dresser un mort. Elles n'hésitent jamais à payer de leur personne pour que la séance s'achève dans un flot de bonheur qui envahira votre corps de la tête aux pieds...

Enfin, quelque chose d'approchant.

Au bout du fil, le client potentiel n'en peut déjà plus. Tout ce qu'il a la force de demander, ce sont les tarifs des « massages » imaginatifs et personnalisés :

– 700 francs si vous prenez le massage avec une seule hôtesse, 1 000 francs si elles sont deux.

En respirant de plus en plus fort, le client raccroche et quitte la cabine téléphonique déjà tout moite : 1 000 francs pour deux hôtesses ! Ça semble un peu cher pour une seule soirée mais, pour ce prix-là, il se voit déjà en James Bond 007, entièrement nu, ou presque, entre deux Asiatiques au corps d'adolescente, souriantes et terriblement efficaces, caressant et massant, malgré leurs ongles carminés qui semblent aiguisés comme des poignards. « Pour 1 000 francs, pense le solitaire, il y aura peut-être quelque chose à boire : une bouteille de champagne, ou un whisky... au moins une Kronenbourg ! »...

À pied, en voiture, à bicyclette, le candidat au bonheur a vite fait de se rendre au « Thaï » ou au « Center », dont les propositions dans la presse et au téléphone sont tout à fait comparables. Après avoir versé son obole (en liquide de préférence), notre amateur de sensations pénètre au nirvāna.

Il est un peu déçu de l'aspect plus que modeste des lieux : un matelas posé à terre, ni fleurs, ni lumières tamisées, tout dans le genre spartiate. Mais qu'importe le flacon pourvu qu'on ait l'ivresse, les deux hôtesses (l'unique officiante si le budget est plus modeste) sont bien là. Elles arborent une tenue plus que décente mais, après tout, quoi de plus excitant que la lente montée du plaisir qui, sans nul doute, sera accompagnée d'un effeuillage progressif des demoiselles ? L'amateur sera peut-être invité à procéder lui-même à ces découvertes bouleversantes...

Notre homme s'installe en petite tenue et, fermant les yeux, se laisse « entreprendre » par les charmantes masseuses. Celles-ci, aussi érotiques que des gardiennes de goulag, commencent à le pétrir avec l'intention évidente de lui remettre tous les os dans le bon sens. Pas très érotique, mais le meilleur est à venir.

Le meilleur se fera attendre longtemps car, après avoir consciencieusement enfoncé leurs doigts dans tous les endroits sensibles mais non érogènes du client, les masseuses, respectant strictement leur contrat, lui annoncent, au moment où il s'y attend le moins, qu'il en a eu « pour ses 1 000 francs ». On l'invite à se rhabiller et, s'il fait mine de protester, on fait entrer un costaud accompagné d'un chien-loup dont les crocs n'ont rien de particulièrement « érotique ».

Et voilà notre client qui se retrouve dehors, souvent à peine vêtu, ayant obtenu strictement ce qu'on lui avait proposé : un massage technique destiné à le remettre en forme. Quant aux promesses suggérées par téléphone... il aura sans doute pris ses rêves pour des réalités... Mais certains sont allés conter leur déception aux policiers... qui ne peuvent pas grand-chose : ils ont eu ce qu'on leur a promis, même si des voix langoureuses ont suggéré autre chose...

On ne sait jamais...

France-Février 1989

Le Gers, long de 178 kilomètres, vient du plateau de Lannemezan, dans les Hautes-Pyrénées, et se jette dans la Garonne un peu en amont d'Agen. Il y a quelques années, près du Gers, Christian L., un jeune homme sportif et sympathique, roule à bord de sa voiture et rêve. Il rêve à des projets d'avenir, aux prochaines vacances, à ses amours, à la prochaine télé couleurs qu'il va s'offrir avec ses économies. Mais soudain, un bruit de freins le rejette brutalement dans la réalité. Sur la route un véhicule (roulait-il dans la même direction ou arrivait-il en sens opposé ?) vient de quitter l'asphalte et, enfonçant le parapet de la rivière, a plongé dans le Gers où il s'enfonce maintenant avec un gargouillis curieux provoqué par l'air qui, s'échappant de l'intérieur de la voiture, envoie de grosses bulles à la surface glauque de l'eau. À l'intérieur, sans nul doute, un conducteur sent l'eau qui monte jusqu'au toit.

Christian et une ou deux personnes ont quitté les voitures garées en catastrophe sur le bas-côté. Tout le monde regarde sans mot dire la voiture accidentée qui disparaît dans la rivière. Chacun essaie désespérément de réfléchir à une conduite efficace. Mais, que faire ? Le Gers est très loin en bas, glacé, prêt à avaler automobile et conducteur sans leur laisser aucune chance. Se jeter à l'eau paraît une idée aberrante, folle, inutile, suicidaire. Pourtant il doit bien y avoir quelque chose à faire. « Si seulement j'avais une corde à lancer, » se dit Christian...

En bas, par la vitre entrouverte, on aperçoit, dans la lumière incertaine, une main qui s'agite. On voit un corps qui parvient à se glisser enfin en dehors de l'habitacle. S'en sortira, s'en sortira pas ? En bas, le conducteur essaye pendant quelques secondes de s'accrocher au toit de sa voiture mais celle-ci, tournant sur elle-même, coule d'un seul coup dans le courant, en lâchant une dernière grosse bulle.

Christian, stupéfait, n'arrive pas à quitter le parapet. Il y est encore agrippé quand les pompiers arrivent sur les lieux. On ne retrouvera le corps inanimé du malheureux accidenté que quelques heures plus tard, quelques kilomètres plus loin.

Rentré chez lui, Christian n'arrive pas à digérer ce qu'il considère comme un échec personnel. Comment, se dit-il contre toute logique, n'a-t-il pu sauver l'inconnu après son terrible plongeon ?

Pavie-Février 1991. Frédéric M., un jeune chauffeur de poids lourd, se réveille en trouvant que le métier n'est pas toujours rose. Se lever en pleine nuit noire, grimper dans son camion de 38 tonnes, conduire son énorme remorque de Pavie à Carcassonne, Narbonne, Perpignan et rentrer sur Auch pour livrer des vêtements, des chaussures, des poches en papier et tout un tas d'autres marchandises, en plein hiver, avec les risques de verglas, ce n'est pas joyeux. Pratiquement 600 kilomètres dans la journée... « Enfin, se dit-il en tournant la clé de contact, espérons que ça se passera bien... »

Quand il arrive au pont du Prieuré, au-dessus du Gers, Frédéric est en train de calculer à quelle heure il passera à Toulouse pour s'arrêter 5 minutes et boire un café lors de la première livraison... Le fond de l'air est humide. « Pourvu qu'il n'y ait pas de brouillard, pourvu qu'il n'y ait pas de... Merde ! Qu'est-ce qui arrive ? » Frédéric sent la direction du camion qui s'affole, qui ne répond plus. Il essaye de laisser un peu de mou, de redresser en douceur, mais rien n'y fait, le parapet du pont de l'autre côté de la chaussée se rapproche irrésistiblement et, derrière la cabine, Frédéric sent les 38 tonnes qui poussent, qui poussent... Un vilain bruit, celui de la cabine qui enfonce le parapet... Une sensation d'ascenseur en délire pendant qu'il plonge vers le lit du Gers.

Non loin de là, Christian L., encore lui, arrive dans sa camionnette municipale, décorée aux armes de la ville d'Auch. Christian ne voit pas le 38 tonnes plonger dans le Gers, mais il entend le bruit de la collision contre le parapet, puis de l'impact dans l'eau. En bas, Frédéric, enfermé dans la cabine, sent l'eau glacée qui monte. Il saisit quelques objets personnels qui flottent déjà autour de lui. Il n'a heureusement pas été assommé par l'énorme choc. En essayant de ne pas paniquer, il ouvre la vitre de la cabine et se jette dans le flot glacé.

Christian, l'employé municipal, n'a pas mis longtemps à trouver ce qu'il fallait dans le coffre de son véhicule de service. « Bouge pas, on arrive », crie-t-il à Frédéric qui sent l'eau glacée l'engourdir et l'attirer vers le néant.

Christian avait installé ce qu'il fallait dans la camionnette en se disant : « On ne sait jamais »... C'était plutôt une manière de rassurer sa conscience, d'exorciser le sort, de se montrer à la hauteur des responsabilités d'un fonctionnaire municipal, en principe toujours équipé pour répondre aux besoins de ses concitoyens. Du haut du pont, Frédéric voit descendre un filin long de plus de 20 mètres. En haut, Christian le laisse glisser en manœuvrant un dévidoir de métal que, depuis plusieurs années, en souvenir du malheureux noyé de 1989, il transporte partout en se disant : « On ne sait jamais »...

Brave chien...

Italie-Février 1991

Alfredo traîne son ennui. Normal à onze ans, un jour sans école. Il a fait ses devoirs, presque appris ses leçons ; le temps est morose, entre pluie et soleil, ni trop chaud ni trop froid. Ce n'est ni un jour à rester assis devant la télévision, ni un jour à partir trop loin pour jouer dans la campagne. Pas de partie de football en vue. Alfredo s'ennuie ferme.

Comment tuer le temps jusqu'à l'heure du déjeuner ?

La bande de copains tourne en rond au bout de la rue. Les dimanches matin à Montecorvino Rovello... quelle barbe ! En plus, on n'a même pas la distraction de regarder les ouvriers qui, en semaine, s'activent sur le bâtiment qu'on est en train de construire au bout de la rue.

Alfredo aimerait bien, quand il sera plus grand, travailler sur des chantiers, en tee-shirt, au soleil, actionnant des grues comme celle qu'il a dans sa boîte à jouets, chantant à tue-tête, apostrophant les filles qui passent dans la rue. Ce doit être la belle vie... Mais aujourd'hui, le chantier est vide. Rien n'y bouge : même en glissant un œil entre les planches des palissades, on ne voit rien d'intéressant. Seul un chat noir fait sa balade en quête de souris qui n'ont pas encore eu le temps d'emménager.

– Couchée, Stella !

Stella, la gentille corniaude, un peu berger allemand, un peu fox-terrier, s'intéresse au chat du chantier, et la voilà qui se faufile entre deux planches de la palissade.

– Ici, Stella !

Rien à faire, elle est en train d'aboyer au pied d'un échafaudage, mais le chat a grimpé 3 mètres plus haut et regarde Stella d'un air dédaigneux... « Grimper là-haut, voilà qui serait intéressant », pense Alfredo. Il n'y a personne, et c'est autrement plus passionnant que d'escalader toujours le même vieux platane derrière la maison.

– Reste là, Stella !

Stella lui lance un regard interrogateur en penchant la tête de côté. « Tu ne serais pas en train de faire quelque chose de défendu ? » dit le regard de la chienne. Mais Alfredo n'a pas le temps de répondre. « À nous les gratte-ciel ! Comme en Amérique ! Et là-haut on pourra voir jusqu'à la maison ! Et on pourra se prendre pour Superman et Spiderman réunis. » Et la tête que vont faire les copains tout à l'heure, quand il leur racontera qu'il est monté jusqu'en haut de l'immeuble en construction !

Tout en grimpant les escaliers bruts de coffrage, sans garde-fou, une vague angoisse saisit Alfredo: «Est-ce qu'il n'y a pas de danger?» Il a une vague pensée pour son Ange gardien, dont on lui dit qu'il veille sur lui au ciel. Alfredo est déjà au second étage, les courants d'air lui apportent le parfum de la mer qui n'est pas si loin. C'est déjà une aventure, cet immeuble désert, encombré de quelques outils, de planches, de seaux de plastique.

Alfredo est un peu déçu. Il n'y a rien de très intéressant à voir et le paysage n'a rien de très exotique: l'enseigne lumineuse du supermarché voisin, des fenêtres anonymes d'où, en plus, quelqu'un risque de l'apercevoir et de se demander ce que fabrique ce gamin dans un chantier de construction désert. Bon, il ne faut pas traîner là. Mais, quitte à être venu, autant aller jusqu'en haut. C'est l'affaire d'une minute et Alfredo se retrouve sur la dernière plate-forme de l'immeuble. Là, il est exposé aux regards, tout le monde pourrait s'apercevoir de sa présence. En bas, Stella s'est mise à aboyer, inquiète.

Alfredo se demande soudain si quelqu'un n'est pas entré dans le chantier. Et si la chienne allait rentrer seule à la maison. Ça ferait du joli: «Et d'où viens-tu? Et pourquoi as-tu laissé la chienne rentrer seule?» Alfredo, intrigué par les aboiements, sent qu'il faut jeter un coup d'œil en bas. Il s'approche prudemment du vide. «Bon sang, ce qu'il y a comme courants d'air là-haut!» Il ne parvient pas bien à apercevoir Stella, qui se manifeste toujours en bas. Elle est trop près du mur pour être visible...

Alfredo cherche du regard un appui. Un madrier, posé en biais, est près de sa main. Il y a un gros clou qui dépasse. Alfredo attrape le clou et serre bien fort: «Où est donc Stella? Ah, la voilà, tout en bas.» Un coup de vent brutal, le madrier en déséquilibre tourne de 90°. Alfredo se sent comme poussé en avant par la masse, son centre de gravité se trouve soudain dans le vide, sa main lâche le clou, plus rien ne le retient, et, en bas, le regard de Stella qui s'accroche au sien et qui se rapproche, vite, vite... si vite. Alfredo a une pensée fugitive et bizarre : « Sûrement que je vais être privé de télé pendant au moins une semaine ! »

Quand il reprend connaissance, Alfredo, onze ans, n'est plus trop sûr de l'endroit où il est : l'entourent des gens inconnus, la bande de copains, l'air penaud, ses parents, des policiers sortis d'on ne sait où et des femmes qui pleurent et se signent. On parle de la Madone et de miracle, et Alfredo s'étonne de ne pas avoir trop mal. Stella, couchée par terre, à côté de la civière, lui donne de grands coups de langue. Ce n'est pas très hygiénique, mais ça vient d'un si bon cœur...

On lui explique qu'il vient de tomber du troisième étage, qu'il devrait être mort mais que, au dernier moment, Stella, la brave corniaude, s'est précipitée et, en le recevant sur son dos, a amorti sa chute mortelle. Alfredo n'a rien, Stella est un peu estourbie. On va aller allumer un cierge et faire dire une messe d'action de grâces dès le lendemain.

L'Ange gardien d'Alfredo peut être fier de lui, là-haut, au paradis. Il a bien fait son travail... Alfredo vient de décider qu'il sera marin plutôt que contremaître dans le bâtiment...

Sans laisser d'adresse

France-Août 1991

Robert A. est un monsieur discret. Il vit dans une maison attenante à une boutique basse, dans ce quartier populaire de Talence. A-t-il de la famille, des amis, des proches ? Personne ne peut le dire. Une voisine, de temps en temps, le voit sortir de chez lui, son Vélosolex à la main, refermer la porte, enfourcher son engin et s'éloigner. Personne ne peut dire ni où il va, ni d'où il revient.

Il doit avoir la soixantaine, un retraité sans doute. Retraité de quoi ? Mystère...

Ce monsieur n'est vraiment pas « causant ». On le laisse à ses pensées. Bien évidemment, s'il a besoin de quelque chose, on sera disponible... à condition qu'il en fasse la demande. Ce qui n'est pas le cas. On ne va pas se mêler des affaires des autres, à Talence. Ça ne se fait pas, chacun ses problèmes. On n'aimerait d'ailleurs pas que les autres viennent mettre leur nez dans nos propres affaires. Alors, Robert vit sans importuner personne. Pas de problèmes de mauvais voisinage, pas de tapage, pas de mauvaises odeurs, ni de fuites d'eau dans les maisons basses du quartier.

Un jour, on ne voit plus Robert. On ne s'en rend pas immédiatement compte. Quelqu'un dans le voisinage se dit : « Tiens, ça fait un moment que je n'ai pas vu le monsieur qui sort en Vélosolex », et on n'y pense plus. Plus tard, deux voisines s'arrêtent et disent :

– On ne le voit plus. Il est peut-être parti ailleurs, chez ses enfants.

– Il avait des enfants ?

– Ou bien à l'hôpital...

– Il était malade ?

– Ou peut-être en maison de retraite. Parfois on est mieux là que tout seul.

– Ou en voyage ?

– Il est peut-être mort ? Mort ailleurs, sinon on l'aurait su.

Et puis on pense à autre chose. Le problème n'est pas assez passionnant. Ici, chacun fait ce qu'il veut, à pied ou en Vélosolex.

Pourtant l'Administration, elle, s'occupe de Robert :

il ne paye plus ses factures d'eau, ni de gaz, ni d'électricité. On coupe ces fournitures sans autre forme de procès. Les employés qui en sont chargés sonnent en vain à la porte. Pas de réponse, on exécute. Les postiers n'obtiennent plus de réponse quand ils frappent au moment des étrennes pour présenter leur nouveau calendrier. Robert, quand il aura à nouveau besoin de l'eau, du gaz ou de l'électricité, saura bien réclamer et on avisera...

Les années passent. L'échoppe basse reste close et, même, se dégrade. La peinture des volets s'écaille. Robert est vraiment négligent. Les alentours commencent à être envahis de mauvaises herbes: on dit que des rats pullulent. Les services d'hygiène finissent par s'émouvoir, mais, dans l'Administration, les choses vont si lentement. Quand Robert va revenir, on va lui demander des comptes, c'est certain.

Un beau soir, un voisin s'aperçoit que son chat n'est plus là. «Minou, Minou!» Rien à faire, l'animal ne revient pas. Alors le voisin se dit qu'il est peut-être parti chasser les rats qui ont l'air de fréquenter la maison d'à côté. Il vaut mieux aller jeter un coup d'œil. D'ailleurs, curieusement, ce que personne ne semble avoir remarqué, la porte de Robert n'est pas fermée à clef. Le voisin pousse la porte et, muni d'une bougie pour y voir dans la maison sans électricité, il pénètre dans l'entrée... Pas de trace du minet, mais Robert, lui, est là, étendu sur le sol: de toute évidence ça fait un bon moment qu'il est là car il est réduit à l'état de squelette. Au mur, le dernier calendrier des P et T date de 1986. Voilà pourquoi, depuis cinq ans, Robert, qui ne parlait pas à ses voisins, n'est plus sorti sur son Vélosolex...

Le tueur de Noël

France

1990-1991

Tout est calme dans ce pavillon d'une tranquille banlieue de Rennes. Il est 19 h 30 et la nuit est tombée depuis longtemps déjà, car nous sommes dans l'un des jours les plus courts de l'année, précisément le vendredi 28 décembre 1990.

Anne-Marie G. et Jean-Michel L. vont se mettre à table. Ils parlent de choses et d'autres, des fêtes de Noël, qui viennent de s'écouler, de celles du Nouvel An, qui vont venir; de leur travail commun aussi, car ils sont tous deux employés à la police judiciaire. Jean-Michel y a même des responsabilités importantes: c'est lui qui vient de mettre en place tout le système informatique, une tâche à la fois délicate et confidentielle. Entre eux, la petite Georgina, six ans, écoute sagement ces conversations de grandes personnes.

Aujourd'hui, on ne dîne pas dans la salle à manger, comme au réveillon de lundi dernier, ou comme ce sera le cas pour celui de lundi prochain, le repas se prend dans la cuisine. Assis sur sa chaise, Jean-Michel tourne le dos à la porte entrebâillée; Anne-Marie et Georgina sont de chaque côté de la table, à sa droite et à sa gauche...

Il n'y aura pas de réveillon lundi prochain. On entend un bruit de verre du côté du salon, un bruit léger, comme si un petit objet venait de se briser. Jean-Michel se lève. Il commence une phrase :

– Je suis...

Anne-Marie le regarde, étonnée et vaguement inquiète.

– Qu'est-ce qu'il t'arrive ?

Jean-Michel ne répond rien. Un flot de sang lui monte à la bouche et il s'écroule sur le carrelage. Anne-Marie se précipite, mais il est trop tard : il est mort. Une balle l'a atteint dans le dos, une seule balle, tirée avec une précision diabolique. C'est un meurtre hors du commun qui vient d'avoir lieu dans ce paisible et banal pavillon de province...

La précision du tir est la première chose que remarquent les enquêteurs. La balle a été tirée de l'extérieur. Elle a traversé la vitre de la porte-fenêtre du salon, est entrée dans la cuisine par l'entrebâillement de la porte et a frappé la victime dans le dos, provoquant une hémorragie foudroyante.

Un tel résultat ne peut s'obtenir qu'avec une lunette de visée. D'autre part, Anne-Marie est formelle : le seul bruit qu'on ait entendu est celui du carreau se brisant. Le tireur a donc employé un silencieux.

Une lunette de visée, un silencieux, une seule balle tirée : cela fait irrésistiblement penser à un professionnel. C'est pourquoi les enquêteurs passent toute leur première journée de recherches à se documenter sur le système informatique de la PJ rennaise. Mais, au soir, ils ne sont guère avancés. On ne voit pas quel truand, ou quelle mystérieuse organisation, se serait senti menacé au point de supprimer l'informaticien.

Dimanche 30 décembre 1990, second jour de l'enquête, le médecin légiste dépose ses conclusions :

– La balle a perforé le poumon, tranchant une artère,

ce qui a entraîné la mort immédiate. Quant au calibre de l'arme, il s'agit d'une balle de 22 long rifle.

22 long rifle : voilà qui change tout ! Bien loin d'être une arme de professionnel, c'est par excellence celle de Monsieur Tout-le-Monde. C'est le seul fusil vraiment précis qui soit en vente libre. Il faut ajouter que le tireur a fait feu à travers une fenêtre. Or, un professionnel n'agirait jamais ainsi, la vitre pouvant dévier la balle.

Les policiers s'orientent, du coup, dans une direction totalement différente... Et si la trajectoire n'était pas due à la précision, mais, au contraire, au hasard ? Si cette balle, tirée en apparence avec une habileté diabolique, était, en fait, une balle perdue ? Le 28 décembre est bien proche de Noël. Si un adolescent ayant reçu pour cadeau un 22 long rifle s'était essayé à tirer ? S'il ne s'agissait pas d'un meurtre hors du commun, mais d'un stupide et lamentable accident ?

Il faut trancher. Et les enquêteurs rennais emploient les grands moyens. Ils font appel à leurs collègues parisiens. Le laboratoire de police scientifique de Paris possède, en effet, un appareil laser tout nouveau, capable de déterminer avec une précision absolue la trajectoire d'une balle. Il n'a jamais été utilisé. Ce sera une première.

Le lundi 31 décembre, un technicien en blouse blanche installe donc son appareil ultra-sophistiqué dans le modeste pavillon du Rheu. Un figurant de la taille de la victime prend place sur la chaise qu'elle occupait. L'opération consiste à viser en même temps l'impact de la balle dans le dos et le trou dans la vitre du salon, ce qui donne la trajectoire.

Après avoir soigneusement orienté son instrument, l'expert en balistique rend son verdict :

– Il s'agit d'une trajectoire horizontale à un mètre trente du sol...

La surprise est de taille ! C'est la hauteur de quelqu'un mettant en joue un genou en terre. Il est subitement bien loin, le jeune inconscient tirant au hasard ! Tout cela fait irrésistiblement penser à un peloton d'exécution, à une exécution. Le tireur de Noël est bien un assassin…

Un autre témoignage, recueilli le même jour, vient confirmer cette hypothèse. Il s'agit d'un habitant du voisinage, qui passait en voiture au moment des faits. Il vient déposer spontanément au commissariat.

– Sur le moment, cela ne m'a pas frappé, mais maintenant, je pense que cela peut être important. À 19 h 30, j'ai vu un homme devant la haie du pavillon. Il portait un blouson marron. À côté de lui, il y avait une bicyclette.

– Vous pourriez le décrire ?

– Non, justement, et c'est cela qui me semble curieux. Il avait son capuchon rabattu. Or, il ne pleuvait pas et il ne faisait pas froid…

Un mystérieux inconnu qui se cache le visage, qui vise avec soin, un genou en terre, tout indique un crime minutieusement prémédité et accompli avec un parfait sang-froid. La précision du tir est bien due à une remarquable adresse, avec, peut-être, l'aide de la chance.

Les policiers rennais se mettent donc à chercher la bicyclette en question et privilégient désormais une piste qu'ils n'avaient jamais cessé de suivre : la vie privée du couple.

Et il y a beaucoup de choses à dire à ce sujet. D'abord les lettres anonymes. Elles sont brusquement apparues au mois de mai précédent. Il ne s'agit pas de simples méchancetés ou grossièretés. Elles sont autrement graves : ce sont des menaces de mort contre Jean-Michel. La plupart lui ont été adressées directement au pavillon : « Profite de ta lune de miel, tu n'as plus longtemps à vivre », « Tu mériterais un coup de carabine ». D'autres ont été envoyées à sa femme, à Rennes : « Le seul moyen de te débarrasser de ton mari, c'est de lui mettre une balle dans la tête. »

Car la situation du couple Jean-Michel-Anne-Marie

était en plein bouleversement. Jean-Michel était, en effet, marié. Il était en instance de divorce, mais le jugement n'avait pas encore été prononcé. Anne-Marie, mère célibataire, a eu sa fille, Georgina, d'un de ses camarades d'études, mais l'a gardée pour elle seule, ne voulant pas entendre parler d'un homme dans sa vie.

Et puis, elle a rencontré Jean-Michel. Entre elle, l'informaticienne, et lui, le brillant ingénieur, le coup de foudre a été immédiat. Finie, pour elle, sa devise : « Pas d'homme dans ma vie ! » Lui, de son côté, a immédiatement rompu avec sa femme, s'est installé dans le pavillon d'Anne-Marie et a entamé une procédure de divorce.

Pas assez rapidement au gré de sa compagne. Ils ont eu une dispute à ce sujet, la seule vraiment grave qui les ait opposés. Anne-Marie a accusé Jean-Michel de vivre à ses crochets, de profiter du pavillon. Jean-Michel a très mal pris la chose et il s'est retrouvé à la rue.

La brouille n'a pas duré longtemps. Peu après, tous deux se réconciliaient et Jean-Marie revenait habiter chez Anne-Marie. C'était en mai 1990, et c'est à ce moment précis qu'ont commencé les lettres anonymes. Qui donc souhaitait qu'ils ne se marient pas avec une telle intensité qu'il est allé jusqu'au crime ? Car il ne fait pas de doute que le corbeau est également l'assassin...

Mercredi 2 janvier 1991. Anne-Marie va voir sa mère, Adèle, qui habite à deux cents mètres du pavillon. Elle lui a souhaité, la veille, la bonne année au téléphone. Vu les circonstances, il n'y a pas eu de fête de famille. Aussi veut-elle aller la voir et l'embrasser.

En arrivant, Anne-Marie a une curieuse impression. Bien que la matinée soit déjà avancée, les volets sont fermés. On dirait que le pavillon de sa mère est abandonné... C'est en approchant de la porte d'entrée qu'elle sent une forte odeur de gaz. Elle court prévenir les pompiers.

Ceux-ci découvrent Adèle allongée sur le sol de sa cuisine. Elle est inanimée, mais la visite imprévue de sa fille l'a sauvée. Elle n'a pas respiré assez de gaz pour que son état inspire de l'inquiétude. Elle est néanmoins conduite en observation à l'hôpital.

Les pompiers ne sont pas les seuls à s'être rendus sur place : les policiers sont arrivés sur leurs talons. Cette tentative de suicide leur paraît bien étrange. Peut-être en sauront-ils davantage en fouillant la maison. Le résultat ne tarde pas. Le fusil 22 long rifle est introuvable, mais il y a une bicyclette dans le garage et, dans un secrétaire, du papier semblable à celui des lettres anonymes.

Mais c'est à la cave qu'on découvre l'indice le plus accablant : une planche criblée de balles. Elle a servi de cible d'entraînement et les impacts sont groupés au centre avec une précision qui fait froid dans le dos.

Adèle ne reste que vingt-quatre heures à l'hôpital. Elle est tout à fait rétablie lorsqu'elle est conduite au SRPJ de Rennes, au matin du 3 janvier, pour audition.

Les policiers dévisagent cette femme de soixante-neuf ans, solide, aux allures sportives. Elle est grande : un mètre soixante-dix, ce qui explique que, dans la nuit, l'automobiliste ait pu la prendre pour un homme. Son visage est énergique, avec des cheveux bruns bouclés très fournis, un regard perçant derrière de grosses lunettes. Mais elle n'a rien d'un monstre. On dirait une grand-mère comme toutes les autres.

Le commissaire lui désigne la planche trouée et le papier à lettres, qu'on a déposés sur son bureau.

– Qu'avez-vous à dire, Madame ?

La mère d'Anne-Marie garde un moment le silence, puis baisse la tête.

– Quand j'ai lu dans le journal qu'on avait vu quelqu'un à bicyclette, j'ai compris que tout était perdu. J'ai préféré disparaître.

– Pourquoi avez-vous fait cela ?

Adèle hésite encore et se met à parler. Elle raconte tout et les policiers découvrent qu'ils ont devant eux un des assassins les plus impitoyables qu'ils aient rencontrés. Son histoire tient en deux mots: amour et haine, un amour étouffant et une haine implacable...

Adèle naît en 1921. Elle habite longtemps une des plus belles régions de Bretagne, en bordure de la forêt de Brocéliande. Petite fille, elle est turbulente et vive. Elle se marie juste avant la guerre avec un agriculteur de la région. Son mari est fait prisonnier et elle se voit obligée d'exploiter seule le domaine. Elle s'en sort plus que bien. Elle découvre, à cette occasion, qu'elle possède une énergie et une force de caractère peu communes.

En 1955, elle accouche d'Anne-Marie. Cela ne l'empêche pas de continuer à travailler pour deux, son mari, malade depuis son retour de captivité, n'ayant pas les forces suffisantes.

Adèle veille aux études d'Anne-Marie, qui s'oriente vers l'informatique. En 1981, Adèle divorce. Il y a longtemps que son mari ne l'intéresse plus et que sa fille est sa seule raison de vivre. Elle vend l'exploitation agricole et, avec sa part, achète deux pavillons voisins.

En 1984, Adèle est merveilleusement récompensée de toutes ses générosités. Anne-Marie est enceinte, mais si elle veut garder l'enfant, elle ne veut pas de père. Elle dit à sa mère, tout de suite après la naissance de Georgina:

– Nous serons tes deux filles.

C'est l'apothéose, le bonheur sans mélange! Adèle, femme de caractère qui a toujours plus ou moins méprisé les hommes, se retrouve à la tête d'une famille faite pour elle, une sorte de petit clan féminin de trois membres. Georgina doit à son père antillais la peau dorée des pays chauds. Anne-Marie, une belle brune d'un mètre quatre-vingts, s'épanouit de jour en jour. Adèle est aux anges; elle couvre ses deux chéries d'attentions et de cadeaux...

Et puis, c'est le choc, le coup de tonnerre! Anne-Marie entre au service informatique de la PJ rennaise et tombe amoureuse de Jean-Michel.

Tout de suite, Adèle le déteste. Elle dit à sa fille que c'est parce qu'il est marié, parce qu'elle le soupçonne d'en vouloir à son argent. En réalité, c'est beaucoup plus profond, plus radical. Elle le hait parce que c'est l'intrus qui va lui prendre sa place dans le cœur et la vie d'Anne-Marie... Anne-Marie, son incomparable fille qui ne voulait pas des hommes, va devenir une femme comme tout le monde et elle-même une banale grand-mère.

Quand Jean-Michel s'installe au pavillon, c'est pire encore. L'ennemi est là, chez elle! Elle accable tant Anne-Marie de reproches contre lui qu'elle finit par l'ébranler. C'est la rupture. Hélas! elle ne dure pas. Ce n'était qu'une querelle d'amoureux, l'homme tant haï revient et le cauchemar recommence.

Adèle essaie le chantage sentimental. Elle pleure des journées entières, se laisse mourir de faim. Anne-Marie ne se laisse pas attendrir. Elle n'est pas facilement impressionnable: elle a de qui tenir. Ce sont alors les lettres anonymes, mais elles n'ont pas plus de résultat...

Alors, puisque tout a échoué, puisque jamais Anne-Marie ne se séparera de Jean-Michel, Adèle décide de le tuer. Elle prend sa décision froidement et va l'accomplir jusqu'au bout.

Le 6 décembre, elle se rend chez un armurier et achète un fusil 22 long rifle. Rentrée chez elle, elle se rend vite compte qu'elle ne peut pas s'entraîner sans alerter les voisins et que, de loin, elle ne peut atteindre sa cible. Elle retourne donc chez l'armurier pour acheter une lunette et un silencieux et, cette fois, tout est prêt pour le crime.

Le vendredi 28 décembre au soir, elle décide de passer à l'action, prend sa bicyclette et se rend au pavillon de sa fille. Elle tire avec un parfait sang-froid et, avec le même calme, va jeter son arme dans un étang tout proche. Ensuite, elle rentre chez elle et attend...

Tels sont les aveux qu'Adèle passe devant les policiers de Rennes. Elle est conduite à la prison de femmes de la ville où elle ne manifeste pas le moindre remords. Elle se plaint de son sort à ses compagnes de détention :

– Toute une vie de travail pour en arriver là !

Le dimanche 13 janvier 1991, Adèle a choisi de quitter le monde. Elle s'est pendue aux barreaux, profitant que sa camarade de cellule était à la messe. À ses pieds, un mot où elle disait avoir agi pour le bien d'Anne-Marie.

Le tireur fou
France
1989-1991

Le 20 avril 1991, un entrefilet paraissait dans les journaux : « Christian D. a été reconnu irresponsable au sens de l'article 64 du Code pénal. Sur décision conjointe des préfets des régions de Franche-Comté et de Lorraine, il a quitté la prison où il se trouvait en détention provisoire et a été placé dans une unité pour malades difficiles. »

C'est de cette manière discrète, presque furtive, que s'est conclu l'un des drames les plus épouvantables des annales criminelles françaises... Souvenez-vous : c'était le 12 juillet 1989, en pleine préparation du Bicentenaire de la Révolution. Et puis soudain, dans cette atmosphère de fête, l'annonce de l'horreur...

Christian naît trente et un ans plus tôt, le 4 juillet 1958, dans la ferme familiale, située dans un méandre du Doubs, au cœur d'une région essentiellement laitière. La famille D. est l'une des plus anciennes de ce hameau de cent trente-deux habitants. Georges, le père, possède une ferme de soixante-cinq hectares, comprenant surtout des pâturages pour ses quatre-vingts vaches. Une grande étable et une maison d'habitation, de part et d'autre de la route, composent les bâtiments.

En 1961 naît un second fils, Serge, et en 1963, une fille, Corinne. Christian passe une enfance sans problème dans cet univers paisible. Il va à l'école communale, puis, après son certificat d'études, fréquente le CES voisin. Mais il n'y reste pas. Les études théoriques ne sont pas ce qui l'intéresse. Il se destine à la terre et suit les cours d'une école privée d'agriculture des environs.

Le travail à la ferme semble, en effet, parfaitement lui convenir. À seize ans, c'est un costaud infatigable d'un mètre quatre-vingt-cinq et, de plus, il adore les animaux. Il n'aime, d'ailleurs, qu'eux. C'est un garçon taciturne et réservé. Il va au bal, mais n'a pas de liaison. Il n'a pas non plus d'ami.

En 1977, Christian effectue son service militaire en Allemagne, dans des conditions on ne peut plus favorables : il est serveur au mess des officiers. Mais malgré cela, quand il rentre, un an plus tard, on constate chez lui un inquiétant changement.

Les mauvais traits de son caractère se sont aggravés. Il était taciturne, il est devenu sombre ; il était réservé, il est devenu hostile. Il est même agressif : il ne dit plus jamais bonjour et lance aux gens des regards mauvais.

Au village, on s'habitue au nouveau Christian D. On l'évite, on tâche de faire comme s'il n'était pas là. Et le temps passe. Ses camarades se marient, lui ne fréquente toujours personne. Il ne parle qu'avec sa mère. On ne lui connaît aucune distraction, aucun centre d'intérêt. À la différence des autres habitants, il n'est pas chasseur : il aime trop les bêtes, qui sont sa seule passion.

Il est de plus en plus solitaire. Il n'y a que lui qui soit resté à la ferme. Son frère et sa sœur sont partis : Serge est ouvrier et Corinne fait des études supérieures d'anglais. Christian, lui, travaille d'arrache-pied aux soins des bêtes et, quand il a terminé, s'enferme dans sa chambre pour lire. Il ne prend plus ses repas avec les autres. Il a ses propres horaires. Progressivement, il n'a plus de contact avec personne. Nul ne sait ce qu'il pense. Désormais, on l'appelle «le fou», mais on ne le rejette pas. Il a sa place, même si elle est à l'écart. Le hameau réagit comme les communautés traditionnelles: la bizarrerie, la folie font partie de l'existence. Il faut les accepter.

En 1986, son frère se marie. Il n'assiste pas à la noce. Cela ne surprend personne; on en est même plutôt soulagé. Et c'est deux ans plus tard, en 1988, que se situe l'événement décisif: Georges veut prendre sa retraite et décide de donner la ferme à Christian.

Le choix est normal. Serge a un bon métier à la ville, Corinne est professeur d'anglais. C'est la tradition: un seul des fils reprend l'exploitation pour ne pas la morceler. Christian s'inscrit à un cours de gestion agricole, mais il abandonne au bout de quinze jours. Il vit très mal cet échec et renonce à reprendre la ferme. Il dit à son père:

– Je ne veux pas de la ferme. J'ai peur. C'est trop de responsabilités.

Simultanément, on constate un nouveau et brutal changement dans son comportement. Il cesse de travailler. Il se lève tard et paresse dans sa chambre en écoutant de la musique. Il tient des propos inquiétants à sa mère:

– Il y a des bruits bizarres à la radio.

Ou alors:

– Hier, il y avait une émission pirate à la télé.

Il prend sa voiture pour de longues randonnées nocturnes dont il ne dit rien à personne; un jour il se rase presque entièrement les cheveux.

Cette fois ses parents s'inquiètent et lui font voir un médecin, qui prescrit des neuroleptiques, médicaments très puissants qui soignent les maladies mentales. Ils lui font beaucoup de bien, mais il cesse brusquement de les prendre et, cette fois, devient réellement dangereux.

Lui qui avait horreur des armes, il se met à tirer pour

un oui ou pour un non, en l'air, contre, les murs. En juin 1989, il envoie un coup de fusil contre le voisin, qui était en train de s'occuper de ses arbres; la décharge passe juste au-dessus de sa tête. C'est grave, mais le village se referme sur ce secret...

Samedi 8 juillet 1989 : on célèbre les noces de Corinne et de Daniel M., un garçon du village voisin. À la surprise générale, Christian a décidé d'y assister. Il s'est acheté un costume neuf et aide aux préparatifs ; il monte les tréteaux, installe les chaises. Tout le monde est un peu inquiet. On chuchote entre soi :

– Il est là pour faire un scandale.

On tente de faire de l'humour :

– Peut-être qu'il aurait fallu mettre un gilet pare-balles.

Mais juste avant la cérémonie, Christian disparaît. Son père a beau le chercher partout, il est introuvable. Le mariage a lieu sans lui...

Mercredi 12 juillet 1989. Il fait une canicule estivale. Corinne et Daniel sont au village pour prendre leurs nombreux cadeaux. À midi, tout le monde déjeune dans la grand-salle de la ferme. Christian n'y participe pas, mais c'est son habitude et cela soulage plutôt tout le monde. Il s'est pourtant joint à la famille pour l'apéritif ; il a pris un grand pastis et il est parti. C'est étonnant, car il a toujours été jusque-là d'une sobriété absolue. Mais personne ne s'inquiète.

14 h 20: le déjeuner terminé, Georges va à l'étable retrouver le vétérinaire, inséminateur artificiel, dont il est le dernier client avant les vacances. Madame D. et Corinne débarrassent. Daniel va aux toilettes, ce qui lui sauve la vie.

Christian fait irruption dans la salle de séjour, un fusil à la main et tire en l'air. Madame D. bondit sur le téléphone et compose le numéro des gendarmes.

– Mon fils est fou. Il tire de partout. Venez vite !

Georges, alerté par les coups de feu, vient voir ce qui se passe. Christian tire et l'atteint dans le cou.

Madame D. hurle aux gendarmes :

– Au secours ! Mon mari a été touché !...

Elle ne peut en dire plus. Elle est tuée net d'une décharge à bout portant.

Corinne essaie de fuir vers l'étable : elle est touchée à son tour. Elle revient vers la cuisine où elle s'écroule morte.

Le vétérinaire quitte l'étable pour lui porter secours : lui aussi est abattu.

Calmement, Christian va chercher les cartouches de son père, qui sont dans un carton à chaussures et les prend. Elles sont au nombre de deux cents. Cinq minutes ne se sont pas écoulées et il y a déjà trois morts et un blessé. Il sort dans la cour de la ferme...

Dans le pavillon d'en face, un maçon est en train de travailler à la façade. Les chevrotines ricochent tout près de lui. Il a le temps de se mettre à l'abri, mais le propriétaire est blessé au cou et à l'épaule.

Georges, qui s'était réfugié chez son voisin, décide de revenir à la ferme. Il lance :

– Christian tire de partout. Je suis inquiet pour ma femme et pour Corinne, je vais voir.

Son fils tire sur lui à travers la haie de thuyas. Heureusement, les feuilles amortissent les projectiles. Georges est seulement blessé à la hanche.

Juste devant la ferme, trois enfants jouent sur leur vélo de cross. Une fillette de quatorze ans est touchée la première. Elle crie :

– Le fou m'a tiré dessus. Allez chercher du secours !

Un de ses compagnons, âgé seulement de quatorze ans, veut s'enfuir, mais il est tué sur son vélo. Reste le dernier des enfants, douze ans. Heureusement, Christian n'a plus de cartouches dans le canon. Le temps qu'il recharge, le gamin peut s'enfuir.

Christian monte dans sa voiture, roule au pas et s'engage dans les rues du hameau : le carnage va redoubler d'intensité.

Trois retraités octogénaires, le frère et les deux sœurs, prennent l'air sur le pas de leur porte. Christian ne leur laisse pas la moindre chance. Le frère et l'une des sœurs sont tués, la seconde sœur n'est que blessée, mais elle décédera quelques mois plus tard à l'hôpital.

Le meurtrier reprend sa route et arrive devant la maison de son institutrice, aujourd'hui à la retraite. Son mari est dans son jardin. Un coup de feu claque et il s'écroule sans vie dans les framboisiers.

Cinquante mètres plus loin, il y a un lavoir. Une fillette de cinq ans et un garçon de dix sont en train d'y jouer. Il tue le garçon, la fillette peut s'échapper.

Il fait demi-tour, repasse par la place principale, sur laquelle se dresse une statue de la Vierge. L'épouse du maire gare sa petite voiture devant chez elle ; à l'arrière, sa nièce, cinq ans. Une détonation et la fillette est tuée. Le tueur s'approche. La femme du maire, pétrifiée, attend la mort. Mais d'une fenêtre, son fils a tout vu. Il s'empare d'un vieux fusil de collection qui tire des petits plombs et atteint Christian au cou. La blessure est sans gravité, mais le meurtrier, effrayé, s'enfuit.

Christian prend la direction du village voisin. Il continue à semer la mort : un cultivateur sur son tracteur, un autre dans ses betteraves. Il croise alors la voiture du capitaine des gendarmes, Sarrazin, qui arrive à la suite de l'appel. Christian est le plus rapide pour tirer. Le gendarme a quand même le temps de se jeter sur le côté, ce qui lui permet de n'être que touché au côté. Bien que perdant son sang en abondance, le capitaine Sarrazin appelle ses hommes par radio pour leur indiquer la position du tueur. Ce geste de bravoure lui vaudra d'être fait chevalier de la Légion d'honneur par le président de la République...

Christian redémarre, croise une 505, tire sur le conducteur, un instituteur de quarante ans, et le tue. Une automobiliste, qui arrive en sens inverse, subit le même sort. Puis, sans raison apparente, il fait demi-tour et reprend la direction de chez lui.

Il rencontre son ancienne institutrice qui, son balai à la main, retourne chez elle. Il la rate. L'estafette des gendarmes, alertée par leur capitaine, le rejoint à ce moment et le prend en chasse. Trois coups de feu sont tirés contre lui, mais sans l'atteindre. Il a encore le temps de tuer un passant, puis stoppe son véhicule, met pied à terre et épaule. Une fusillade éclate. Christian est touché au foie. C'est fini.

Il est 14 h 40... Le carnage n'a pas duré plus de vingt minutes. Dans le village et ses environs immédiats, sous un soleil radieux, on relève quatorze morts et huit blessés, dont l'un ne survivra pas. C'est la plus grande tuerie de l'histoire criminelle française. C'est près du dixième de la population de la commune qui est morte d'un coup, plus que ses victimes des deux guerres mondiales réunies. Dans les heures qui suivent, tout le pays, horrifié, apprend la nouvelle...

Le 14 juillet 1989 a lieu l'enterrement des victimes. Ce n'est pas n'importe quel 14 Juillet, c'est celui du Bicentenaire. Mais au village, c'est un jour de deuil comme on n'en a jamais connu. Six messes sont célébrées simultanément dans six églises différentes.

Six jours plus tôt, Corinne avait épousé Daniel. Aujourd'hui, c'est son enterrement. Deux mille personnes y assistent et, à la fin de la messe, toutes les cloches de la région se mettent à sonner le glas...

L'enquête commence. Christian, qui s'est remis

rapidement de ses blessures, est transféré à l'hôpital pénitentiaire de Fresnes. Il se voit inculpé, dans un premier temps, d'homicides volontaires avec préméditation. Le juge d'instruction s'intéresse, en particulier, à sa double vie : qu'allait-il faire lors de ses escapades nocturnes ?

Mais la principale question est, bien sûr, son état mental. Est-il ou non responsable ? Le 7 novembre 1989, les trois psychiatres chargés de l'examiner rendent leur verdict :

– C'est un schizophrène, dont l'état de dangerosité extrême impose l'internement à vie.

Le parquet de Besançon prend note, mais demande aussitôt une contre-expertise « dans l'intérêt d'une bonne administration de la justice ».

Elle est connue le 1er février 1990 et elle est formelle : Christian est fou. Il a mené jusqu'à trente et un ans une vie apparemment normale, mais sa personnalité était déjà psychotique. Il y a eu une brusque rupture d'équilibre le 12 juillet. Le fait qu'il soit très renfermé a caché ses symptômes. Ses problèmes vis-à-vis de la succession de la ferme l'ont amené à se sentir persécuté en permanence. Depuis, son état s'est encore aggravé. Il pense que ce qu'il a fait était nécessaire.

En conclusion, les experts réclament l'application de l'article 64 du Code pénal (« Il n'y a ni crime ni délit si l'accusé était en état de démence au moment des faits »), en insistant sur le danger présenté par le malade et en demandant l'internement psychiatrique.

Bien que le résultat soit particulièrement net, une troisième expertise est décidée, en raison de l'émotion ressentie par les familles des victimes. Elle confirme intégralement les précédentes. Dans leurs entretiens, les médecins ont constaté à quel point Christian vivait dans un délire de persécution :

– Les gens se moquaient de moi. Des menaces de mort m'arrivaient de partout, des insultes, des brimades.

Leur diagnostic est sans appel:
– Schizophrénie gravissime. Impulsions motrices irrésistibles et meurtrières. L'homme est d'une dangerosité extrême.

Ce sont presque mot pour mot les conclusions précédentes. Il est extrêmement rare que des expertises psychiatriques donnent des résultats aussi concordants...

Bien que Christian nie de toutes ses forces être fou, son avocat, maître Claude Serri, est obligé, lui aussi, de reconnaître sa folie et confirme l'aggravation de son état:
– Il devient impossible de dialoguer avec lui. Au fil des mois, j'ai constaté un changement effrayant dans son comportement. Il ne contrôle plus ses pulsions. Si je le contrarie, je sens qu'il est capable de me sauter dessus. On ne pourrait pas soutenir un débat d'assises avec cet homme-là. C'est un vrai malade.

Cette fois, le doute n'est plus permis. L'association des familles de victimes, qui avait jusque-là demandé un procès pour qu'on sache la vérité, se résigne. Elle admet que l'instruction a été menée de manière complète et que la folie ne fait pas de doute.

C'est dans ces conditions qu'a lieu, le 12 juillet 1990, un an après le drame, une cérémonie du souvenir à L. Une plaque: «En hommage aux victimes du 12 juillet» est apposée sous la statue de la Vierge, sur la place du village.

Au cours de cette manifestation simple et brève, l'archevêque de Besançon, Monseigneur Daloz, a prononcé quelques mots et c'est sur eux que nous terminerons:
– Pour retrouver la paix intérieurement, il faut refaire la paix entre nous. Nous ne pouvons pas écouter les voix qui nous inviteraient à la vengeance. Nous avons aussi un témoignage à porter dans un monde où il y a tant de violence.

Des motifs obscurs

France

1988-1991

La monstruosité des faits peut-elle être le signe de la démence ?

C'est une femme de 40 ans, jolie disent les uns, banalement agréable serait plus exact. Dans le box des accusés du Tribunal des Assises d'Indre-et-Loire, Sylvie R. se présente au jury. Le jury doit comprendre, – c'est son rôle –, afin d'exprimer la justice populaire. Le jury est là pour écouter l'accusée raconter les faits, expliquer le mobile du crime et, éventuellement, pour entendre l'expression d'un remords.

Les faits remontent au 12 décembre 1988. Nous sommes en juin 1991, il y a donc deux ans et demi que cette femme-là, une femme ordinaire, mère de famille, divorcée, aide-soignante dans un hôpital, est en prison. Elle est coupable, elle a avoué son crime.

Il y a pourtant suspens. Ce que les jurés, hommes et femmes, attendent de cette femme-là, c'est une explication. Ce crime est un point d'interrogation. L'humain normal, élevé au rang de juré d'Assises, peut comprendre – sans pour autant l'excuser – un crime passionnel, une vengeance, un coup de folie, voire un crime crapuleux ou sexuel. Il existe des mots pour dire ces crimes-là.

Mais le crime de Sylvie... est exceptionnel. Le lecteur

assidu de faits divers en voit pourtant défiler, des crimes exceptionnels. Il ouvre à chaque fois des yeux plus grands. Horreur, malheur et stupéfaction devant l'imagination des assassins. Ces gens comme vous et moi, dont on dit très souvent qu'ils menaient une vie ordinaire, convenable, voire exemplaire...

La convenable Sylvie fut, dit-on, une petite fille modèle, une jeune fille chaleureuse, une femme serviable. Elle a deux enfants, d'un époux dont elle a divorcé, elle a été couturière, puis aide-soignante. Elle occupe un appartement dans une H.L.M., lit les journaux féminins qui abreuvent leurs lectrices de conseils de régimes amaigrissants, elle fait le marché au supermarché du coin, a une cuisine, un four à micro-ondes, des sacs poubelles en plastique non biodégrable, elle utilise la lessive chose, le liquide vaisselle machin. Normale.

Puis voici qu'un jour, elle décide de maigrir. Comme beaucoup de femmes qui atteignent la quarantaine, les kilos superflus deviennent pour elle une fixation. Et diabolique, l'ordonnance de produits amaigrissants. Certains médecins, probablement avides de réussite dans leur quartier, n'hésitent pas à prescrire des cocktails terrifiants – diurétiques, extraits thyroïdiens, amphétamines, tranquillisants... Assortis de salade verte, de thé sans sucre, de pommes en guise de bifteck. Tout ce qu'il faut à une femme normalement constituée pour ressembler à un fantôme d'elle-même.

Sylvie travaille durement. Le métier d'aide-soignante, mal rétribué, harassant, laisse la tête vide le soir. La cohabitation avec les malades laisse souvent le moral au zéro fixe.

Sylvie change. Elle sort le soir, s'alcoolise, et rencontre par hasard une ancienne amie d'enfance, perdue de vue depuis des années... La scène se passe dans une boîte de nuit provinciale en 1987, et l'on peut imaginer le dialogue :

– C'est toi ? Tu n'as pas changé !

– Ne dis pas ça, j'ai grossi !

– Tu t'es mariée ?

– J'ai divorcé, mon ex-mari a la garde des deux enfants, l'aîné a 14 ans... On avait un pavillon, mais les traites étaient trop importantes, et toi ?

– Oh, moi, j'ai un fils, mais je vis seule ! La liberté c'est formidable !

– Tu travailles ?

– Au chômage... Mais ça s'arrangera... j'ai bien l'intention de refaire ma vie. En attendant, je me débrouille.

Françoise G., l'amie d'enfance retrouvée, a l'optimisme imperturbable, l'amitié facile. Elle a le regard de ceux qui aiment la vie, ses plaisirs, même petits, danser, rire, boire, et traîner dans son lit le matin. Dans le style oiseau sur la branche, elle emprunte volontiers trois sous pour faire un franc, ou la voiture du copain.

Un chèque en bois de temps en temps, une carte bleue qui ne lui appartient pas... Françoise peut même faire main basse sur les rayons des magasins...

Sylvie ne trouve pas cela affreux. Au début, du moins. Elle accompagne volontiers son amie dans ce genre d'exploits douteux. Une année passe...

– J'en ai assez de Françoise, elle m'énerve !

La confidente de Sylvie, en décembre 1988, est une collègue de travail à l'hôpital.

– Elle est « chiante », vulgaire, conne et jalouse de tout ! Elle traîne avec des gens peu fréquentables !

La collègue trouve ce jugement exagéré, sans y prêter attention outre mesure.

Le dimanche 12 décembre, Sylvie recommence sa diatribe, cette fois devant la fille de sa collègue. Emmanuelle a quinze ans et écoute les élucubrations de Sylvie d'une oreille surprise mais distraite :

– Il faudrait la supprimer. La shooter aux médicaments, lui balancer un sèche-cheveux dans la baignoire...

– T'es dingue ou quoi ?

– Elle me bousille ma vie. Hier soir, j'étais avec un type, je pensais tellement à elle, que ça s'est mal passé au lit !

Emmanuelle replonge dans le programme de télévision hivernal de ce dimanche après-midi, en se disant probablement : « Elle est folle, la copine de ma mère ! »

Le lundi matin, pourtant, chez l'amie Françoise, un ouvrier venu faire des travaux s'entend dire par la jeune femme : « J'ai bien failli taire comme Claude François ! Ma copine a laissé tomber le sèche-cheveux dans la baignoire, et j'ai pris une châtaigne ! »

Incident sans gravité, et Françoise n'en veut pas à sa copine, puisqu'en fin de matinée, elle l'accompagne chez elle.

Et voici ce que vont entendre les jurés d'Indre-et-Loire, quatre femmes et cinq hommes – un agriculteur, une serveuse, un retraité de la SNCF, une institutrice, un mécanicien de camion, un directeur commercial, une dame sans profession, un collaborateur d'architecte, et une employée de restaurant :

Sylvie sert à Françoise une tasse de thé, dans laquelle elle a dilué des somnifères et des tranquillisants. Françoise éprouve bientôt des malaises, la tête lui tourne, elle a besoin de dormir.

Sylvie dit à Françoise :

– Tu devrais prendre un bain chaud, ça irait mieux.

Françoise accepte, se laisse déshabiller, débarrasser de ses bijoux et installer dans la baignoire. Sans méfiance et complètement abrutie par les drogues.

Sylvie met ses deux mains sur la tête de Françoise et appuie, jusqu'à ce que cette tête disparaisse sous l'eau. La victime ne se débat pas. Après cette noyade, qui ne lui paraît pas suffisante, Sylvie prend un scalpel, volé à l'hôpital, et « suicide » son amie. De profondes entailles aux poignets sectionnent les veines et les artères.

Dans l'eau chaude du bain, le sang s'écoule rapidement, à flots. Une fois le corps saigné à blanc, Sylvie vide la baignoire, la rince consciencieusement, la nettoie et, son scalpel en main, entreprend le difficile dépeçage du cadavre. Elle n'y parvient pas : le scalpel n'est pas l'outil idéal pour découper les articulations.

Il commence à se faire tard, ce lundi, et Sylvie remet son ouvrage au lendemain. En attendant, elle enveloppe le corps dans une couverture et l'installe sur le balcon de son appartement. Ce soir est consacré à l'anniversaire de son fils, elle le fête joyeusement – les copains du garçon, le gâteau à découper... Tout se passe bien.

Cette nuit-là, Sylvie dort comme une souche, en paix, semble-t-il.

Le lendemain matin, elle se remet à l'ouvrage, une fois les enfants partis. Elle utilise, cette fois, un grand couteau de cuisine emprunté à ses parents, sous le prétexte qu'elle avait « de la viande à découper ». Elle se sert également d'un hachoir.

Elle commence le travail par la tête. La tête d'un cadavre est en général le morceau le plus gênant... pour l'assassin. La tête doit regarder l'assassin, elle est le reflet d'une ancienne existence, un visage de reproches, quelque chose d'insoutenable. Sylvie a dit au premier policier qui a recueilli ses aveux :

– Je ne pouvais plus la voir.

La tête, une fois détachée, est mise de côté. Sylvie découpe les bras, le tronc, les pieds, les cuisses, le bassin et les tibias. Elle place le tout dans des sacs poubelles. Trois sacs ficelés qu'elle ira déposer, pour deux d'entre eux, sur le parking de l'hôpital où elle travaille. Il est alors environ 10 h 30 du matin et, une heure plus tard, ils seront découverts. L'après-midi, elle dépose le troisième sac à proximité d'un supermarché, toujours sur le parking.

De retour chez elle, Sylvie a encore de l'ouvrage. Il reste ce visage qu'elle ne peut plus supporter de voir et qu'elle a provisoirement dissimulé dans un seau.

La monstruosité des faits qui vont suivre dépasse l'entendement. Des criminels qui dépècent leur victime, l'histoire des assises en connaît. Mais ce que Sylvie va faire de la tête de Françoise est une première.

Tout d'abord, les mains protégées par des gants, elle tente d'écrabouiller cette tête qu'elle ne «peut plus voir». Marteau et hachoir en font une bouillie atroce.

Sylvie récupère et rassemble les débris d'os et de chair... et les trie.

Elle trie les couronnes dentaires en or, et les plus petits morceaux, qui iront dans les toilettes. Elle tire la chasse mais ne se rend pas compte que les couronnes refusent d'emprunter le siphon. On les y retrouvera plus tard. Ensuite, elle jette tout simplement à la poubelle les plus gros morceaux de crâne. Pour les «restes céphaliques», elle choisit un plat en inox, les dispose à l'intérieur, met le plat et son contenu dans le four à micro-ondes, et tourne le bouton du thermostat au maximum. Cuisson trois heures. Durant la nuit.

Le lendemain, un mercredi, les enfants ne sont pas en classe, impossible d'achever le travail. C'est donc le jeudi, tranquillement, que Sylvie entreprend de concasser les restes calcinés à coups de marteau.

L'utilité de ce dernier travail n'apparaît pas clairement. S'agit-il de réduire en poussière ? S'agit-il d'un acharnement hystérique sur le symbole cérébral, «l'esprit» de son amie ? Bref, elle range cette chose dans un sac poubelle et ce n'est que le samedi suivant, en ramenant son fils au domicile paternel, qu'elle s'arrête près de la rivière en disant :

– Je vais jeter ça dans la Vienne, ce sont des vieux déchets qui puent.

Le travail est achevé, Françoise a disparu du cercle de ses amis. Ses restes éparpillés sont retrouvés sur les parkings, un coup de téléphone anonyme désigne Sylvie. Sylvie est arrêtée, et avoue sans difficulté.

Sang-froid, absence de remords ; le policier qui l'interroge recueille tous les détails de ce découpage macabre. Le juge d'instruction de même, les psychiatres aussi. Sylvie est parfaitement lucide au moment des aveux et des explications. Le mobile qu'elle évoque :

– Je ne supportais plus ses jérémiades, elle demandait toujours quelque chose, de l'argent, elle se conduisait vulgairement avec les hommes, toujours à coucher avec tout le monde... Je n'osais pas rompre, j'étais sous sa coupe.

Bizarre. Ne pas oser « rompre » avec une femme.

Très vite, elle ne dira plus rien. Amnésie. Elle ne sait pas pourquoi elle a fait ça. Elle ne se rappelle plus les détails. L'histoire est enfouie durant les mois de prison préventive, et ces messieurs et dames du jury devront se contenter du récit de la partie civile.

Pourquoi a-t-elle noyé, tailladé, découpé sa meilleure amie du moment, lui a-t-elle passé le cerveau au micro-ondes ? Elle ne sait pas. Au pourquoi, désormais plus de réponse. Et voici que se pose la question classique : démence ?

Les experts ne sont nullement d'accord. Lucidité, discours clair et cohérent, structuré... Aucun trouble psychiatrique.

Ils ajoutent même, ces experts, qu'ils ne s'attendaient pas, vu la monstruosité du crime, à rencontrer une personnalité normale.

Vient ensuite le débat, qui commence à s'instaurer,

sur la psychose médicamenteuse. La prise d'anti-dépresseurs, de tranquillisants, de coupe-faim, etc., peut-elle conduire au crime ?

Certes, disent les uns... Absolument pas, rétorquent les autres.

La défense veut prouver que « oui, absolument ». Les parents de Sylvie témoignent qu'en effet, elle avait changé. Elle était devenue nerveuse, irritable, amaigrie, dépressive... malade.

La maman rappelle aussi que Sylvie a souffert de polio dans son enfance ; séquelles sans grande gravité : elle a dû porter une chaussure orthopédique dans son enfance, mais à l'âge adulte, elle marchait normalement. La maman précise aussi que Sylvie était normalement incapable d'accomplir un tel crime. « Ce n'est pas elle, c'est une autre fille que je ne connais pas, détruite par les médicaments et le régime dément qu'elle avait suivi. »

Parenthèse importante dans ce débat, le médecin prescripteur du cocktail sulfureux, déjà sanctionné par l'Ordre, fut suspendu trois mois...

S'agirait-il donc de psychose médicamenteuse ? Si tel était le cas, la défense obtiendrait l'application de l'article 64 – l'accusée étant en état de démence au moment des faits, etc.

Divorcée, Sylvie ne surmonte pas le stress de la séparation, veut maigrir, se drogue pour cela durant cinq mois et demi, augmente les doses, au-delà de la prudence, s'intoxique et ne peut « résister à une force intérieure plus puissante ».

La défense ne convainc pas vraiment.

Sylvie non plus. Son amnésie demeure suspecte. On la dit dépressive, en prison. Quelle femme en prison ne l'est pas ? Elle a raté trois fois un suicide.

Reste l'absence de mobile et l'effrayante lucidité avec laquelle elle exécute son crime. Prémédité, qui plus est. S'agirait-il, au fond, d'un crime passionnel ? Y avait-il, entre ces deux femmes, une forme d'homosexualité latente ? Un expert en criminologie appelé au procès a évoqué cette hypothèse. L'acharnement à détruire, la haine qui a présidé à la destruction du visage de l'autre, le besoin de faire disparaître à tout prix, de «gommer» l'existence de l'être haï, son double peut-être...

Hypothèse intéressante, mais que Sylvie n'a confirmée en rien. «J'ai oublié, je ne sais plus, j'ignore comment j'ai pu faire ça. C'est le trou noir, j'ai vécu une sorte de coma...»

Ainsi, sans mobile expliqué, les jurés décideront, en leur âme et conscience, de renvoyer Sylvie en prison à perpétuité. Ils ont choisi le monstre, pas la démente. La criminelle responsable de ses actes, pas la folle hystérique victime d'un régime amaigrissant mortel. Ils pensent, ces jurés, que l'alcool et les drogues ne peuvent pas rendre quelqu'un criminel s'il ne l'est pas déjà. Aucune circonstance atténuante. Pas la moindre psychose pharmaceutique. Là-dessus, les experts et contre-experts furent inébranlables: lucidité totale au moment des faits.

La défense cherchait un motif de cassation. On en trouve parfois de bien mineurs – comme l'absence de serment d'un témoin, par exemple –, ce qui vaut à la société un nouveau procès, et de nouveaux jurés, et de nouveaux experts, et une nouvelle lecture de l'article 64, et peut-être l'hôpital psychiatrique, de préférence à la Centrale.

En attendant, le jury n'ayant pas prononcé de peine incompressible, la réclusion à perpétuité pourra, dans le temps, s'amenuiser, jusqu'à 18 ans par exemple. C'est une moyenne habituelle.

À Rennes ou Fleury, Sylvie retrouvera peut-être la mémoire. Si elle cauchemarde, elle aura droit aux somnifères et aux tranquillisants.

Mais «nous», les autres, le jury, les lecteurs de faits

divers, les individus moyens n'aurons toujours pas compris comment et pourquoi une femme de 40 ans, mère de famille, est capable, sans mobile valable, d'accomplir de telles horreurs, de ses propres mains. Une femme, comme vous et moi, qui pleurait en faisant piquer son petit chien condamné et, diplôme d'aide-soignante en main, soignait et réconfortait les malades.

Les faits sont racontés, connus, le mobile introuvable. C'est extrêmement dérangeant. La monstruosité d'un acte criminel est-elle le signe de la démence ?

La diabolique de Dallas
États-Unis-France
1983-1991

Le soleil se lève sur Vence, ce 16 mars 1991, annonçant une belle journée de presque printemps. C'est l'heure où les gens se rendent à leur travail, où les magasins ouvrent, où les écoles se remplissent. C'est aussi l'heure légale à laquelle on peut pratiquer les arrestations.

Quatre policiers sonnent à la grille d'une modeste maison. Une femme leur ouvre peu après. Elle a la quarantaine, les cheveux blonds coupés court ; elle est assez petite, plutôt boulotte.

– Madame Joy A. ?

La femme, qui n'a pas l'air encore très réveillée, a un sursaut. Elle prend la parole avec un fort accent américain.

– Je m'appelle Edith S.

– Non, Madame. Vous êtes Joy A. Nous avons un mandat d'Interpol contre vous.

Elle proteste, mais elle est emmenée au commissariat où elle est bien obligée d'avouer qu'elle vivait sous un faux nom. C'est le milieu de la matinée... Comme elle n'a pas eu le temps de se laver, elle demande à prendre une douche. La requête est naturelle : il n'y a aucune raison de refuser. Un agent féminin la conduit et reste en faction devant la porte.

Quelque temps plus tard, la femme policier appelle et, n'obtenant pas de réponse, entre. Joy est allongée sur le carrelage. Son sang s'échappe de ses poignets et se mêle à l'eau de la douche. Elle s'est ouvert les veines avec une lame qu'elle avait réussi à dissimuler.

Tandis qu'on appelle des secours, on peut l'entendre répéter :

– Je ne veux pas être exécutée. Je préfère me tuer moi-même.

Joy est conduite dans le pavillon réservé aux prisonniers de l'hôpital Pasteur, à Nice, où les médecins jugent son état grave. Étrange destin que celui de cette Américaine qui va peut-être mourir sur la Côte d'Azur ! Car tout est déconcertant dans l'histoire de celle qu'on a surnommée la « diabolique de Dallas »...

Joy est née un peu plus de quarante ans auparavant, le 13 février 1949. On ne peut rêver meilleur début dans l'existence. À Dallas, sa ville natale, elle a tout de l'héroïne de feuilleton. Son père est un architecte renommé et milliardaire, sa famille vit dans des villas et des ranchs somptueux, au milieu des piscines et des voitures de sport.

Joy grandit dans cet univers féerique et, comme si cela ne suffisait pas, elle se révèle aussi intelligente et jolie que riche. Elle fait des études brillantes, elle est l'une des plus belles filles de son collège.

Elle ne perd pourtant pas la tête, reste simple et modeste. À dix-huit ans, délaissant les jeunes gens fortunés qui tournent autour d'elle, elle fait un mariage d'amour. L'élu se nomme Larry D. Il a deux ans de plus qu'elle, est son condisciple au collège et ils se déclarent leur flamme en assistant à un match de base-ball.

Joy devient donc madame Larry D. et le père milliardaire ne s'irrite nullement de cette mésalliance. Il est architecte, Larry est habile et débrouillard : son gendre construira les maisons qu'il dessinera.

L'association marche parfaitement. L'argent s'ajoute à l'argent, le couple est fabuleusement riche, roule dans des voitures de sport européennes, reçoit le Tout-Dallas au cours de réceptions somptueuses. Pour mettre un comble au bonheur de Joy, Larry et elle ont un fils, Christopher.

Plusieurs années passent ainsi et brusquement, tout change, ou, plus précisément, c'est Joy qui change. Elle se maquille de manière agressive, vulgaire, elle dépense une fortune chez un chirurgien esthétique pour se faire grossir les seins. Larry n'en revient pas. Il cherche à comprendre.

– Qu'est-ce qui t'arrive ? Tu as l'air d'une actrice de film porno !

Joy se contente de sourire.

– L'ancienne Joy n'existe plus. Maintenant, il y en a une nouvelle et il faudra bien que tu t'y fasses !...

Larry ne s'y fait pas. Après avoir vainement tenté de faire changer Joy, il lui propose et obtient une séparation à l'amiable. Il s'installe, avec le consentement de sa femme, dans le plus grand des ranchs de la famille. C'est la fin d'un couple à qui tout semblait sourire, mais la rupture s'est faite sans drame.

C'est du moins ce que pense Larry. La vérité est que, pour une raison inconnue et sans que personne ne s'en rende compte, Joy est devenue un monstre.

Il prend une maîtresse, une jeune femme divorcée, une amie de Joy, Rozanna G. Joy n'y fait aucune objection, fréquente le couple et prend, peu après, elle aussi, un amant, un collaborateur de Larry...

4 octobre 1983 : le petit Peter G., cinq ans, qui vit seul avec sa mère dans un pavillon des faubourgs de Dallas, est étonné, ce matin-là, de ne pas la voir se lever. Larry n'est pas là : il est resté au ranch. Peter entre dans la chambre de sa mère et reste muet d'horreur. Rozanna gît sur son lit. Elle est attachée et a un chiffon dans la

bouche. Avant d'avoir été abattue de deux balles dans la tête, elle a été torturée.

Larry fait figure de suspect. Pendant plusieurs jours, il est interrogé par la police.

– Qu'est-ce qu'il s'est passé ? Vous vous êtes disputés ?

Larry répond de toutes ses forces que ce n'est pas lui. Il s'entendait très bien avec Rozanna ; il est incapable d'une horreur pareille. Au bout de plusieurs jours, les enquêteurs doivent se rendre à l'évidence : il dit vrai, il n'avait aucun mobile. Il est innocent.

On le laisse donc tranquille. Il rentre dans son ranch, encore sous le coup des émotions qu'il vient de vivre, mais c'est une surprise plus grande encore qui l'attend. Joy est là ! Mais pas la Joy perverse avec laquelle il avait rompu. Elle a perdu son étrange et inquiétant sourire. Elle est même particulièrement douce, prévenante.

– Mon chéri ! Comme tu as dû souffrir !

Larry n'en revient pas. Il se demande s'il rêve. Joy se jette dans ses bras.

– Je ne t'abandonnerai pas, Larry ! Je ne sais pas ce qui m'a pris. J'ai dû traverser une mauvaise période. Mais maintenant, tout va redevenir comme avant. Ne me repousse pas, je t'en supplie !

Comment refuser ? Avec la mort de Rozanna, Larry s'est retrouvé brutalement et tragiquement seul. Et voici que la seule femme qu'il ait aimée et qu'il croyait perdue pour toujours lui revient.

Larry se croit retourné quinze ans plus tôt, quand sa camarade de collège et lui se déclaraient leur flamme sur les gradins du stade. Du coup, il en oublie la pauvre Rozanna. Tout va recommencer ; la vie va lui sourire comme avant !

Larry ne peut, évidemment, deviner que tout cela est faux, que Joy lui ment, qu'elle est plus perverse que jamais, et qu'il vient de se mettre entre les mains d'une créature diabolique. Il ne peut pas le deviner parce que la conduite de Joy est totalement irrationnelle, incompréhensible. Il ne lui a rien fait, et pourtant elle est en train de s'acharner à le détruire avec une cruauté et un machiavélisme incroyables...

6 juin 1986. Trois ans ont passé. Le couple habite le ranch. Larry s'est vite rendu compte que le changement de sa femme n'était qu'une apparence. Elle n'a pas tardé à reprendre son comportement malsain, à se maquiller de manière outrancière, à arborer des décolletés indécents. Vingt fois, il a été sur le point de rompre, mais vingt fois Joy, le sentant lui échapper, lui a promis que cela ne se reproduirait plus, sans jamais tenir parole...

Ce jour-là, au matin, Larry est seul au ranch. Le téléphone sonne.

C'est Joy.

– Je vais venir avec maman. Nous voudrions faire une promenade à cheval. Est-ce que tu pourrais préparer les bêtes ?

Larry accepte avec un certain soulagement. La présence de sa belle-mère le rassure. Il s'est toujours bien entendu avec elle et elle a souvent pris son parti contre Joy. Elle essaie autant qu'elle peut de tempérer ses débordements.

Larry se rend aux écuries. Elles sont à la dimension de la fortune des A., c'est-à-dire gigantesques. Il s'agit d'une série de boxes disposés en U et abritant ce qu'on fait de mieux dans tout le Texas comme étalons et chevaux de course. Dan, un des nombreux employés de maison du ranch, règne sur ce domaine. Larry lui annonce les intentions de sa femme et de sa belle-mère.

– D'accord. Je vais leur prendre des juments faciles.

Les bêtes sont sorties et, sous le beau soleil de juin, les deux hommes attendent. En face d'eux, derrière une clôture peinte en blanc, se dresse un petit bois. Les minutes passent. Dan commence à s'impatienter.

– Qu'est-ce qu'elles font ? Elles se moquent de nous ou quoi ?

– Qu'est-ce que vous voulez, mon vieux, les femmes, c'est toujours en retard...

Larry est en train de prononcer cette phrase lorsque la chose se produit : des claquements éclatent en provenance du petit bois, accompagnés de sifflements aigus. Il est le premier à comprendre qu'il s'agit de coups de feu et se jette à terre. Dan a moins de présence d'esprit : il reste debout et c'est l'impact d'une balle qui l'envoie au sol. Il vient d'être blessé à l'épaule.

Le ou les tireurs doivent s'estimer satisfaits, car la fusillade cesse aussitôt. Il n'y a plus le moindre coup de feu non plus quand Larry se met à courir vers le téléphone pour prévenir la police.

Les policiers soupçonnent aussitôt Joy. Elle est pressée de questions.

– Il n'y avait que vous qui sachiez que votre mari se trouvait là à ce moment. Est-ce vous qui avez tiré ou est-ce que vous avez recruté des complices ?

– Ce n'est pas moi. On nous en voulait à cause de notre argent.

– Pourquoi n'êtes-vous pas venue faire cette promenade à cheval ?

– J'ai changé d'avis.

– Vous avez dit que vous viendriez avec votre mère. Or, elle n'était même pas au courant.

– Je voulais venir avec elle, mais je n'ai pas réussi à la joindre.

– Ce ne peut être que vous. Avouez !

Mais Joy n'avoue pas. Elle n'est pas femme à se laisser intimider. Elle tient tête à la police avec une parfaite assurance et l'enquête s'arrête faute de preuves.

Quelqu'un, pourtant, n'a pas besoin de preuves, c'est

Larry. Après l'attentat manqué contre lui, il se sépare de nouveau de Joy et entame une procédure de divorce. Vu les circonstances, il n'a aucun mal à l'obtenir. Il quitte même le Texas et va s'installer à l'autre bout des États-Unis, en Virginie, où habitent ses parents.

C'est là qu'il apprend la nouvelle : début 1988, Joy est arrêtée. La police a reçu une dénonciation anonyme l'accusant du meurtre de Rozanna et de la tentative manquée contre son mari. La milliardaire aurait, pour cela, recruté deux tueurs. Le nom de l'informateur est tenu secret, mais pour qu'il ait été pris immédiatement au sérieux, il devait s'agir de quelqu'un de très bien renseigné, probablement de l'un des tueurs.

Joy se retrouve en prison. Conformément à la loi du Texas, elle peut en sortir peu après contre le versement d'une caution importante, fixée à 140 000 dollars, mais elle est bel et bien inculpée et passera en jugement pour meurtre et tentative de meurtre.

Quand elle rentre chez elle, elle se retrouve face à Christopher, le fils qu'elle a eu de Larry et qui est, à présent, âgé de dix-neuf ans. Christopher est un jeune homme sage et sérieux, qui avait vécu jusque-là avec sa mère, ne passant avec Larry que ses vacances.

Mais il la regarde pour la première fois bizarrement.

– Je veux aller voir papa !

Dans l'esprit dérangé de Joy, une seule chose n'a pas changé : l'amour qu'elle a pour son fils. Il est tout pour elle.

– Christopher, tu ne me crois pas coupable ?

– Non, mais c'est trop pénible pour moi. J'ai besoin d'aller en Virginie.

Christopher part pour la Virginie et revient peu après sans se faire prier. En apparence, il se comporte comme avant avec sa mère. Ni l'un ni l'autre ne parlent du procès, dont la date est pourtant proche. Mais Joy sent que quelque chose a changé. Il y a maintenant, chez son fils, des regards, des silences qui en disent long. On dirait qu'elle lui fait peur et peut-être même horreur.

Alors, pour le garder, elle le couvre de cadeaux. Rien n'est trop beau pour lui et ses moyens sont illimités. Pour Noël 1989, elle lui offre une voiture de sport du dernier modèle.

Les voitures ne sont pas la passion de Christopher, qui est un garçon calme et mesuré. Il va l'essayer avec un camarade et, comme celui-ci en meurt d'envie, lui confie le volant. Un geste qui lui est fatal. Le camarade rate un virage. Lui-même s'en tire indemne, mais Christopher est tué sur le coup.

Le désespoir de Joy est sans limites, mais même dans sa douleur, elle continue à faire preuve de toute sa méchanceté. Elle décide que Christopher sera inhumé dans son ranch et non au cimetière. Elle pourra ainsi se rendre sur sa tombe, mais pas Larry.

Bien entendu, ce dernier n'est pas d'accord et, comme Joy reste intransigeante, est obligé de faire un procès. L'action en justice retarde les funérailles et le cercueil reste quarante-huit heures dans l'église avant de prendre le chemin du cimetière, Larry l'ayant emporté...

Joy est seule, désormais, face à son destin, c'est-à-dire à la cour d'assises de Dallas qui l'attend. Elle prend pour défenseur l'avocat le plus véreux des États-Unis, Mike W., en instance d'être radié du barreau pour trafic de drogue et qui est, depuis peu, son amant.

S'il est véreux, maître W. connaît son métier. Il comprend tout de suite que la situation de Joy est sans espoir.

– Tu dois fuir, c'est ta seule chance.

Joy ne s'inquiète pas des difficultés de la chose : elle est en liberté sous caution et constamment surveillée. Elle ne pose qu'une condition :

– D'accord, mais tu viens avec moi !

Mike a, lui-même, tout à craindre en restant aux

États-Unis. Il accepte et, le 7 mai 1990, avant-veille du procès, tous deux s'enfuient en direction du Canada.

Ils ne restent pas longtemps ensemble. L'avocat ne peut pas supporter plus de quelques semaines sa bouillante compagne. Le 15 juillet, il se rend aux policiers canadiens en leur déclarant :

– J'en avais marre d'être avec elle !

Quant à Joy, elle a continué sa cavale, il ne sait où...

Pendant ce temps, le procès suit son cours et, le 4 août, c'est l'épilogue. Joy est condamnée à mort. Elle se voit, en outre, infliger la fabuleuse amende de 31, 2 millions de dollars, soit près de 20 milliards de nos centimes. 10 millions de dollars sont à verser pour « la détresse émotionnelle de Larry », 20 millions pour le meurtre et la tentative de meurtre, le reste allant aux frais de dossier.

Mais Joy n'est pas là pour s'entendre condamner. Elle est au Mexique où elle se cache sous le nom d'Edith S., une amie d'enfance décédée, dont elle a pris les papiers.

La police ayant retrouvé sa trace, la fugitive emploie les grands moyens et se réfugie en Europe, successivement en Allemagne, à Genève et sur la Côte d'Azur où elle arrive début 1991.

Elle décide de s'y fixer et se livre à une prodigieuse métamorphose pour échapper à ses poursuivants. Elle se rend aussi insignifiante que possible. Elle, la milliardaire aux allures de vamp, se transforme en petite bourgeoise habillée comme tout le monde et ne sachant pas trop s'arranger. Elle s'installe dans une villa modeste de Vence, qu'elle loue trois mille francs par mois. Elle apprend le français et se fait des amis dans le voisinage. Elle leur raconte une histoire tout à fait plausible : elle est l'épouse d'un homme d'affaires qui voyage au Maghreb.

Malheureusement pour elle, elle ignorait que le nom d'Edith S. était connu d'Interpol et c'est sous ce nom qu'elle a loué une voiture en arrivant à l'aéroport. C'est par cet intermédiaire que la police remonte jusqu'à elle et, le 16 mars 1991, c'est l'arrestation.

Une semaine après son arrivée à l'hôpital Pasteur, les médecins déclarent Joy hors de danger et, dès qu'elle est en état de parler, le juge Raby, du tribunal de grande instance de Grasse, vient lui notifier son inculpation pour faux et usage de faux en documents administratifs.

Car, aussi déconcertante que soit l'histoire de la diabolique de Dallas, c'est encore son dénouement qui risque d'être le plus sensationnel : Joy, condamnée pour meurtre et tentative de meurtre, n'est coupable, en France, que de s'être servie d'un passeport et d'un permis de conduire au nom d'Edith S. Remise assez rapidement de sa blessure, elle comparaît, le 10 septembre 1991, sous ce chef d'accusation, devant le tribunal correctionnel de Grasse et s'entend condamner à trois mois de prison.

Elle n'est pourtant pas libérée, car, entre-temps, l'État américain a déposé une demande d'extradition auprès des autorités françaises. Au moment où nous écrivons, cette demande aurait de bonnes chances d'aboutir.

Si tel était le cas, ce serait une première, car, depuis que la France a aboli la peine de mort, en 1981, le Conseil d'État a empêché l'extradition de personnes risquant la peine capitale dans leur pays. C'est précisément le cas de Joy, même si, semble-t-il, les Américains ont donné des assurances qu'elle ne serait pas exécutée.

Mais le Conseil d'État ne s'est pas encore prononcé. S'il rendait une réponse négative, Joy Aylor serait libre et n'aurait subi, pour toute peine, que trois mois de prison. La diabolique de Dallas aurait été alors sauvée par la chaise électrique.

Le mystère de la chambre verte

Italie

Juillet 1991

Rome, mercredi 10 juillet 1991, 8 heures du matin. C'est une magnifique et chaude journée d'été qui s'annonce. Tout à l'heure, la canicule sera peut-être difficile à supporter dans les rues de la ville, mais un peu à l'extérieur, dans le quartier résidentiel, tout sera fait pour qu'il y ait de la fraîcheur.

Avec ses allées ombragées, ses parcs, ses plans d'eau, son golf et son champ de courses privé, ce quartier est un monde à part. Dans ce paradis bien caché, cette oasis pour milliardaires, vivent aussi bien des stars de cinéma que les plus grands noms de la politique et de la finance italiennes.

Derrière les hauts murs de l'une des plus luxueuses villas de cet endroit privilégié, règnent une animation et même une agitation inhabituelles à cette heure matinale. C'est que ce jour n'est pas comme les autres. Ce soir, la maîtresse et le maître des lieux, la comtesse Alberica., F., épouse M., et son mari, Pietro, fêtent leurs dix ans de mariage. À cette occasion, ils attendent deux cents invités, représentants de la haute société romaine, italienne et internationale.

La camionnette d'un fleuriste de luxe est déjà arrivée et le commerçant en extrait les orchidées et les corbeilles de roses qui ont été commandées. Deux électriciens commencent à mettre en place les milliers de lampes qui illumineront le parc. Deux autres ouvriers dressent des tentes sur l'esplanade qui entoure l'immense piscine en mosaïque…

Il y a un bruit de moteur et une puissante voiture démarre : Pietro quitte la maison pour se rendre à son bureau. Pietro est un magnat des affaires. Il a quarante-neuf ans et l'aspect du milliardaire tel qu'on l'imagine : grisonnant, distingué, avec de la carrure et de l'allure.

Depuis la maison, Alberica, vêtue d'un peignoir de soie blanche, lui fait au revoir de la main. Elle aussi est en tous points conforme à l'idée qu'on peut se faire de l'aristocrate qu'elle est. À quarante-deux ans, elle est dans l'épanouissement de sa beauté : un long et gracieux visage, des cheveux très bruns, des yeux très noirs en amande, des lèvres assez épaisses, mais sensuelles. Ses traits ne sont pas exempts d'une certaine dureté. Très consciente de son rang et de sa beauté, la comtesse est de caractère autoritaire.

Mais ce 10 juillet, Alberica n'est pas d'humeur sévère. C'est avec un sourire radieux qu'elle se dirige vers la piscine, au bord de laquelle ses deux enfants, Manfredi et Domitilla, sont attablés, en compagnie de la gouvernante anglaise.

Elle prend son petit déjeuner avec eux, bavardant avec beaucoup d'entrain. À 8 h 30, elle se lève et quitte la table :

– Je vais dans ma chambre. À tout à l'heure, mes chéris.

L'immense villa de la comtesse est de plain-pied, à l'exception de la chambre du couple, qui occupe seule le deuxième étage, dominant le toit et formant en son centre une sorte de petit donjon. De là, on a vue sur la piscine et sur le parc aux arbres magnifiques. On y accède par un escalier de marbre. Deux salles de bains, celle de Pietro et celle de la comtesse, donnent de chaque côté de la pièce.

Arrivée devant la porte, Alberica sort une clé de son peignoir et ouvre. La chambre, qu'on appelle « la chambre verte » en raison de la soie émeraude qui tapisse ses murs, est la pièce la plus luxueuse de la maison, avec son lit à baldaquin, ses miroirs vénitiens et ses bibelots précieux. Sur la commode Louis XVI, les bijoux que la comtesse a fait sortir du coffre pour la soirée sont prêts. Une robe de grand couturier attend, à côté, sur un cintre.

Alberica s'allonge sur le lit. Elle veut prendre un peu de repos, avant la journée trépidante qui l'attend. Elle va devoir diriger tout son personnel, qui est en train de faire les préparatifs de la fête : le majordome philippin Winston, les deux domestiques, philippins eux aussi, Violeta et Rupe, la cuisinière Maria-Antonietta, les deux jardiniers, sans compter les deux électriciens qui installent les éclairages dans le jardin et les deux employés d'une maison de décoration, qui s'occupent des tentes et des embellissements intérieurs dans la villa...

– Maman ! Maman ! Manfredi m'a pris mes jouets !

Il est 10 h 15. Domitilla, en larmes, tambourine à la porte de la chambre verte. Elle vient de se disputer avec son frère et seule maman peut consoler ce gros chagrin d'enfant. Mais sa mère ne répond pas. Domitilla frappe de plus belle, puis tourne la poignée ; en vain : la porte est fermée à clé. Alors, elle se met à appeler.

Violeta, la femme de chambre, arrive la première. L'enfant lui explique ce qui se passe. Elle prend aussitôt l'air inquiet.

– Madame est là. J'en suis sûre. Je l'ai vue entrer.

Elle va chercher sa propre clé et ouvre. Elle pousse un cri et referme précipitamment pour que l'enfant ne voie pas : la comtesse gît sur le lit à baldaquin, un drap autour du cou, les yeux grands ouverts. Elle est morte étranglée. Elle a, en plus, une plaie béante à la tempe, qui lui a inondé de sang le visage. C'est un crime affreux qui vient d'avoir lieu dans cette villa de rêve, lors de ce jour qui aurait dû être un jour de joie...

Pietro est aussitôt prévenu. Malgré la douleur, il a la présence d'esprit de faire annuler les invitations pour la soirée. Il faut bien donner la raison de ce contrordre de dernière minute et la nouvelle se répand comme une traînée de poudre dans le Tout-Rome.

Car la victime appartenait à la plus haute aristocratie. Fille d'amiral, elle était rattachée par sa mère à une famille très prestigieuse. Avec sa sœur aînée, elles ont reçu l'éducation la plus huppée.

Alberica se marie une première fois, très jeune, avec un prince. Mais le nouvel époux se révèle de tempérament maladif et de caractère bizarre, et le couple bat de l'aile. À l'époque, il n'y a pas encore de divorce et Alberica obtient la rupture de l'union par le tribunal du Vatican, la Sainte Rote. Le prince meurt peu après de la leucémie.

La jolie veuve se met alors à voyager en Europe et aux États-Unis. Elle est très courtisée, mais nullement pressée de convoler de nouveau. Elle prend son temps et épouse, le 10 juillet 1981, Pietro M., qui fait construire pour elle la villa qu'ils habitent.

Malgré la fortune de Pietro, il s'agit, pour Alberica, d'un mariage d'amour. Le couple est heureux, bonheur accru par la naissance de deux enfants. La comtesse mène la vie brillante de la haute société romaine, dont elle est l'une des figures les plus en vue. Elle est célèbre, en particulier, pour ses bals masqués, qui réunissent milliardaires, acteurs et dirigeants du pays... Telle est la personnalité de celle qui vient de trouver une mort aussi tragique.

Mais les circonstances de sa mort sortent tout autant de l'ordinaire.

Il s'agit, en effet, du crime impossible, ou presque, comme seuls en inventent les auteurs de romans policiers. Il est difficile d'imaginer un endroit d'accès plus protégé que ce quartier clos, où l'on ne pénètre que grâce à une carte magnétique ou alors en se présentant devant le poste de contrôle, gardé jour et nuit. En outre, des vigiles armés patrouillent en permanence dans les six cents hectares du domaine.

Et, à l'intérieur de ce véritable camp retranché, la villa de la comtesse était peut-être la mieux défendue. Le portail est blindé, la maison et le jardin sont protégés par des alarmes, un système de caméras et des chiens.

Ce n'est pas tout ! Le meurtre n'a pas eu lieu n'importe quand. Ce 10 juillet 1991 était peut-être le jour où l'agression était la moins facile. En raison des préparatifs de la fête, la villa était grouillante de monde. En plus des six domestiques, il y avait les quatre ouvriers et le livreur. Cela n'a pas empêché le meurtrier d'aller jusqu'à la chambre de la comtesse, où il s'est heurté à la porte fermée à clé, qu'il a dû ouvrir d'abord et refermer ensuite. Alors, que s'est-il passé ?

C'est à cette question que vont tenter de répondre les enquêteurs, tandis que toute l'Italie va suivre avec passion cet extraordinaire suspens policier sur fond de *dolce vita*.

Les premières constatations sont bientôt connues. L'autopsie permet de fixer la mort entre 8 h 45 et 9 h 10. Elle révèle, d'autre part, que l'assassin, après l'avoir frappée à la tempe avec un objet lourd, a serré le cou de sa victime avec une force bestiale. Les cartilages du cou ont été écrasés et l'os hyoïde a été broyé. La mort a été très rapide, presque instantanée. D'autre part, la comtesse ne s'est pas débattue. L'examen de ses ongles ne montre ni cheveux ni fragments de peau, comme cela aurait été le cas sinon.

Trois bijoux ont disparu de la chambre verte : une bague, un collier et des boucles d'oreilles, mais ce ne sont pas des pièces exceptionnelles, et la montre en or de grand prix d'Alberica est restée à son poignet, ce qui laisse perplexe.

De tout cela, les policiers tirent deux conclusions, qui vont orienter la suite de leur enquête : il est exclu que le coupable soit un rôdeur et il s'est forcément taché de sang.

C'est à l'intérieur de la villa qu'il faut trouver, et malgré sa douleur, c'est Pietro, qui est le premier interrogé. Mais il est presque aussitôt mis hors de cause. À l'heure du crime, il était à son bureau. Son alibi est irréfutable.

De plus, il n'avait pas le moindre mobile. La vie privée de la comtesse était limpide et leur ménage très uni. Tous les domestiques le confirment. Maria-Antonietta, la cuisinière, déclare aux policiers :

– Ils avaient décidé de passer ensemble tout le mois de juillet. C'était un couple exemplaire.

Reste l'entourage de la comtesse et deux suspects ne tardent pas à venir sur le devant de la scène. D'abord Winston, le majordome philippin, vingt et un ans. Alberica lui avait prêté un million et demi de lires, qu'il n'avait pas remboursé.

Le second suspect est livré aux enquêteurs par une phrase de la petite Domitilla :

– Maman attendait Roberto ce matin.

Roberto, c'est Roberto J., vingt-neuf ans, un bien curieux personnage.

Fils d'une enseignante qui avait donné des cours particuliers aux enfants de la comtesse, Roberto vit avec ses parents dans une maison du quartier. Alberica l'avait pris en amitié et il avait ses entrées à la villa. On le voyait souvent jouer dans la piscine avec les enfants.

Individu semblant assez peu équilibré, Roberto a un

casier judiciaire pour attentat à la pudeur et c'est, de plus, un ancien toxicomane. Un jardinier affirme l'avoir vu à vélo sur la petite route qui longe la propriété.

La mère de Roberto confirme les liens qu'il avait gardés avec Alberica :

– La comtesse voulait l'aider. C'est un garçon fragile qui a des problèmes de santé. Il souffre de dépression chronique.

Mais elle nie qu'il soit allé à la villa ce matin-là. Il était chez elle et il a dormi jusqu'à 10 heures.

Les jours passant et l'enquête se cristallisant sur lui, Roberto se met à perdre la tête. En pleine nuit, il réveille une journaliste pour lui dire qu'il avait des « rapports étroits » avec la victime, puis il dément et se fait interner au centre d'hygiène mentale d'un hôpital de la ville.

Ce sont pourtant sur des indices matériels qu'il sera ou non inculpé. On a trouvé du sang sur les pantalons de Winston et de Roberto et l'analyse faite par le laboratoire de la police sera, bien sûr, déterminante.

Le résultat est bientôt connu : le sang sur le pantalon de Winston est bien le sien. Il avait affirmé que la tache provenait d'une écorchure au coude qu'il s'était faite, tandis qu'il attendait que les policiers l'interrogent : c'était la vérité.

Quant à Roberto, les choses sont moins claires. Le sang trouvé sur son pantalon peut être le sien, mais tout aussi bien celui de la comtesse, car ils étaient du même groupe.

Une nouvelle expertise est envisagée, mais son avocat relève un vice de forme dans la façon dont a été pratiquée l'analyse et obtient son annulation. Selon la loi italienne, un autre examen ne pourra pas être pratiqué. Et depuis lors, l'enquête s'enlise.

Telle est la situation à l'heure actuelle. Le mystère de la chambre verte reste entier et on en est toujours aux hypothèses.

Aucune n'est vraiment satisfaisante. Une agression sexuelle? Mais la comtesse n'a pas été violentée. Un crime crapuleux? Mais le meurtrier lui a laissé sa montre et surtout, il y avait, dans une pièce du rez-de-chaussée, une importante somme d'argent liquide, destinée à payer les dépenses pour les préparatifs de la réception. Un voleur l'aurait prise, au lieu de se faire assassin pour trois bijoux. Une vengeance? Peut-être, mais de qui et pourquoi, on n'en sait rien.

Tout ce qu'on peut affirmer, c'est qu'Alberica connaissait son meurtrier. Elle n'a pas crié et elle ne s'est pas débattue. Elle lui a ouvert, sachant de qui il s'agissait. À aucun moment, elle n'a éprouvé la moindre peur en sa présence et elle a été totalement surprise par l'agression.

On peut affirmer également que l'assassin était un homme, et même un homme doué d'une force exceptionnelle. Alberica était une femme athlétique; elle avait été championne de gymnastique et pratiquait toujours régulièrement plusieurs sports: ski, natation, tennis, équitation. Or, elle a été tuée net et avec une particulière violence...

L'automne, puis l'hiver ont remplacé l'été. Les jours brumeux ont succédé aux beaux jours sans apporter d'élément nouveau. D'autres faits divers font désormais la une des journaux. Bientôt, on aura oublié la chambre verte et son mystère.

Il faut pourtant conclure et nous laisserons le mot de la fin à l'un des enquêteurs, qui a déclaré:

– Nous ne saurons peut-être jamais le nom du coupable. Mais une chose est sûre: il fait partie des personnes que nous avons déjà interrogées.

Le pavillon du bricoleur

France-Août 1991

À soixante-quatre ans, monsieur X. sait faire pas mal de choses. Il est à la retraite et adore le bricolage. Il possède tout un assortiment d'outils perfectionnés et de petites boîtes pleines de mèches, de vis, d'écrous et de petits outils dont lui seul, ou presque, connaît l'usage. Tout cela coûte assez cher mais ces outils, petits et grands, permettent d'économiser pas mal d'argent en se passant des services d'artisans professionnels ou de dépanneurs-minute plus ou moins honnêtes dans leurs factures. Bref, monsieur X. jouit d'une retraite heureuse et active.

Mais, la retraite et sa santé lui laissant du temps libre, monsieur X. part en vacances au mois d'août. Et que se passe-t-il, partout, pendant le mois d'août ? Des cambrioleurs arpentent les rues pour essayer de repérer les pavillons de meulière désertés par leurs habitants. C'est bien le diable si, en sautant la grille du jardinet, on ne trouve pas une porte ou une fenêtre mal fermée, un volet qui ne résisterait pas à une pince-monseigneur, un vasistas par lequel on peut se glisser. Une fois dans la place, on fait main basse sur tout ce qu'on peut transporter et monnayer discrètement.

Alors monsieur X. qui, malheureusement, sait ce que c'est que de rentrer chez soi et de trouver tout sens dessus dessous, commence à préparer en conséquence ses vacances. Il fait des croquis, prend des mesures au millimètre près, achète quelques produits délicats, perce quelques trous discrets, visse, monte, attache, fait des essais dans un placard du rez-de-chaussée. Puis, le jour venu, il part avec l'esprit tranquille et un drôle de petit sourire en coin. Si, cet été, les cambrioleurs lui refont une visite, ils ne seront pas déçus. Monsieur X., le bricoleur, leur a préparé une surprise «du chef»: il a installé un engin explosif dans le placard qui semble le plus intéressant. Si les cambrioleurs entrent chez lui et s'ils ont la mauvaise idée – ce qui ne saurait manquer – d'ouvrir ce placard prometteur, l'engin explosif de monsieur X. va leur sauter au nez en leur ôtant, pour un bon moment, toute envie de recommencer. On arrivera peut-être, grâce à ça, à retrouver leurs traces... Monsieur X., même s'il est encore cambriolé, aura au moins le plaisir d'une vengeance délectable... D'ailleurs, il ne laisse rien de tentant dans son pavillon.

On peut toujours se tromper dans ses projets: quand monsieur X. rentre de vacances, il a quatre désagréables surprises. La première est que son pavillon a été visité par des cambrioleurs. La seconde est que les malfrats n'ont pas ouvert le placard à surprise. La troisième est que des voisins, s'apercevant du cambriolage, ont appelé la police et qu'un gardien de la paix, en effectuant le constat, a ouvert le fameux placard, faisant exploser l'engin d'auto-défense, qui l'a blessé. La quatrième surprise désagréable est que monsieur X. se retrouve inculpé de «coups et blessures volontaires avec armes». Il risque quatre ans de prison. Beaucoup moins que les cambrioleurs...

Grand-mère attend un enfant

États-Unis – Août 1991

Arlette S. a quarante-deux ans et elle est bibliothécaire dans le Dakota du Sud. Pour elle la vie se déroule plutôt bien, mais cependant elle a un souci : sa fille unique, Christa, vient de se marier avec un garçon bien sympathique, Kevin U., et tout irait pour le mieux si les nouveaux époux n'envisageaient, comme beaucoup de leurs semblables, d'avoir des enfants. Or, justement, il n'en est pas question car Christa est née avec une malformation rédhibitoire : elle ne possède pas d'utérus, impossible donc de procréer.

Voilà pourquoi Arlette se ronge les sangs : pas d'enfants, pas de petits-enfants, la lignée va-t-elle s'arrêter là ?

Arlette consulte son médecin, interroge le gynécologue de Christa, lit tout ce qui lui tombe sous la main concernant le sujet… et prend une grande décision. Pourquoi ne ferait-elle pas un don d'organes ? Car elle, Arlette, possède l'utérus qui manque à sa fille : entre mère et fille, il y a toutes les chances pour qu'une greffe trouve le meilleur terrain qui soit. Arlette, qui a connu les joies de la maternité, est soudain prête à faire ce don incroyable à sa fille.

Le gynécologue, tout d'abord choqué par ce transfert d'organes intimes de génération en génération, accepte de réfléchir, de creuser l'idée, de tenter de balayer les obstacles psychologiques qui se dressent dans son esprit, les interdits qui semblent remonter de l'Ancien et du Nouveau Testament. N'y a-t-il pas quelque verset du Pentateuque, ou d'ailleurs, qui interdise de porter le bistouri dans la chair vivante pour en prélever cet organe ?… Après avoir bien réfléchi, le praticien se dit qu'il faut vivre avec son époque, que, si le Bon Dieu permet que les greffes de cœur soient réalisées avec succès, il ne va pas faire la fine bouche pour une solution encore moins traumatisante et plus à la mode : celle de la « mère porteuse », disons même de la « grand-mère porteuse ». Les spermatozoïdes de Kevin et les ovules de Christa sont donc prélevés et déposés délicatement dans le sein d'Arlette, future mère et grand-mère, qui nage dans le bonheur tout en croisant les doigts pour que les choses se passent au mieux. Tout cela ne coûte que 42 000 francs, et tout va bien puisque Arlette va bientôt être grand-mère de jumeaux. Elle aura une petite pensée pour une autre mère-grand-mère, Pat, qui a réussi le même exploit en Afrique du Sud, en 1987, pour rendre service à sa fille Karen et à son gendre Ray. Mais, Pat, la mère-grand-mère a trop bien fait les choses. Au bout de neuf mois, elle a mis au monde… des triplés. Deux garçons et une fille qui sont donc les oncles et tante de leur frère, les frères et sœur de leur mère, les beaux-frères et belle-sœur de leur père, etc. Et si, à leur tour, ils ont des problèmes de maternité et décident, le moment venu, d'imiter l'exemple de leur mère-grand-mère ? Au secours !

Gangstéresses

France-Juillet 1991

Au collège, il y a une bande de copines : Laurence, Fathia, Malika, Hélène et Carole. Des dégourdies qui écoutent Claude François, portent des minijupes, rêvent d'un avenir doré, facile, de maris « super beaux », d'aventures. Alors, après les cours, les cinq amies font comme des milliers de leurs semblables dans la France entière : elles se laissent draguer par les garçons, les draguent aussi en pouffant entre elles sans trop savoir pourquoi. Elles sortent en bande, elles vont en boîte, rentrent tard, elles perdent leur vertu, finissent par se marier ou par vivre en « concubinage », elles font des enfants. De temps en temps, elles se téléphonent, « se font des petites bouffes », se racontent leurs problèmes de fins de mois, de lit, de cheveux, de peau, d'enfants... La vie normale, quoi !

Pourtant, Fathia, qui a rencontré Gilbert P., vit un peu en marge des normes. Elle possède plus d'ambition, plus d'agressivité, plus de besoins ou plus d'audace. Un beau jour, elle décide avec Gilbert que le seul moyen de joindre les deux bouts est de braquer une banque, une petite agence tranquille, dans un petit coin tranquille. Les choses sont menées rondement : ils entrent carrément dans la petite agence, demandent la caisse et sortent rapidement avec l'argent pour s'engouffrer dans la voiture de Gilbert.

Personne n'a rien vu, personne n'a noté le numéro de la plaque, la gendarmerie cherche mollement à résoudre un braquage de plus et, comme celui-ci n'a pas fait de victimes... on pense un peu à autre chose.

Mais Fathia et Gilbert, eux, ne pensent pas à autre chose, loin de là. Ils sont rentrés chez eux, tout étonnés d'avoir si bien réussi. Pendant quelques jours, ils ont un peu sursauté à chaque fois qu'on a sonné à la porte mais, petit à petit, ils se sont faits à l'idée que personne ne les retrouverait jamais, et que c'était là de l'argent bien facilement gagné.

Aussi, de fil en aiguille et de bouche à oreille, Fathia, Laurence, Malika, Hélène et Carole ont fini par être, de confidence en confidence, au courant de toute l'affaire. Et elles ont décidé de toutes s'y mettre : on soupçonne bien moins deux honnêtes mères de famille que deux hommes qui entrent dans une agence bancaire. On s'attend beaucoup moins à les voir sortir des fusils à canon scié de leurs paniers d'osier que lorsque deux hommes écartent brusquement le revers de leur gabardine. On s'étonne beaucoup moins de voir des femmes portant perruques, lunettes, fantaisie et maquillages un peu forcés. Pourtant, une fois, une moustache dessinée au crayon sur un visage féminin aurait pu étonner les employés... Tout ça leur permet d'opérer dans de meilleures conditions de sécurité. Surtout que les «copines» sont raisonnables et rusées. Elles espacent leurs attaques, ou bien, au contraire, récidivent après un très court laps de temps, prenant tout le monde à contre-pied.

Malheureusement, un jour, on repère la voiture d'Hélène; les gendarmes l'interpellent, lui posent des questions indiscrètes, mais elle se défend bien. Comment peut-on imaginer que cette jolie femme, mère de trois enfants, ait assez de loisirs pour aller braquer des banques?

«Chatte échaudée craint l'eau froide»: les copines, prévenues de cette alerte, décident de cesser momentanément leurs activités frauduleuses, le temps que les choses se calment. Hélène a des problèmes d'argent et d'amour. Fathia part en Corse. Malika se dispute avec son employeur, qui la licencie sans ménagements. Elle téléphone aussitôt à Fathia pour lui dire sa rancœur. Fathia, qui a toujours eu le sens de la justice, sent la moutarde lui monter au nez: on va lui faire voir, à cet exploiteur, de quel bois les «copines» se chauffent! Elles décident donc de cambrioler la villa de ce méchant homme, ce qui n'a aucun rapport avec le braquage des banques: les gendarmes ne feront même pas le rapprochement.

Mais justement, c'est là que tout dérape. Quelqu'un voit les deux filles, on en reconnaît une: les gendarmes la cuisinent, elle avoue. On les arrête toutes, même Fathia qui, depuis la Corse, organise les braquages, même Hélène qui travaille dans une boulangerie-pâtisserie et qui est tellement charmante que son patron ne sait plus, aujourd'hui, par qui la remplacer. Il y a peut-être, sortant du collège, une petite jeune fille...

Esprits à vendre

États-Unis – Août 1991

Helen A. vit depuis de nombreuses années, plus exactement depuis 1967, dans une belle maison de la fin du XIXe siècle à une quarantaine de kilomètres de Manhattan, avec son mari et ses enfants. Elle adore cette maison de dix-huit pièces, charmante et vieillotte avec sa galerie de bois aux blanches colonnes de style victorien. Mais les jours passent; monsieur A. meurt, les enfants partent vivre leur vie ailleurs... Helen décide alors d'aller vivre en Floride, où le climat est plus clément pour ses articulations de dame âgée. Elle met donc une petite annonce pour sa belle maison et un jeune couple dans le vent se présente, visite et, aussitôt séduit, signe la promesse de vente. Lui, Jeffrey S., est un des jeunes *golden boys* de New York, elle est chorégraphe dans la grande ville et ils sont parents d'un bébé. Très bientôt, ils envoient leur architecte en reconnaissance pour décider de quelle manière ils vont rénover la belle maison d'Helen afin d'en faire, à leur tour, le nid d'amour où ils espèrent vivre au moins aussi longtemps que la propriétaire à cheveux blancs.

Mais, quand l'architecte leur fait son rapport, il signale que la maison possède une réputation étrange, sinon fâcheuse: on la dit hantée. D'ailleurs, Helen n'en fait pas un secret. Elle a toujours eu d'excellents rapports avec les fantômes charmants de la vieille demeure; il s'agirait, d'après leurs costumes, de deux hommes, un jeune et un plus âgé, qui auraient vécu à l'époque de l'Indépendance américaine, aux alentours de 1776. Une jeune fille aussi, de la même époque, est apparue soit à Helen, soit à son mari, soit à son fils. Charmants fantômes, toujours aimables, qui vont même, à l'occasion, jusqu'à offrir des bagues en or aux enfants. Alors, pourquoi Helen en aurait-elle peur ? Elle a même, en 1977, raconté cette amitié incroyable dans le très sérieux *Sélection du Reader's Digest.*

Mais Jeffrey, qui n'a pas lu l'article et qui vit parmi les ordinateurs et la technique de l'an 2000, ne l'entend pas de cette oreille. Il ne veut prendre aucun risque : qui sait si ces esprits « charmants » pour Helen ne vont pas les prendre en grippe, lui, son épouse et le bébé ? S'ils sont capables de réveiller les gens pour leur offrir des bagues en pleine nuit, ils peuvent tout aussi bien décider de serrer leurs doigts « ectoplasmiques » autour des cous fragiles de la famille...

Aussi Jeffrey demande-t-il l'annulation de la vente pour « vice caché » et, contrairement à tout ce qu'on pouvait attendre, le juge lui donne raison. Pour la première fois, des fantômes acquièrent ainsi une existence « légale ». Un autre couple, moins impressionnable, Hillel et Raquel G., s'est installé depuis dans le dix-huit pièces : pas le moindre problème, pas la moindre apparition, pas la moindre bague. Les fantômes semblent partis ailleurs.

Helen A., elle, qui est déjà installée en Floride, cherche au cours de séances spirites à convaincre ses chers fantômes que, pour leurs os plus que bicentenaires, le climat ensoleillé de la Floride serait meilleur que celui du Nord. Mais, jusqu'à présent, rien à faire : depuis leur reconnaissance officielle par les autorités, aucun de ses chers trépassés n'est encore venu pour la rejoindre.

Des grumeaux dans les seins

France-Juin 1991

Madame T., quarante-cinq ans, franchit, un peu nerveuse, la porte de l'Association (loi de 1901) Minceur Vitalité. On lui a donné cette adresse précieuse il y a quelques semaines et, après avoir beaucoup réfléchi, convaincue par l'enthousiasme de l'esthéticienne à qui, à intervalles réguliers, elle confie son corps fluet, madame T. s'est décidée à venir voir ce qu'on peut faire pour elle.

Son problème n'est pas de perdre du poids mais de remodeler ses seins qui lui semblent désespérément «tristouillets»... Le docteur Jean-Guillaume L., quarante-sept ans, qui la reçoit, lui semble immédiatement digne de confiance. Il connaît son affaire et lui explique que la technique est simple: il s'agit de pratiquer une «liposuccion», méthode qui a fait ses preuves – on glisse sous la peau une canule minuscule et arrondie qui aspire les nodules graisseux. Mais madame T. n'a pas besoin de perdre du poids, elle est déjà toute menue. Justement, explique le docteur L., il va, par liposuccion, lui prélever des nodules graisseux là où toutes les femmes, même les plus minces, en possèdent un petit supplément: sur les cuisses. Une fois qu'on aura récupéré cette précieuse quantité de graisse «compatible», le docteur la réinjectera, par «lipolifting», dans les petits seins tristouillets de madame T. qui retrouvera, c'est promis, une poitrine de vingt ans.

Et, malheureusement, il commence sans plus attendre, sans trop s'attarder sur les conditions d'hygiène... Il a fallu 50 piqûres pour récupérer dans les cuisses de madame T. la graisse nécessaire à ses seins. Elle a trouvé cela très douloureux et la réinjection, qui a été effectuée un peu à la «va-comme-je-te-pousse», n'a pas donné les résultats escomptés. Madame T., soulagée de 7 500 francs, se retrouve avec des seins encore moins jolis : on dirait qu'ils sont pleins de grumeaux. Il lui faut faire appel à un chirurgien esthétique plus sérieux.

Très en colère, madame T. porte plainte contre le docteur Jean-Guillaume L. Comme un certain nombre d'autres clientes font la même chose, le docteur et son assistante, qui le trouve tellement formidable et qui ne touche que le SMIC, s'asseyent sur le « banc d'infamie ».

Pourtant, quand on évoque le passé du « praticien de la liposuccion », on voit que le docteur L. commence sa carrière en bon généraliste. Puis, à partir de 1985, il s'intéresse de près aux surcharges graisseuses des clientes, les fameuses « culottes de cheval ». Il fonde son association, il fait de la publicité. Il se crée un « press-book » plein de photos convaincantes - « Avant » et « Après » -, en omettant de préciser que les photographies ne représentent pas ses « miraculées », mais de lointaines inconnues sans doute retouchées au labo-photo. Cependant, certaines clientes ne sont pas mécontentes ; on parle de lui. Il éprouve alors le besoin de battre le fer quand il est chaud, et finit par « opérer » ses clientes « sur-le-champ », sans leur laisser le temps de réfléchir, juste le temps de signer un chèque. Au moment où elles émergent, un peu « vaseuses », de l'anesthésie, le docteur leur tend des papiers à signer : elles signent sans trop le réaliser des « témoignages de satisfaction ».

L'appétit vient en mangeant. Le bon docteur L., qui se présente comme « le Rodin des temps modernes », se rendant compte de la fragilité psychologique de ses patientes, n'hésite plus à les menacer, à leur faire subir lettres anonymes et coups de téléphone comminatoires... La Sécurité sociale s'en mêle, car on s'aperçoit qu'elle aussi est victime de « succions » qui laissent des traces.

Jean-Guillaume L. vient d'être condamné, lourdement : cinq ans de prison dont un avec sursis, il lui en reste trois à purger, 224 000 francs de dommages et intérêts aux victimes, parmi lesquelles madame E. qui, en toute innocence, est venue confier son corps potelé au docteur. Quand, il y a trois ans, elle s'est présentée devant lui afin d'acquérir une silhouette juvénile pour le mariage de sa fille, Jean-Guillaume L. lui a proposé, moyennent 10 000 francs, de l'affiner en lui faisant perdre par « liposuccion » 8 kilos en vingt-quatre heures. Elle a accepté... mais n'est plus sortie de l'inconscience due à l'anesthésie. Depuis trois ans, devenue aveugle, elle est dans un coma végétatif de stade 3.

Edgard remue la queue

France-Mai 1991

Quand Edgard remue la queue, c'est plutôt bon signe. Tout le monde, ou presque, sait ça ; en tout cas, à la douane du port de Marseille on le sait, surtout le douanier qui est le maître d'Edgard, beau Labrador chercheur de drogue. Ce jour-là, maître et chien sont en place pour inspecter passagers et véhicules qui débarquent du *Zeralda* en provenance d'Algérie. La routine...

Mais quand Benazi Z. approche, au volant de sa BMW, Edgard remue de plus en plus son appendice caudal. Aussi les douaniers s'intéressent-ils à monsieur Z., à son véhicule et à son passager. On inspecte les passeports qui ont l'air tellement en règle que ça en est louche. On met le nez sur chaque chrome chaque coussin de la BMW, qui paraît si innocente qu'elle pourrait être conduite par une sœur de charité. Rien à signaler, les deux hommes sont d'honnêtes citoyens qui rentrent du pays, absolument rien à leur reprocher. De plus, le passager,

Maihi O., n'a pas eu de chance : il lui manque une jambe et il se déplace de toute évidence avec une prothèse.

Edgard semble très intéressé par les malheurs de Maihi, et au moment où les deux hommes vont remonter dans le véhicule pour s'éloigner définitivement, le gentil Labrador se précipite sur le pauvre Maihi et saisit avec férocité la jambe de bois. Le douanier comprend le message et demande, poliment, au ressortissant du Maghreb, si il consentirait à laisser inspecter sa prothèse, ce à quoi l'infirme consent, tout aussi poliment.

Une fois qu'il a la jambe de bois dans la main, le douanier constate sans peine que cette jambe est creuse mais que, malgré cela, elle pèse quand même un certain poids : 1, 6 kilo en trop, constitué de hachisch bien compact... L'infirme et son chauffeur vont devoir se passer de la BMW pendant quelque temps... Mais exceptionnellement, la jambe de bois, pièce à conviction, a été rendue à son légitime propriétaire.

Pourri sibérien

Russie-Août 1991

Savez-vous où se trouve Slioudanka ? Il paraît qu'il s'agit d'une ville située en Sibérie centrale, à l'extrémité du lac Baïkal, au nord de la Mongolie. Une toute petite ville de 20 000 habitants seulement, qui sont passés près de la catastrophe sans le savoir. Parce que, avant les événements qui viennent de bouleverser l'URSS, tout le monde n'était pas d'une honnêteté exemplaire dans ces lointaines et froides contrées, même à Irkoutsk, dont vous avez sûrement entendu parler. Irkoutsk, un peu plus au nord, avec ses 450 000 habitants, Irkoutsk et ses centrales hydro-électriques, sa métallurgie et son industrie chimique qui ne doivent presque pas polluer l'atmosphère.

À Irkoutsk, il y a un inspecteur de police que tout le monde respecte et admire parce qu'on lui a déjà remis de nombreuses médailles, portant la faucille et le marteau, pour ses bons et loyaux services en faveur du parti, du peuple et de la patrie. Ce policier, nommé Stakhovtsev, en a assez de sa vie sans horizon et de ses médailles qui ne lui apportent pas beaucoup de satisfactions matérielles, dans cette région peuplée de Bouriates. Alors, en 1987, il commence à penser. Il parle de ses pensées à son adjoint et tous deux décident qu'il faut faire quelque chose pour que ça change en URSS, au moins en ce qui les concerne. Ils prennent contact avec quelques malfrats bouriates, puis décident de passer à l'action en commettant meurtres et attaques à main armée, comme leurs homologues criminels américains. Mais, soit par manque de chance, soit par manque d'expérience, soit par excès de vodka, ils commettent quelques bavures et finissent par se faire arrêter par d'autres policiers de la Sibérie centrale, honnêtes eux.

Quand on a fini de fouiller le passé de la bande de Stakhovtsev, on commence à fouiller ses plans d'avenir... Et on trouve des projets qui font lever les cheveux dans les agences de presse du monde entier. Encouragé par ses succès des dernières années dans la délinquance, Stakhovtsev était en train de préparer un très gros coup: l'attaque de la banque d'État de Slioudanka, la petite ville au bout du lac Baïkal. La banque contient 54 millions de francs sous forme de roubles, de quoi finir ses jours à l'abri du besoin, sinon de l'ennui sibérien.

L'originalité de la chose est dans ce que concocte Stakhovtsev, le multi décoré, pour effacer, après coup, les traces de l'attaque: il pense faire sauter un dépôt d'explosifs près de Slioudanka, dépôt situé de telle manière qu'il doit, par la force de la déflagration, détruire le barrage qui retient les eaux du lac Baïkal. Ces eaux, formant une vague énorme, doivent ensuite rayer de la carte Slioudanka, ses 20 000 habitants et tous les indices permettant de retrouver les auteurs de ce qui aurait dû être le « hold-up » du siècle…

Le souvenir maudit

États-Unis
1969-1991

– Faites un effort, Madame, c'est très important...

– J'essaie, docteur, mais je n'arrive à rien. Je ne vois rien, à part le regard de ma fille.

– Et c'est ce regard qui a déclenché votre dernière crise ? Qu'avait-il de particulier ? Était-il inquiétant ?

– Non. Nous parlions. À un moment donné, j'ai vu son regard et c'est tout.

– À quoi avez-vous pensé à cet instant précis ?

– Qu'elle avait huit ans : cela me revient à présent... Mais c'est absurde ! Ce n'est pas parce que ma fille a huit ans que son regard peut m'angoisser.

– C'est pourtant vraisemblablement le cas... La réponse se trouve en vous. Que vous évoque l'âge de huit ans ?

– Rien... Ou plutôt si... Mais c'est quelque chose de très vague et... cela me fait peur !

– Nous allons nous arrêter là pour aujourd'hui. Mais nous sommes sur la bonne voie. Vous allez retrouver ce souvenir oublié qui est la cause de tout...

Eileen L. se lève du canapé où elle était allongée et sort son sac à main pour payer son psychanalyste, le docteur Wilfried Tehorst, praticien en renom de Zurich.

Eileen a trente et un ans. Si elle vit en Suisse depuis

son mariage, Eileen, de son nom de jeune fille F., est de nationalité américaine. Voilà plusieurs mois qu'elle consulte le docteur Tehorst pour différents troubles psychiques. Elle est nerveuse, sujette à des crises d'angoisse, et surtout, toute une partie de son passé est frappée d'amnésie.

Mais le travail psychanalytique entrepris semble sur le point de porter ses fruits. Du moins, le docteur Tehorst en est-il persuadé...

Il ne se trompe pas. À la séance suivante, Eileen arrive bouleversée à son cabinet.

– Docteur ! Je sais pourquoi l'âge de huit ans me faisait peur : c'était celui de Susan.

– Qui était Susan ?

– Ma meilleure amie. Elle a été tuée.

– De quelle manière ?

– Assassinée. Violée et assassinée... Vous pensez que c'est cela qui a pu me traumatiser au point de me rendre amnésique ?

– Cela ne fait aucun doute... Parlez-moi de la ville où vous avez passé votre enfance.

– Oui. Lorsque Susan est morte, en 1969, c'était une ville toute nouvelle, un grand lotissement en Californie. Ce n'était pas un endroit pour milliardaires. Au contraire, c'était pour gens modestes, mais nous ne roulions pas sur l'or.

Et Eileen décrit cette cité pavillonnaire surgie des marais, au bord du Pacifique, par la grâce des promoteurs. Elle parle de sa mère, Leah, et de son père, George Thomas F., pompier de l'agglomération...

– Avant, vous n'aviez plus du tout de souvenirs de cette ville ?

– Si, mais ils étaient flous, tandis que maintenant, c'est tout à fait net... C'est curieux, je vois surtout un endroit : un lac au milieu d'un bois, un lac-réservoir, un endroit charmant, et pourtant il me fait peur !

– C'est qu'il a dû s'y passer quelque chose...
– Je ne vois rien.
– Pensez au regard de Susan. C'est là qu'elle a dû vous lancer ce regard qui vous angoisse.
– Je ne vois pas...
Un long moment de silence se produit dans le cabinet de Wilfried Tehorst et soudain, s'élève la voix blanche d'Eileen.
– Je ne vois pas Susan, mais j'entends quelqu'un qui parle. Il dit : « C'est de ta faute ! »
– Vous reconnaissez cette voix ?
– Bien sûr, c'est mon père... Oh, c'est affreux ! Je ne veux pas aller plus loin !
– Il le faut, pourtant. Susan doit être là. Essayez de la voir... De quelle couleur sont ses cheveux ?
– Blonds, coiffés en queue de cheval.
– Comment est-elle habillée ?
– Une robe mauve, un chandail bleu marine... Je suis dans le break Volkswagen, avec papa. Il m'a emmenée dans sa tournée de surveillance des feux de forêt. J'adore ça.
– Où êtes-vous ?
– Devant le lac... Nous croisons Susan, qui se promène dans le bois. Je dis à papa : « Emmenons-la avec nous... »
La mémoire est maintenant entièrement revenue à Eileen, mais le souvenir qu'elle avait oublié est si terrible qu'elle doit faire les plus grands efforts pour parler. Elle s'exprime d'une voix hachée :
– Papa s'arrête. Il me fait monter devant. Il me dit : « Montre-nous comment tu sais bien conduire. » C'est un jeu auquel je joue souvent : je tourne le volant, je fais semblant de conduire. Lui, il est allé à l'arrière du break avec Susan.
– Vous ne voyez plus Susan ?
– Non, mais je l'entends. Elle crie... Maintenant, je la vois dans le rétroviseur. Elle est couchée par terre. Elle

se débat. Papa lui fait quelque chose que je ne comprends pas.

Le docteur Tehorst se tait. Il sent qu'il n'a plus besoin d'intervenir : Eileen ira jusqu'au bout. Et le récit atroce de cette femme de trente et un ans qui s'exprime comme une petite fille, parce qu'elle est en train de revivre un cauchemar d'enfance, se poursuit.

– Papa et Susan sortent de la voiture. Sa robe est toute déchirée. Elle pleure. Il l'entraîne par la main. Je les suis... Je ne comprends toujours pas ce qu'il se passe. Pourquoi papa fait-il du mal à Susan ? Ils sont dans une clairière. Je cours vers eux. Papa prend une grosse pierre. Il la lève... Oh, c'est affreux !

Eileen L. est comme hallucinée.

– C'est à ce moment-là que Susan me regarde. Je n'ai jamais vu un regard comme celui-là ! Il y a dedans de la souffrance, du désespoir, mais surtout de l'incompréhension, une totale incompréhension. Susan met sa main devant son visage parce que papa va frapper. Il frappe. Elle ne bouge plus...

Eileen doit s'arrêter pour reprendre sa respiration.

– Maintenant, mon père se retourne vers moi. Il me prend le bras. Il me serre. Il me fait mal, mais surtout j'ai très peur. C'est là qu'il me dit : « C'est de ta faute... » Exactement, il me dit : « C'est de ta faute. C'est toi qui as voulu l'emmener. » Et il ajoute : « Si tu parles, je te tue comme ta copine ! »

Le récit du meurtre est achevé. Eileen est épuisée, mais elle tient à aller jusqu'au bout dans cette terrible évocation.

– Ensuite, nous sommes rentrés avec la voiture. Dès que je suis arrivée à la maison, j'ai été prise de fièvre. J'ai dû me mettre au lit. Je suis restée longtemps sans pouvoir me lever. C'était en septembre : j'ai manqué la rentrée des classes. Quand j'ai été guérie, on m'a appris que Susan avait disparu. J'ai espéré qu'elle reviendrait, mais après, beaucoup plus tard, on l'a retrouvée morte.

– Donc, vous aviez oublié ce que vous aviez vu. C'est pendant votre fièvre que vous avez été frappée d'amnésie.

– Je pense que c'est même avant. Dans la voiture en rentrant à la maison.

Le docteur Tehorst prie sa patiente de se lever du canapé.

– Est-ce que votre père a été soupçonné ?

– Pas un instant.

– Mais on n'a pas arrêté quelqu'un d'autre à sa place ?

– Non, heureusement. Je crois que l'enquête n'a pas abouti... Docteur, est-ce que j'ai vraiment assisté à ce crime, ou alors est-ce que j'ai pu imaginer tout cela ?

– C'est tout le problème. J'inclinerais à croire que c'est vrai, mais il peut y avoir une part d'imagination...

Eileen a retrouvé sa mémoire, mais en même temps, elle se trouve placée devant un terrible débat de conscience... D'abord, a-t-elle le droit, moralement, de dénoncer son père, au risque de l'envoyer en prison pour le reste de ses jours ? C'est ce problème que, petite fille, elle n'avait pas pu résoudre. Ne se sentant ni la force de parler ni la force de se taire, elle s'était réfugiée dans l'amnésie. Elle avait fait disparaître la question à laquelle elle ne pouvait répondre.

Elle prend conseil de son mari. Ce dernier la met en garde.

– Pense à ta santé. Si tu parles, tu vas devoir affronter des interrogatoires, des confrontations. Pense à notre fille.

Sa fille, Eileen y pense, justement. Elle pense à cette enfant innocente et à ce qu'elle a vu dans la forêt, elle pense à la petite Susan, avec ses cheveux blonds coiffés en queue de cheval et sa robe mauve. Un tel crime est trop horrible ! Si son père l'a commis, il doit payer.

Mais l'a-t-il commis ? Ne s'agit-il pas, ainsi que le docteur Tehorst ne peut l'exclure, d'un souvenir inventé ? Si tel est le cas, elle risque de faire condamner un innocent et, de surcroît, son propre père...

Elle désespère de trouver la conduite à tenir, quand une idée lui vient : Janice ! Janice est sa sœur aînée. S'il y a quelqu'un qui peut la conseiller, c'est bien elle.

Elle décroche son téléphone et appelle aux États-Unis, où Janice est restée. Elle fait le récit complet de ce qui vient de se passer. La réaction est immédiate :

– C'est lui ! J'ai toujours pensé que c'était lui qui était le coupable. C'est un être violent et malsain. Quand j'étais adolescente, il me faisait peur. Il me regardait avec un drôle d'air...

Cette fois, l'hésitation n'est plus permise : Eileen prend l'avion à destination de la Californie. Elle part à la rencontre de son passé, de ses fantômes et de ses drames.

Le directeur de la police est, bien sûr, abasourdi, quand elle vient le trouver pour une affaire vieille de vingt et un ans. Mais il enregistre son témoignage et il ressort le dossier... Les faits remontent au 22 septembre 1969. Curieusement, le corps n'a été retrouvé que plus de deux mois après, le 2 décembre. L'enquête n'a pas abouti. On a conclu à un crime commis par un sadique de passage.

Restent les faits eux-mêmes et force est de constater que le récit d'Eileen est on ne peut plus troublant. Le meurtre de la petite Susan a, effectivement, eu lieu au bord du lac-réservoir et la fillette a bien été violée. Mais surtout, il y a des détails qui ne s'inventent pas : les vêtements de Susan, par exemple. Et ce n'est pas tout. Le policier confie son impression à Eileen.

– Le rapport d'autopsie note que l'enfant a eu la main droite et le crâne brisés. Cela correspond tout à fait à la description de son dernier geste : lever le bras pour se protéger de la pierre.

– J'ai pu le lire dans les journaux.

– Cela m'étonnerait. Vous aviez alors huit ans, vous étiez la meilleure amie de Susan : il est probable qu'on vous a caché tous les détails de cette tragédie.

Bill Hensel, le policier qui était alors responsable de l'enquête et qui se trouve, depuis, à la retraite, vient trouver Eileen dès qu'il est mis au courant de sa déposition.

– Je n'ai jamais cru à un sadique de passage. Pour moi, c'était quelqu'un du pays qui avait fait le coup. Bien sûr, j'aurais dû interroger les enfants, mais à l'époque cela ne se faisait pas.

George Thomas F. n'est plus pompier depuis longtemps. Il a divorcé, il s'est remarié et il exerce la profession d'agent immobilier. Il porte lunettes, il a les cheveux blancs et quelque chose de méprisant et de dur dans sa physionomie.

Devant les policiers, il ne s'indigne pas de cette monstrueuse accusation. Il nie avec froideur, dédain, ce qui ne l'empêche pas d'être arrêté et inculpé de meurtre.

Son procès s'ouvre au début de l'année 1991. La déposition capitale est, évidemment, celle d'Eileen. Courageusement, celle-ci vient à la barre faire le récit de la terrible découverte de son souvenir oublié et du débat intérieur qui l'a suivie. Pendant tout le temps qu'elle parle, son père ne la quitte pas des yeux, l'air hautain et glacial.

Les jurés l'ont crue. Ils ont cru à cette bouleversante apparition de la vérité, sortie, après vingt ans d'immersion, du puits de l'inconscient. Ils ont condamné George Thomas F. à la réclusion à perpétuité. Le drame du lac venait de connaître son épilogue, à la suite d'un des plus extraordinaires témoignages de l'histoire policière et judiciaire.

Le suicidé assassiné

France

1988-1991

Rien d'extraordinaire à ce qu'il pleuve sur la Bretagne ce jour-là. Nous sommes en février 1991.

Des cheveux blonds fades, coupés court, raides sous la bruine, de grosses lunettes accrochées à deux grandes oreilles presque masculines : c'est une femme de trente-sept ans, Yveline B., mariée depuis vingt ans à un fusilier marin breton, dont elle a eu quatre enfants. L'aînée est une fille de seize ans. L'âge des escapades, dont le père n'est pas toujours content. L'adolescente « fréquente » un garçon qui n'a pas l'heur de lui plaire. Discussions et affrontement classique, que la mère surveille avec inquiétude.

Cette petite scène habituelle d'un feuilleton familial ne devrait guère prêter à conséquence. Un père vient d'avoir une altercation avec le petit ami de sa fille et l'a mis dehors. Quelques claquements de portes, deux ou trois larmes, une interdiction de sortie, et tout rentrera dans l'ordre des choses...

Mais quel est l'ordre des choses dans la famille B. ?

Celui de la mère, essentiellement.

Yveline est considérée par le voisinage comme une femme de discipline : ordre méticuleux, attitude rigide, du genre « rien ne dépasse ». Elle a dû recevoir une éducation contraignante, pour traquer ainsi la moindre chose qui dépasse. Elle ne fait pas ses courses au supermarché comme tout le monde, on la livre à domicile. C'est son droit.

Ce qui inquiète le voisinage, ce sont deux choses qui, elles, n'entrent pas dans l'ordre convenu.

Rumeurs ? Possible. Il y eut une histoire de chat empoisonné, le chat d'une amie. L'amie est venue voir Yveline, qui a proposé de l'accompagner chez le vétérinaire. Personne n'en sait davantage, mais il semble que l'amie a soupçonné Yveline d'avoir empoisonné le chat.

Il y eut une drôle d'histoire, l'été précédent, dans l'appartement des voisins. Au retour de leurs vacances, l'appartement était dévasté, et il ne s'agissait pas d'un cambriolage classique. Qui avait répandu du liquide-vaisselle dans toutes les pièces ? Qui avait ouvert tous les robinets au point de provoquer une inondation ?

Les dégâts se chiffraient à 90 000 francs, les voisins ont porté plainte, et la police a entendu Yveline, soupçonnée d'avoir provoqué ce désastre. Elle s'est défendue âprement et aucune preuve n'ayant pu être apportée par les victimes, l'affaire a été classée.

Mais rien n'est jamais réellement classé dans les affaires de voisinage : il y a toujours les regards mauvais, les sourires narquois, la méfiance installée, selon le bon principe qu'il n'y a pas de fumée sans feu.

Au-delà des faits établis, quel serait donc le mobile d'une mère de famille pour saccager ainsi l'appartement de ses voisins ? Jalousie, probablement, mais jalousie de quoi ou de qui ? Inondation et liquide-vaisselle sont sûrement l'œuvre d'un ou plusieurs galopins ! Et non d'une femme mûre.

Yveline est, depuis trois ans, l'objet d'une autre méfiance. Elle est une adepte des mormons.

Il semble que sa personnalité rigide, d'ordre et de discipline, ait trouvé là les règles de vie idéales.

Or, un mormon, qu'est-ce ?

Un mormon est membre d'une Église nommée « Église de Jésus-Christ des Saints du dernier jour ». Fondateur : Joseph Smith, un Américain de Fayette, dans l'État de New York. Joseph Smith fut visité, en 1823, par un ange du nom de Moroni, sur une colline de l'Ontario. Cet ange lui montra des tablettes d'or où se trouvait gravée l'histoire religieuse et antique d'une civilisation américaine, d'où l'on tira *le Livre des mormons*. Une bible en quelque sorte, mais qui se veut plus pure et plus stricte que celle des catholiques ou des protestants. Plus américaine aussi : Jésus-Christ, selon *le Livre des mormons*, aurait fait un petit tour sur le Nouveau Continent, et les autres religions n'en savaient rien !

Un mormon croit à la corporalité de Dieu, au baptême rétroactif (possibilité de baptiser mormon toute une génération précédente sans lui demander son avis), et également au rassemblement futur des tribus d'Israël, dispersées sur le continent américain (ce qui fait désordre). Accessoirement, le mormon s'interdit l'usage du tabac, des drogues, de l'alcool, du café et du thé, cela pour obtenir une santé à toute épreuve. Détail : le mormon est polygame à l'origine, tendance abolie de nos jours. Ultime détail : ils attendent toujours la venue du Seigneur sur terre.

Yveline est mormone, donc suspecte.

Cette dame, qui dit souffrir des nerfs, ne suit d'ailleurs pas les recommandations de son Église, puisqu'elle utilise des drogues pour les nerfs. Elle consulte régulièrement différents médecins et se rend souvent à la pharmacie pour y retirer des médicaments contre la dépression. Non seulement pour elle, mais pour son mari. Un dépressif qui, selon elle, n'a pas supporté le décès de sa mère et, depuis trois ans, a été hospitalisé à six reprises pour tentatives de suicide à l'aide de médicaments.

Il y a donc trois ans que Madame est devenue mormone, et cela fait trois ans que Monsieur est suicidaire...

Ce jour-là, mardi 5 février, Yvon, trente-six ans, fusilier marin, s'est mis en colère contre sa fille. Yveline, son épouse, téléphone au médecin de famille:

– Il devient violent, il faut le calmer...

L'ordonnance prescrite contient pour calmer un antidépresseur, à une dose tout à fait raisonnable – un comprimé par jour –, ce que confirme le pharmacien qui la délivre:

– Pas plus d'un surtout!

L'Anafranil est de la clomipramine, qui se présente notamment en comprimés par boîte de cinquante ou soixante, de couleur jaune pâle, dragéifiés. Il est dit sur la notice que « les patients avec tendance suicidaire doivent tout particulièrement être surveillés en début de traitement ». Que le médicament peut affaiblir les facultés mentales ou physiques.

L'autre médicament, nommé Lixanxia, est un antidépresseur associé au premier.

Yvon le Déprimé a une tête de déprimé: triste, traits tombants, regard sans éclat, on l'imagine difficilement éclatant de rire ou souriant.

La vie avec lui, déclare Yveline à ses proches, est particulièrement pénible à supporter, au point qu'elle-même a dû consulter un médecin pour les nerfs. Les nerfs d'Yveline lâchent...

En apparence, elle résiste et fait son devoir d'épouse. Yvon est au lit, sa femme le soigne.

Le mercredi 6 février Yvon s'endort... jusqu'au lendemain. Yveline n'entre dans la chambre que pour lui donner son médicament et son repas.

Le jeudi soir, Yvon dort toujours et sa femme explique

aux enfants qu'il ne faut pas déranger leur père, très malade. D'ailleurs, elle ôte la poignée de la porte pour plus de sécurité.

Toute la journée du vendredi, les enfants peuvent entendre les ronflements de leur père derrière la porte close. « Papa est déprimé, il se soigne, maman le soigne, c'est triste mais c'est ainsi. »

Le samedi matin, les ronflements sont nettement moins perceptibles à travers la porte, toujours fermée et sans poignée. Yveline n'y entre même pas. « Le sommeil est le meilleur des médicaments », dit-elle.

Le samedi est jour de visite aux parents d'Yveline. Il n'est pas question de transgresser la règle, elle se rend donc chez eux avec les quatre enfants, dont l'âge s'étale de seize à six ans, afin de déguster la poule au riz de grand-mère.

Ainsi passe la journée du samedi 9 février 1991, avec retour au domicile conjugal dans l'après-midi.

Yveline, mère de famille attentive, est aussi une épouse préoccupée par l'état de son mari. Les enfants l'observent, inquiets eux aussi : papa est-il remis de sa crise, qui l'a obligé à rester enfermé durant quatre jours consécutifs ? Papa va-t-il guérir un jour de cette saleté de maladie, de cette dépression dont tout le monde parle, qui a surpris un homme en pleine force et en pleine forme, un marin passionné par son métier ?

Maman appelle le SAMU : papa est mort.

On trouve dans la poche d'Yvon une boîte de tranquillisants. Il a probablement avalé une forte dose des antidépresseurs prescrits par le médecin : il en manque plus de la moitié. Le SAMU, puis le médecin de famille constatent le suicide.

Yveline est veuve. Elle dit aux voisins, en soupirant :

– Cette fois, il a réussi. Il souffrait trop, il aimait trop la marine, et sa maladie l'en éloignait. Il n'a pas supporté la mort de sa mère... Me voilà seule avec quatre enfants...

Il pleut toujours sur la Bretagne ce samedi soir, alors qu'on emmène le corps du suicidé. Les obsèques sont prévues pour lundi.

La courageuse veuve fait le ménage toute la journée du dimanche. La chambre où son mari s'est donné la mort doit revivre. D'abord elle fait disparaître le lit, en le donnant à une amie. Elle ne pourrait pas supporter d'y dormir. Compréhensible, quoique un peu rapide, mais Yveline est une femme autoritaire, décisionnaire, une femme d'ordre – devant la mort, les gens réagissent comme ils peuvent, et selon ce qu'ils sont.

Les draps et les couvertures sont pliés dans un coin, tout sera brûlé. Tout : médicaments, objets personnels... Eau de Javel, chiffon à poussière font leur office et, le lundi matin, la chambre ex-conjugale est prête à assumer une autre fonction. Ce sera une chambre pour la fille aînée.

Lundi 11 février 1991, 10 h 30. Un détachement de fusiliers marins attend sur le parvis de l'église, afin de rendre un dernier hommage à leur malheureux compagnon. La nef est pleine, le curé attend, lui aussi, l'arrivée du convoi funèbre. Un membre de la famille n'est pas là : le frère du défunt, brigadier de police de son état. L'assistance s'impatiente et commence à trouver ce retard funéraire quelque peu curieux.

Que se passe-t-il ?

L'enterrement est annulé. Le frère d'Yvon s'oppose à la mise en bière, demande une autopsie. Il s'en explique auprès du commissaire local en lui montrant une enveloppe cachetée :

– Mon frère m'a fait parvenir cette lettre. Je ne l'ai pas ouverte, il m'avait demandé de le faire s'il venait à disparaître...

L'événement est rarissime. Quelques scénaristes de films à suspense s'autorisent parfois ce genre de rebondissements, tout en craignant de ne pas être crédibles. Et pourtant, selon le bon vieux principe qui dit que la réalité dépasse la fiction, Yvon a effectivement écrit une lettre accusatrice.

La lettre, ouverte par le commissaire, révèle ceci :

« S'il venait à m'arriver quelque chose par accident ou toute autre cause entraînant ma disparition, je demande à ce que mes proches recherchent sa cause, car mon épouse semble avoir une double vie. J'ai déjà eu six accidents que je ne m'explique pas, et depuis j'ai de plus en plus de doutes au sujet de ma femme... »

Lettre manuscrite, signée, imparable. La veuve, les enfants, la famille, tout le monde se retrouve au commissariat central. Il pleut des accusations. Le Procureur de la République est averti. Yveline est en garde à vue.

Elle ne tiendra pas tête longtemps, les enfants ont fait des déclarations qui la piègent. Pourquoi fermer la porte et retirer la clenche, surtout si l'on craint une septième tentative de suicide ?

Alors Yveline avoue.

Elle reconnaît d'abord avoir saccagé l'appartement de ses voisins. Pourquoi ? Jalousie : ils s'entendaient « trop bien ».

Ensuite, elle avoue le plus important : c'est elle qui a provoqué les six précédentes tentatives de suicide de son mari en l'intoxiquant à l'aide de tranquillisants.

Tranquillisants qui lui étaient fournis tout à fait légalement, grâce à une petite astuce simple : il lui suffisait de se faire « soigner » elle-même, par deux médecins différents, de recueillir ainsi à chaque visite deux ordonnances, prescrivant l'une et l'autre des antidépresseurs, pour elle-même bien sûr. Jouer la comédie à un médecin, lui dire par exemple : « Mon mari est violent, suicidaire, je ne supporte plus la vie avec lui, je déprime, je ne dors plus »... Puis jouer la même comédie à un second médecin, ignorant la consultation du premier.

Ainsi, au fil des trois années, Yveline fait avaler à son mari des antidépresseurs, dont il n'avait nul besoin et qui le mettent dans un état comateux ou provoquent chez lui des réactions anormales, que son entourage prend pour une véritable dépression. Il consulte le médecin de famille : la dépression est entérinée officiellement, l'épouse n'a qu'à poursuivre le lent empoisonnement qui mènera bientôt Yvon au vrai suicide.

Le mardi 5 février, après l'altercation entre son mari et le petit ami de sa fille, Yveline téléphone au médecin traitant. Moyennant quoi, elle dispose sur ordonnance, le lendemain, mercredi, des médicaments nécessaires à la phase ultime.

Le samedi, lors de la visite à ses parents, Yveline dérobe, dans l'armoire à pharmacie familiale, un tube de Temesta, un tranquillisant, qu'elle va mettre consciencieusement dans la poche de son époux, afin de justifier la déprime et le suicide. Effectivement, le médecin du SAMU et le médecin traitant ne font aucune difficulté pour délivrer le permis d'inhumer en bonne et due forme. Pourquoi ne croiraient-ils pas cette femme en larmes qui a « supporté » un époux malade et dépressif pendant trois ans ?

Le dimanche, lendemain de la mort de son mari, Yveline brûle, jette à la poubelle, range, remet en ordre. Son ordre. La vie est rangée. Le mari assassiné attend la mise en bière.

Mobile ? Pour ranger sa vie, il est des méthodes moins radicales, le divorce par exemple.

Yveline ne divorce pas, elle tue. Alors mobile ?

– Il était violent.

Voilà qui est un peu court, jeune femme. Mais c'est là la seule et unique raison donnée par l'empoisonneuse.

Et le mari ? Comment a-t-il fait pour vivre aux côtés d'une femme dont il soupçonnait les intentions ? Pourquoi ne pas la dénoncer ? Pourquoi ne pas divorcer ? Pourquoi avaler sans résister les mixtures que lui faisait avaler l'empoisonneuse ?

Réponse de ses camarades :

– Il était fou d'elle, complètement dépendant.

Il faudrait donc en conclure que la victime était une victime presque consentante ? Presque, car la victime a tout de même pris la précaution de dénoncer son bourreau, « au cas où » : « À n'ouvrir que s'il m'arrivait de disparaître »...

Pourquoi ne s'est-il pas confié à son frère ? Vraiment confié. Du genre :

– Ma femme veut m'empoisonner... je ne suis pas dépressif...

Mais comme il ne faut pas jouer avec les « peut-être » et les « si », et que le jugement d'Yveline apportera – peut-être – la vérité, laissons au crime d'empoisonnement son secret.

En ajoutant, toutefois, que la législation sur les médicaments dont l'utilisation abusive est susceptible d'entraîner la mort, l'accoutumance aux drogues, ou le crime avec préméditation, que cette législation a grand besoin d'être remise en ordre. Comment pourrait-on éviter, par exemple, qu'un même patient consulte différents médecins, dans le but d'obtenir les mêmes médicaments ? Existe-t-il une réponse informatique, qui ne contrarie pas la liberté de l'individu ? Ou une réponse plus simple : laisser aux spécialistes la délivrance de tels produits, et en priver le médecin de famille, trop enclin à soulager son patient.

Yveline inculpée d'empoisonnement, l'instruction suit son cours, en Bretagne, où il a beaucoup plu cette année sur la tombe d'un homme, six fois suicidé de son vivant, six fois méfiant, et pourtant assassiné la septième fois.

Moins X ?

France

1989-1991

À Belfort, habitait un jeune homme de vingt-trois ans, qui croisait chaque jour, dans les escaliers vétustes de son immeuble, d'autres jeunes gens. Cinq étages de meublés, loués essentiellement à des étudiants, peu fortunés comme chacun sait, contraints d'habiter des lieux approximatifs du point de vue du confort.

L'immeuble est un ancien hôtel, maintes fois visé par la Commission de sécurité qui a réclamé, des années durant, et en vain, à son ancien propriétaire, d'y faire les travaux nécessaires. Comme, par exemple, des issues de secours, le cloisonnement de la cage d'escalier, l'installation de moyens de désenfumage en cas d'incendie ; bref, tout ce que prévoit la législation des établissements recevant du public. Las, le propriétaire s'est fait tirer l'oreille, puis, en 1983, a vendu l'hôtel, lequel fut transformé en meublés, échappant ainsi, en devenant privé, au contrôle de la Commission de sécurité des établissements publics.

La chose est curieuse : dans l'immeuble, il y a le même nombre de chambres, les mêmes escaliers de bois, les mêmes sous-sols délabrés, les mêmes vieux volets et le même nombre d'occupants, mais toujours pas de sécurité d'incendie. Et plus personne ne s'en préoccupe, puisqu'il n'y a plus l'enseigne « Hôtel ».

Xavier C., ce jeune homme de vingt-trois ans, habite cet immeuble. Il a une drôle de tête, Xavier. Une tête qui balance entre masculin et féminin. Une bouche mince, aux lèvres pincées, aux commissures tombantes, comme s'il éprouvait en permanence un dégoût de lui-même et de la vie qu'il vit.

Pas terrible cette vie, en effet. Xavier est un TUC; une charité publique l'a bombardé apprenti cuisinier, alors qu'il rêvait de faire du spectacle. Comme la grande Zoa, en strass et en plumes, avec perruque et talons hauts. Il s'était glissé dans une troupe d'amateurs, imitant Dalida, se faisant appeler Françoise, et arrondissant ses fins de mois sur le tapin, à 10 ou 15 francs la passe. Renvoyé pour manque de talent – la pire des injures –, il a traîné sa peau de boîtes de nuit en trottoirs, de squatts en galères, reniflant du trichloréthylène, et offrant son corps maigre et indécis à qui le rassurera pour la nuit.

Xavier a commencé tôt dans ce genre: à onze ans, découvert par un pédophile suisse et argenté, il connaît, outre frontières, les petites fêtes intimes et le chocolat gratuit...

Le père, ancien d'Algérie, supporte mal ce gamin efféminé, dont le jumeau, homosexuel lui aussi, est d'apparence plus mâle et plus discrète. Chez les jumeaux, l'un est souvent plus fort que l'autre; dans ce cas, ce n'est pas Xavier. Xavier est le raté, le déchet d'une famille de onze, celui dont on ne peut rien attendre sur le plan affectif et social. Il traîne à l'école, traîne dans la vie, puis sur les trottoirs, et désespère son père, qui finira par refermer définitivement la porte de la maison familiale, après avoir encaissé la honte et payé des chèques volés.

Drogue, alcool, cigarettes et Minitel rose... Xavier fait une tentative de réinsertion par le travail. TUC, il touche un salaire, trouve un logement et, désormais, croise dans les escaliers des jeunes gens et des jeunes filles. Quinze seront ses victimes.

Au début de l'année 1989, Belfort vit des nuits rouges. Plus de vingt incendies volontaires dans les quartiers populaires font tourner les pompiers de la ville sans relâche. Il n'y a pas de victimes, mais une sorte de psychose s'empare de la ville : elle couve un pyromane en son sein ! Le pyromane citadin est un individu difficile à identifier, heureusement rare, souvent un être marginal, un adolescent perturbé, un impuissant, un lâche, qui prend la flamme d'une allumette pour le pouvoir du monde... donc le sien.

Dans la nuit du 7 au 8 mars 1989, Xavier décide de prendre le pouvoir.

Il a passé une partie de la nuit dans un bar, en compagnie de quelques-uns de ses semblables, des surnommés « la Gazelle », ou « la Zozoteuse ». Ils ont discuté comme des pies, de Untel et de celui-là, de qui a le sida ou pas, peut-être de l'opération qu'espère Xavier, celle qui le fera devenir une « Françoise » et lui rendra, selon lui, la vraie peau de fille, dans laquelle il n'est malheureusement pas né.

Puis Xavier rentre chez lui, s'installe devant le Minitel et cherche. Un message, une rencontre, des dialogues entre homosexuels, des espoirs de rencontre. Ce Minitel est une drogue ; depuis huit jours, il y dépense une fortune encore invisible, qui dépasse déjà largement son salaire. Ce qu'il ignore, comme beaucoup d'utilisateurs de Minitel, c'est que la surconsommation d'un 36-quelque chose amène les Télécom à surveiller la ligne. Trois mille unités en huit jours, soit 2 100 francs, c'est beaucoup pour un Minitel ordinaire. Et cette nuit-là, Xavier ne raccroche son 36 Gay qu'à 1 h 26 du matin, après l'avoir décroché à 21 heures. Quatre heures et demie de dialogue.

Les Télécom surveillent ainsi les « espionneurs » potentiels – on peut tout faire avec un Minitel, y compris pénétrer dans le grand ordinateur central des grandes banques ou de la Nasa.

Xavier se contente de peu. Son intelligence ne connaît que la clé, facile, des homosexuels paumés, de ceux qu'on appelle les «prolétaires du sexe».

Jusqu'à présent, Xavier était également un prolétaire de l'incendie volontaire : c'est lui qui a allumé au moins une quinzaine des incendies de Belfort. Mais le résultat ne l'a pas enthousiasmé, et, ce soir, il va faire beaucoup mieux. Un vrai spectacle. «Mettre de l'ambiance dans le quartier», comme il le dira stupidement plus tard.

Il descend dans les sous-sols de son immeuble et allume des vieux papiers. Puis il remonte dans sa chambre, s'allonge sur son lit et attend.

Cette fois, il est au cœur du théâtre. Sur la scène même de son exploit. Il verra monter les flammes, il entendra les sirènes des pompiers, il verra les gens s'enfuir, crier... Il pourra contempler de près sa grande œuvre.

Faire tant de dégâts, alerter tant de monde, provoquer tant de bruit avec une minuscule allumette, est une jouissance. Celle du faible, du malade mental, de l'enfant attardé, du lâche.

Le lâche s'est concocté des œufs sur le plat et attend, allongé sur son lit, d'être la gloire du moment.

Il entend une première explosion, puis une seconde, sent la fumée, et décide qu'il est temps de fuir. Mais l'escalier est en flammes. D'autres locataires, affolés, font comme lui, passent par les fenêtres. Xavier grimpe sur une corniche, parvient sur une partie du toit, d'où il peut voir, en contrebas, déjà, deux corps écrasés au sol.

Alertés par un voisin à 3 heures 22, les pompiers sont sur place depuis 3 heures 27. Mais la rapidité des secours n'a rien pu contre la panique. L'immeuble se prête au désastre prévisible. Les flammes se sont engouffrées dans la cage de l'escalier, ont atteint tous les étages, la fumée a fait son chemin. Asphyxiés, certains locataires ont préféré sauter, d'autres vont mourir carbonisés. L'évacuation est difficile, le feu ne sera réellement maîtrisé qu'au début de la matinée. Les pompiers récupèrent, par un escalier donnant sur une cour intérieure, l'une des « victimes » de cet incendie criminel, Xavier. Ils l'emmènent à l'hôpital, comme les autres survivants.

Quinze morts. Atrocement brûlés, calcinés, certains réduits aux dimensions d'une bûche, dira le légiste. Quinze morts qui ont presque tous entre vingt et trente ans. Une jeune fille handicapée à vie. Tous étudiants, en quête d'un métier, d'une vie. Des jeunes de l'âge de Xavier. Rescapé filmé par les caméras de TF1, tuyau d'oxygène au nez, pâle, il marmonne faiblement : « C'est l'acte d'un criminel. »

Monsieur le Ministre Jean-Pierre Chevènement, maire de Belfort, se penchera sur lui comme sur les autres victimes, au cours de sa visite de sollicitude à l'hôpital.

La police se penche également sur le cas de ce rescapé, avec une tout autre sollicitude. En effet, il s'est embrouillé dans ses déclarations aux pompiers. Il a prétendu avoir prévenu les pompiers à 1 heure du matin, or, les Télécom ont vérifié, c'est impossible. En quelques heures de temps, l'incendiaire craque.

Il collectionnait les coupures de presse de ses précédents incendies, une femme en témoignera : il s'était présenté pour un emploi alors qu'il les avait en main...

D'ailleurs, Xavier ne nie rien, il accepte la responsabilité de quinze incendies, sur les vingt-deux déclarés à Belfort en janvier et février. Y compris le dernier, et c'est à cette occasion qu'il répond : « C'était pour mettre de l'ambiance... »

L'ambiance... C'est l'attente épouvantable des familles pour l'identification des corps de leurs enfants. Anna-Isabelle, vingt-trois ans, Thierry, vingt-quatre ans ; Franck, vingt ans ; Jean-Christophe, dix-neuf ans... Et

Philippe, Emmanuel, Béatrice, Sonia, Patrick, et les autres...

L'émotion et la fureur qui s'emparent de la population de Belfort sont légitimes. On craint une vengeance immédiate sur le criminel, qui sort de l'hôpital protégé par un gilet pare-balles, et se présentera de même à l'audience de son procès. Gilet pare-balles et cravate par-dessus. Vivant, sous le regard des familles des victimes. Un père dit : « J'ai un revolver à la place du cœur. » Un autre crie : « À mort ! »... Les insultes soulagent, peut-être, mais ne règlent rien. Aussi larve soit-il, le criminel doit être jugé.

Larve mâle ou femelle ? Les expertises mentales et génétiques demandées par la défense éclaireront un peu le personnage, d'un éclairage sordide.

Pendant ce temps, les familles se réunissent en association, défilent dans les rues en réclamant la peine de mort, et se sentent tenues à l'écart de ce grand procès, dont la vedette leur semble bel et bien être ce « minable », ce « déchet de la société », ce pervers imbécile.

Le procès est retardé, les familles s'émeuvent, les pétitions gonflent, les lettres accusatrices pleuvent sur le bureau du magistrat instructeur.

Juin 1991. Le procès commence. Quatre jours, aux assises de Vesoul, pour comprendre ce que nul ne peut comprendre.

– Ma tête était vide. J'étais toujours ivre d'alcool ou de hasch.

– Je sais faire la différence entre le bien et le mal.

– À quinze ans, si un garçon est d'accord... Il est majeur.

– Les autres incendies, il n'y avait pas de victimes, ce n'était pas grandiose...

– Mon père me haïssait... il préférait mon jumeau.

Quatre jours durant lesquels ce jeune homme en costume-cravate, au regard glauque, ne manifeste pas le remords que l'on attendrait. La défense a bien du mal, qui ne peut que demander les circonstances atténuantes, pour démence au moment des faits. Ce qui n'est pas du tout le cas.

L'expertise génétique occupe un moment la première place. Xavier, homosexuel notoire, s'affirmant transsexuel, est, génétiquement, un mâle curieux: il est porteur du syndrome de Klinefelter.

Sa formule chromosomique est altérée. Un caryotype normal masculin comporte 44 autosomes et 2 hétérosomes et se lit: «44 A + XY». La formule chromosomique de Xavier se lit 44 A + XXY. Elle comporte un X de plus. On sait que, statistiquement, 1,5 pour 1 000 des garçons naissent porteurs de ce caryotype altéré. La conséquence en est une «féminisation partielle» qui a pour résultat la stérilité. Dans la plupart des cas, le garçon présentant ce caryotype est porteur de testicules petits, d'une verge réduite, de seins développés, et d'une pilosité pubienne de type féminin. Peu de muscles, un corps longiligne, mais un instinct sexuel normal, pas d'impuissance.

L'homosexualité n'est pas une conséquence obligatoire de cette anomalie. En revanche, on signale chez ces sujets une arriération mentale légère, et certains troubles psychiques, comme la schizophrénie; encore n'est-on pas certain du lien avec la formule chromosomique.

Xavier est donc porteur d'un X supplémentaire, ce qui n'explique pas le crime. Tous les homosexuels, ou porteurs de X supplémentaire, ne sont pas pyromanes, dieu merci.

Le pyromane est défini comme vaniteux, et mythomane, pervers, schizophrène ou paranoïaque. Mais l'expertise mentale doit relever des anomalies pathologiques majeures pour déterminer la démence possible au moment des faits.

Ce n'est pas le cas de Xavier. Rien n'est pathologiquement grave chez lui, sauf la lâcheté et l'imbécillité. Ainsi que le dira le docteur Barlet, expert : « C'est un nain qui a voulu commettre un crime de géant. Il a voulu compenser les échecs successifs de son existence par ce geste démesuré. Le feu donne une telle impression de puissance aux impuissants »...

La salle des assises de Vesoul a fait l'objet de mesures de sécurité exceptionnelles pour les quatre jours d'audience. On fouille, on détecte, on craint un geste passionnel, et la première journée sera émaillée d'insultes à l'endroit de Xavier, en costume-cravate sur son gilet pare-balles. Il baisse les yeux. Il semble dormir, être ailleurs que dans cette salle houleuse. Parfois, il émet une phrase sur les victimes. Il y a pensé, il vit mal...

Les parents ne sont pas venus. Interrogés par les journalistes, ils ont parlé d'insécurité. Le public, important, aura l'occasion d'entendre, en revanche, le frère jumeau de Xavier, non comme témoin, mais à titre d'information pour les jurés. Il se dit bissexuel, il s'est marié, a eu des enfants, a divorcé (son ex-épouse est dans la salle). Il se garde d'enfoncer son frère, à qui il ne ressemble pas comme deux gouttes d'eau. Voix grave masculine, corpulence mâle, parlant facilement, clairement, il refuse les attaques de Xavier contre son père, mais reconnaît que l'éducation était dure. Le père ne les battait que lorsqu'il parvenait à reconnaître entre eux le coupable d'un méfait, et en cas de punition double, ils devaient tous deux scier du bois dans la cave, jusqu'à 1 heure du matin.

Xavier, de sa voix pleurnicharde et faible, a affirmé à l'instruction que son père était alcoolique et le battait, l'avait jeté dehors... bref, son père est fautif de sa misère mentale.

On entend également les techniciens décrire l'incendie, la vétusté des lieux, l'absence de sécurité.

Les jurés ont le terrible devoir d'examiner les photos des victimes, d'entrer dans les détails des autopsies.

Certaines familles des victimes ne sont pas venues pour entendre ce cauchemar. Car Xavier est responsable bien au-delà des quinze morts du dernier incendie. Pères et mères de tous ces jeunes gens sont condamnés au désespoir. La justice ne peut rien pour cela.

En deux heures de délibérés, le jury de la cour d'assises de la Haute-Saône et du Territoire de Belfort a condamné Xavier à la réclusion perpétuelle, sans la peine de sûreté requise par l'avocat général. Le ministère public demandait dix-huit ans de peine incompressible, le maximum en cas d'incendie volontaire ayant entraîné la mort.

Perpétuité sans circonstances atténuantes – X en plus ou non. Le public a applaudi. La défense n'a pas réussi à faire accepter l'image d'homosexuel prolétaire, de marginal perdu dans sa débauche, « aux limites de la débilité mentale », a dit l'expert.

Dans sa prison, Xavier espérait bénéficier d'un établissement pénitentiaire réservé à son « milieu ». Il écrivait au magistrat instructeur son amour soudain pour son compagnon de cellule... Il se plaignait au bout d'une semaine de préventive de ne pas être « déjà jugé ». Il a encaissé le verdict de perpétuité sans émotion apparente. Le jury s'est perdu longtemps dans une tentative de compréhension du personnage et de ses mobiles – étude de mœurs, de société. Ils ont entendu sans aucun bénéfice la Zozoteuse, le Gitan, ou la Gazelle parler de leur petit copain comme de quelqu'un de banal.

Banale est aussi une allumette enflammée, jetée dans une poubelle banale, sur de vieux papiers.

Le jeune homme banal s'est levé, à la demande du président, afin de s'exprimer, ainsi qu'il en a le droit, à l'issue du verdict. Il a bafouillé des mots banals :

– J'ai souvent pensé aux victimes.

Ce visage veule, aux lèvres tombantes, n'a pu attendrir personne dans l'expression de ce remords conventionnel et dérisoire.

Xavier a quitté le tribunal sous les huées et les menaces de mort, avec sa cravate rayée, son gilet pare-balles, son costume de tweed. Seul dans sa tête ; personne n'a réussi à y faire la moindre intrusion.

– Je voulais mettre de l'ambiance dans le quartier...

Que faire d'une pareille réponse à la mort de quinze personnes ?

Trois fois mort et plus encore

France

1987-1991

Lorsqu'on veut tuer son chien, on l'accuse de la rage.

Lorsqu'on veut tuer son mari, on l'accuse de violence.

Lorsqu'on veut tuer son père, on l'accuse d'être alcoolique.

Lorsqu'on veut tuer son futur beau-père... on est d'accord avec les autres.

Ils étaient donc trois à vouloir tuer. Vouloir n'est pas forcément pouvoir. Ils purent. Péniblement, mais ils purent. Réussir le crime parfait souhaité fut une autre histoire.

Voici donc trois criminels associés, pénétrant, ce jour de mars 1991, dans la superbe salle du tribunal de Laon, quatre ans après le crime. Trois personnalités différentes, trois assassins nuls.

Car malgré leurs efforts répétés, laborieux, malgré le décès de leur victime, trois erreurs graves, en finale, les ont relégués dans le camp de ceux qui ratent lamentablement leur but.

Madame Ginette D., quarante-cinq ans, représentante en produits de maquillage : regard sombre habituellement « rimmelisé », visage ovale, épaules étroites, sourire figé de rouge à lèvres.

Mademoiselle Paola D., fille de la précédente, vingt-quatre ans : regard cerné, sourire ambigu, douceur ambiguë

Et Christophe A., vingt-quatre ans, long et maigre, tiré à quatre épingles, directeur d'hôtel, fils de bonne famille.

Bien évidemment, la victime n'est pas présente. Les victimes meurent et ne se rendent pas au procès destiné à expliquer les pourquoi et comment de leur mort. Pire, les victimes n'étant plus de ce monde, il s'avère extrêmement difficile de cerner de près leur personnalité, et tous les écarts, donc les erreurs, sont possibles.

Ainsi Ginette présente son époux comme un homme violent, alcoolique, tyrannique... Bref, elle est une femme battue.

De même, Paola assure que son père battait sa mère régulièrement, depuis de longues années et, pire, qu'il associait sa fille au secret de ses nombreuses maîtresses, s'en servant comme agent de liaison.

Quant à Christophe, le fiancé, il est apparemment d'accord sur la définition générale.

Les mousquetaires du crime étaient trois, il en manque un quatrième, qui n'a pas participé à la mise à mort mais se présente comme témoin associé dans la description du comportement de la victime. Il s'agit du fils, David. David est plus jeune, mais confirme tout. Son père battait sa mère pour des riens, le battait, lui, par exemple, pour avoir omis de tondre quelques centimètres carrés de pelouse. Un jour, même, armé d'une carabine, il obligea toute la famille à se réfugier dans la cuisine.

David n'a pas tué son père, mais estime sans le dire ouvertement qu'il a mérité d'être rayé de la terre...

Pour en finir avec les arguments des assassins, il convient d'ajouter trois autres précisions. La première vient de Paola, la fille de la maison :

– Mon père a mis ma mère enceinte, avant de l'épouser, contrainte et forcée ; il ne m'a jamais aimée, il voulait un garçon, pas une fille. Il passait d'une maîtresse à l'autre, et lorsqu'il était ivre, il allait jusqu'à violer ma mère.

La seconde précision vient du fils, David :

– Tout ce que nous disons est en dessous de la vérité. Il buvait sans cesse et se vengeait sur nous. Il a obligé ma mère à avoir un deuxième enfant, sous prétexte qu'il voulait un fils et, lorsque je suis né, il ne m'a même pas regardé.

La troisième précision vient d'une amie de la fille :

– Je dormais souvent dans le lit de Paola, quand j'allais chez elle, et je l'ai vue consoler sa mère des violences de son père à de nombreuses reprises.

Mais... Mais...

L'enquête de voisinage traditionnelle ne confirme en rien ces accusations. Bien au contraire, la victime, Jean-Paul D., était considérée comme un bon mari, bon père de famille, très attaché aux siens, et sa réussite professionnelle lui avait permis de leur offrir tout le confort d'une belle maison avec piscine. Personne n'a parlé d'alcoolisme, ni de violence, ni de maîtresses.

Certes, la vie très privée d'un individu, à l'abri de son propre foyer, peut parfois révéler des surprises. Certes, les voisins ne sont pas toujours à l'affût des bruits et des pleurs venant d'une femme battue ; et, certes, les enfants ne vont pas toujours raconter à l'école les écarts de leur père. Sur ce point – argument des défenseurs –, le mystère planera donc toujours.

L'ennui est que nombre d'arguments contre se lèvent aussitôt.

L'amie de Paola eut avec elle une expérience amoureuse et lesbienne, qu'elle admet sans difficulté. Paola de même. Paola est ensuite passée dans les bras de Christophe, personnalité fragile qui se reconnaît de tendance homosexuelle.

Les relations du couple D. décernent un brevet de

bonne conduite à la victime, mais qualifient son épouse Ginette de femme cupide et prétentieuse.

Voyons les détails, et ils sont nombreux, du crime lui-même, afin de juger impartialement les assassins sur leurs actes, ainsi que dut le faire le jury d'assises, en son âme et conscience.

Les faits parlent, dit-on, d'eux-mêmes.

Par une nuit d'hiver 1987, sur une route d'une forêt de l'Aisne, un automobiliste, négociant prudemment un virage, par peur du verglas, est soudain ébloui par les lueurs d'un incendie. Une voiture est en flammes, l'avant contre un arbre. Il s'agit d'une Renault 25, et l'automobiliste se rend compte aussitôt que, seul, il ne peut rien pour sauver le conducteur. Il accélère donc pour prévenir la gendarmerie et les pompiers.

À l'arrivée des secours, il est trop tard. La voiture est carbonisée, le moteur fondu et le conducteur calciné, dans un état tel que son identification immédiate paraît impossible. Homme ou femme ? L'autopsie règle le problème : il s'agit de Jean-Paul D., quarante ans à l'époque, chef de vente chez un concessionnaire Renault de la région. Sa femme a signalé sa disparition à la gendarmerie, il s'agit bien de son véhicule personnel et, pour plus de certitude encore, une particularité permet l'identification sans risques d'erreur : Jean-Paul était né avec trois reins, détail assez rare.

Il s'agit donc, à première vue, d'un accident. Le véhicule aurait dérapé, heurté un arbre et pris feu. Le conducteur aurait-il eu un malaise ? Le verglas l'a-t-il pris en traître ? Son parcours, cette nuit-là, entre 4 et 5 heures du matin, est reconstitué ainsi :

Jean-Paul est allé voir des parents, il a dîné chez sa tante, et a repris la route vers son domicile par le parcours le plus évident, à travers la forêt.

L'accident s'étant produit vers 4 heures du matin, et Jean-Paul ayant quitté sa tante peu après 20 h 30, que faisait-il encore en pleine nuit sur la route ? Et dans le sens inverse, c'est-à-dire la voiture en direction de chez sa tante, d'où il revenait en principe ?

Rendez-vous galant, en pleine nuit glaciale de février, dans la forêt ? Malaise ? Un malaise ne dure pas 4 heures, et il serait sorti du véhicule.

Malgré ces questions sans réponses, l'accident est entériné par la gendarmerie, qui n'a pas d'autres explications valables.

Jean-Paul est donc enterré, pleuré par sa femme et sa fille, sa femme surtout, dont on remarque à la fois les traits tirés et le ravissant chapeau noir à voilette.

Huit mois se passent. Le verglas demeure coupable dans le dossier de la gendarmerie et le juge pourrait classer l'affaire si un personnage nouveau ne se présentait dans l'histoire.

Monsieur Pascal Buret, lui-même ancien gendarme, est devenu expert de compagnie d'assurances. C'est lui le héros de l'histoire.

Bizarrement, il existe non pas un, mais trois contrats d'assurance-vie au nom de Jean-Paul. L'un a été souscrit quelques semaines avant sa mort pour un capital de 800 000 francs. L'autre est plus vieux d'un an, pour un capital plus modeste de 150 000 francs. Ces deux contrats ont été souscrits par la victime elle-même... Le troisième, beaucoup plus important, a été pris à titre professionnel pour un capital de 1 600 000 francs.

La veuve et l'orpheline sont donc susceptibles de toucher une bonne somme.

Pascal Buret, notre ex-gendarme, est un spécialiste des accidents et des incendies. Minutieusement, il commence par noter quelques détails contradictoires :

Une Renault 25 Diesel prend rarement feu après un choc.

Cette Renault Diesel était en parfait état, révisée régulièrement, son propriétaire étant concessionnaire de la marque.

Cette Renault Diesel ne présente pas de choc au niveau du réservoir, qui s'est pourtant enflammé.

La boîte de vitesses indique que le véhicule ne roulait pas à plus de 30 kilomètres/heure. Il n'a été constaté par les gendarmes aucune trace de freinage.

Les flammes de l'incendie étaient si hautes qu'elles ont calciné les branches de l'arbre à plus de cinq mètres, mais il s'agit d'essence brûlée et non de gasoil.

Après quoi, l'expert s'installe sur ce qu'il reste du siège conducteur et constate qu'il est bloqué en position courte. C'est-à-dire pour un conducteur de taille moyenne, ou petite. Jean-Paul était grand, il lui était impossible de plier les genoux à ce point et de conduire dans une position aussi inconfortable.

Dans ces conditions, un expert en assurances, accidents, incendies de véhicule, ne peut absolument pas conseiller aux compagnies de régler rubis sur l'ongle.

Il y a soupçon, énorme soupçon, de crime maquillé en accident.

Quelques mois plus tard, l'énorme soupçon devient réalité. La mère et la fille sont placées en garde à vue, puis inculpées.

Depuis quelques mois d'ailleurs, elles vivaient plutôt bien, en veuves joyeuses, disaient les commères : on peut dépenser large, lorsqu'on espère un capital de plus de 2 500 000 francs.

Les aveux ne sont guère difficiles à obtenir. Jean-Paul était effectivement mort avant de brûler dans sa voiture, mais les circonstances de cette mort dépassent l'entendement.

Tout d'abord, à l'exception de l'assurance-vie professionnelle, dont elle ignorait (bêtement) l'existence, Ginette s'est elle-même chargée de souscrire les deux autres. Avec l'aide de sa fille, qui a imité la signature du père.

Comment pouvait-elle espérer, notamment pour la plus importante, au capital de 800 000 francs, que l'assurance ne demanderait pas une visite médicale de l'assuré, lequel aurait aussitôt la puce à l'oreille ? En faisant disparaître la victime avant cette visite médicale... Risqué, tout de même.

Mais il semble bien que l'épouse ait préféré ce risque à la simple idée de divorce, au cas où... Le mari la battait réellement, battait sa fille, et son fils.

Le soir du 11 février 1987, en tout cas, la décision est prise de mettre le projet à exécution. Projet auquel les deux femmes ont associé le fiancé bien poli, bien gentil et bien faible, en le conditionnant depuis deux mois. En lui répétant sans cesse qu'il faut éliminer ce père brutal et jaloux, qui gifle sa fille lorsqu'elle ose danser avec un inconnu, qui tabasse son fils à coups de râteau pour avoir mal tondu une pelouse et, pris de boisson, s'acharne sur sa femme en abusant d'elle...

Le soir du 11 février, les deux initiatrices téléphonent à leur complice potentiel pour l'informer de leur décision. Il arrive aussitôt.

Quelle est donc l'arme du crime qui va se commettre à trois ? Bonne question, à laquelle il est à la fois difficile et complètement dément de répondre.

Les versions de la mère et de la fille se ressemblent en se contredisant totalement. La mère défend sa fille, la fille défend sa mère. Je t'accuse moi non plus...

Déclaration de madame mère :

– Lorsque Christophe est arrivé, je l'ai poussé dans la chambre de mon mari, en lui remettant une barre de fer.

Déclaration de Christophe :

– Je suis entré dans la chambre avec la barre de fer, il était endormi, je l'ai frappé sur l'épaule, machinalement, sans conviction...

Arrêtons-nous un instant sur l'image: la victime, frappée sans conviction, se réveille et saisit son agresseur à la gorge, les deux hommes roulent à terre en luttant. Ce que voyant, du pas de la porte, Ginette tente de régler. Ou Paola. C'est là que les versions divergent. La mère dit être entrée avec une bombe lacrymogène, dont elle a aspergé largement le visage de son mari, tout en lui passant un foulard de soie autour du cou, tandis que sa fille, venue à son aide, immobilisait son père en s'asseyant sur ses jambes...

– Pas du tout, rétorque la fille. C'est moi qui, entendant des bruits de lutte, suis entrée dans la chambre avec la bombe, pour lui asperger le visage. Il m'a vue, il a levé les yeux, alors avec Christophe, nous lui avons passé un foulard de soie autour du cou, et nous avons tiré chacun de notre côté.

Nouvel arrêt sur image: à cet instant Christophe, qui est de sensibilité fragile, se sent soudain mal et s'en va pour aller vomir ailleurs.

Ne sachant pas si son père est mort, Paola va chercher une canne de golf et le frappe à la tête. La mère fait alors son entrée, avec une serviette pour essuyer le sang.

En résumé, la fille écarte au maximum la mère de l'acte criminel. La mère prétend en prendre la responsabilité. Le maigre fiancé nauséeux se dit manipulé, intoxiqué, apeuré; bref, le moins responsable possible, quasiment victime de deux femmes diaboliques.

Quant à la victime, massacrée à coups de barre de fer, aveuglée au gaz, étranglée au foulard, achevée à la canne de golf, il lui reste encore à brûler.

Dans la nuit noire et verglacée de février, la voiture Renault Diesel roule, conduite par la mère ou la fille – version différente là aussi –, le corps est dans le coffre... On sort le corps du coffre, on le place au volant, on enclenche une vitesse, la voiture bute contre un arbre, on met le feu au moteur à l'aide d'essence et d'allumettes. C'est Ginette, qui met le feu...

Mauvais sens de la route, essence contre Diesel, siège non réglé, les assassins ont tout faux.

Tout le monde n'a pas le courage de se lancer dans le noir, sur le verglas, contre un arbre, et d'attendre que la voiture brûle réellement pour y introduire la victime, après avoir réglé la distance du siège...

Mars 91, devant les assises de l'Aisne les défenseurs ont fort à faire pour appuyer la thèse du crime passionnel. Il y a la lourde préméditation des assurances-vie. Dont un agent peu scrupuleux, et absent des débats, a accepté les dossiers apportés par la mère, et signés par la fille, sans se préoccuper de l'assuré lui-même.

Une anedocte, en passant. À la question du président d'assises concernant le choix de la date du crime :

– Pourquoi le 11 février ?

– Je voulais partir en vacances aux sports d'hiver, et il m'en aurait empêchée.

Ginette a été condamnée à dix-huit ans de prison.

Paola à quinze ans.

Christophe à dix ans. Et ce, malgré les efforts du célèbre maître Vergès, qui tenta de présenter le complice comme un être faible à tendance homosexuelle, victime de son amour pour Paola, manipulé par deux femmes coquettes et sûres d'elles.

Paola, la parricide, qui adorait et haïssait son père, a raconté à l'expert psychiatre les cauchemars qui la hantent depuis la mort de son père. Elle revoit sans cesse son visage, et ce regard qui la fixe avant la mort, en une ultime question muette.

Paola aurait assassiné son père, comme Brutus le fit pour César ? « Toi aussi, ma fille ? »

Il paraît que cela veut tout dire.

Dame, trentaine, jolie, fortunée…

France-Août 1991

« Dame, trentaine, jolie, fortunée, espérances, ch. Mr âge et situation en rapport vue mariage. Éc. N°… » Qui n'a parcouru ce genre de petite annonce dans le célèbre *Chasseur français*, connu pour ses rubriques cynégétiques et ses petites annonces matrimoniales classées par zones d'âge ? Une clientèle plus nombreuse qu'on ne le pense les dévore et, parmi celle-ci, au fin fond des provinces, un certain nombre de veufs rongés par la solitude.

L'annonce de la dame jolie et fortunée ne manque donc pas d'émouvoir des candidats au bonheur plus ou moins sincères dans leurs intentions. Leur situation est-elle en rapport avec la fortune et les espérances de la dame jolie ?

Après une première correspondance, celle-ci se fait connaître plus en détails: elle demeure dans la région de Dijon. Très bientôt, une conversation téléphonique vient confirmer les premiers contacts. « Évelyne de Britigny » possède une voix ensorceleuse et pleine de promesses, Évelyne est enjouée malgré les difficultés dans lesquelles elle se débat. Difficultés tout à fait passagères, car elle doit prochainement toucher un très important héritage en Suisse, mais, vous savez ce que c'est : qui dit « gros héritage » dit « frais de succession » proportionnels et, justement, Évelyne de Britigny ne possède pas en ce moment les disponibilités qui lui permettraient de régler cette affaire rapidement. D'ailleurs, dès qu'elle sera entrée en possession de ses biens, elle aura l'esprit plus libre pour convoler en justes noces avec son lointain correspondant, qui verra le « fabuleux héritage suisse » entrer tout naturellement dans les biens de la communauté...

À l'autre bout du fil, le candidat au bonheur, qui a entre les mains une photographie d'Évelyne, réfléchit rapidement. Oui, bien sûr, sa fortune personnelle lui permettrait de dépanner momentanément Évelyne, mais elle doit bien avoir un notaire à qui il pourrait faire parvenir la somme qui débloquerait la situation. Un notaire ? Mais comment donc ! Évelyne de Britigny possède son notaire : maître Michel P., honorablement connu au barreau dijonnais. Madame de Britigny communique ses coordonnées et, quelques jours plus tard, un chèque est adressé à maître P. par le correspondant qui, après avoir téléphoné au « gentil » notaire a ponctionné 200 000 francs sur son compte pour accélérer sa marche au bonheur...

« Dame, 35 ans, jolie, très à l'aise, excellente famille franco-suisse, espérances, épouserait Mr âge et situation en rapport. Éc. N°... » Cette fois-ci, Évelyne, potelée mais très élégante, rencontre le monsieur « âge et situation en rapport ». Il a quelques années en trop, mais celles-ci sont largement compensées par l'épaisseur de son compte en banque de propriétaire terrien. Lui aussi s'attendrit sur les problèmes d'Évelyne, une personne si convenable qui est présidente de l'Association mondiale pour la défense de l'enfance en détresse. Et cette sainte femme manque de liquidités pour soigner son vieux père malade, dont l'état nécessite des médicaments coûteux et une infirmière privée. Le monsieur, après une vérification discrète auprès du charmant notaire, maître Michel P., sort son stylo et son chéquier et rédige un chèque avec un joli nombre de zéros...

Un autre en fait bientôt autant pour « la belle-fille du préfet de Dijon », un autre pour Évelyne, « modéliste chez le grand bijoutier Cartier » (dans ces maisons-là on n'engage pas sans s'être renseigné auparavant)...

Finalement, tous ces messieurs finissent par s'impatienter de ne plus avoir de nouvelles de l'héritière jolie. Ils portent plainte et, de fil en aiguille, on découvre qu'Évelyne se nomme en réalité S., qu'elle a été condamnée avec sursis pour le même genre de manœuvres, pour lesquelles maître Michel P. était son avocat. Devenu son amant et séduit par le bagout d'Évelyne, il s'est laissé glisser dans les combines de la « dame jolie ». À eux deux, ils ont fini par ramasser près de 5 millions de francs auprès des lecteurs du *Chasseur français*. Ils sont condamnés à cinq ans fermes et à plus de trois millions de dommages et intérêts.

Au fin fond de son domaine agricole, un monsieur fortuné vient de résilier son abonnement au *Chasseur français*, ça lui coûtait trop cher de lire les petites annonces matrimoniales. Il tient en main un carton gravé, récemment reçu : Évelyne de Britigny le convie à un dîner qu'elle donne en l'honneur, et en présence, du roi Hassan II du Maroc. Ce dîner ayant lieu dans un château de Suisse, le monsieur fortuné, vu son état de santé, n'a pu se rendre à cette charmante invitation. Quel dommage !

Monique sans amour

France-1991

– Monique, t'es pas chiche !
– Combien tu m'donnes ?

– Une pièce jaune...

Monique réfléchit: une pièce jaune, c'est 20 centimes. Avec ça, elle n'ira pas loin... Mais 20 centimes en 1955, c'est déjà quelque chose et, comme on dit du côté d'Aurillac, « un sou, c'est un sou ». Alors Monique, bravement, pour avoir sa pièce de 20 centimes qui ira rejoindre les autres dans sa tirelire, Monique, en fermant un peu les yeux, approche tout doucement sa main de la clôture électrique qui tient les vaches éloignées de toute tentation d'escapade... Elle approche doucement, doucement, et clac! dès qu'elle sent la décharge qui lui tétanise un peu le bras, elle retire sa main. À l'endroit du contact, c'est légèrement rouge, mais ce n'est pas grave, ça a duré si peu... Déjà, elle tend la main, la même, celle qui a pris la décharge électrique et le « grand » qui l'a mise au défi dépose la pièce jaune, juste à l'endroit où c'est un peu rouge... C'est que « la Monique », on se demande jusqu'où elle irait pour récupérer un peu d'argent... La vie le dira...

1989. Monique a fait son chemin dans la vie. Elle a commencé très modestement comme auxiliaire à la Poste, puis a épousé un facteur, Louis, un garçon qui n'est pas mal physiquement, mais qui a besoin d'une femme énergique pour le pousser. Monique, elle, a de l'énergie à revendre, de l'intelligence et n'a pas peur du travail. Elle s'initie `a la comptabilité, passe des concours, pousse le brave Louis à en passer lui aussi: petit à petit, ils grimpent les échelons.

Ils sont bien notés, sérieux, courageux, un couple modèle pour l'Administration. Un couple qui travaille pour la France, puisqu'ils vont faire quatre enfants. Bientôt, ils règnent en maîtres sur la petite poste de leur village. Lui, receveur; et elle, derrière le guichet, toute souriante: des personnalités de cette commune de 600 habitants. La vie leur sourit. Mais, dans la vie, qui n'a pas de problèmes?

Eux, leur problème, c'est de s'être trop endettés en voulant faire construire une maison et en confiant l'argent emprunté à un entrepreneur qui a fait faillite. Alors, pour voir leur rêve prendre quand même forme, Monique et Louis ont fait appel à des ouvriers qu'ils ne peuvent pas payer. Et les voilà avec des trous à boucher dans leur budget familial...

Mais, tous les jours, Monique reçoit les petits vieux de la commune qui viennent lui confier leurs économies. Économies qui, bien souvent ne serviront à personne, car les titulaires de comptes vont rarement au fond de leurs réserves. Après leur décès, les héritiers arrivent et sont souvent très heureusement surpris de savoir que leurs grands-parents avaient encore quelques dizaines de milliers de francs sur un compte.

« Tout ça, c'est de l'argent qui dort », se dit Monique, et les signatures sont si faciles à imiter. Et, comme personne, à l'exception de Louis, ne pourrait se rendre compte de ces mouvements de fonds insolites... Louis n'étant, au fond, qu'un grand mou qui ne demande qu'à aller à la pêche le dimanche, à partir faire sa cure seul le plus souvent possible et à ne pas trop s'inquiéter des affaires de famille, un beau jour, Monique prend son courage à deux mains et « ponctionne ».

Ça lui permet de faire passer quelques milliers de francs d'un compte de client à celui de la famille... Quelque temps plus tard, elle remet l'argent en place, mais, immédiatement, imite une signature sur un bon de remboursement payable par l'État et repaie une autre dette.

Maintenant, Monique a passé le premier pas de la crainte (ça marche !), de la honte (au fond, elle ne lèse personne que l'État), de l'angoisse. Bizarrement, elle a découvert des sensations nouvelles : elle n'est plus angoissée par l'idée de ne pas payer ses dettes. Mieux, elle dispose, soudain, d'un volume d'argent inespéré.

Elle sent monter en elle une puissance qu'elle ne soupçonnait pas et ça tombe bien car, après seize ans de mariage, elle réalise que, entre Louis et elle, quelque chose ne fonctionne plus, n'a jamais vraiment existé: une fois les premiers émois physiques terminés, Monique s'est rendu compte que c'est elle qui portait le pantalon dans le ménage et, paradoxalement, elle ne le supporte plus.

Elle admettrait de dominer son mari, mais en même temps elle ne supporte pas de vivre avec quelqu'un qui se laisse dominer. Quant à la tendresse... Louis, à l'exception de certains soirs, ne songe jamais au moindre geste d'affection. C'est tout juste s'il a dit merci quand Monique lui a offert la Médaille d'amour: «Aujourd'hui plus qu'hier et bien moins que demain»...

Mais les enfants sont là, – le dernier a trois ans –, et Monique, maintenant qu'elle doit tenir la longue fourchette brûlante qui lui permet de «manger dans la marmite du diable», entend bien continuer. Aujourd'hui ce n'est plus pour 20 centimes qu'elle va mettre le doigt sur ce qui brûle... À présent, Monique se sent investie d'une puissance sans limites.

Puisque Louis ne l'aime pas, les autres vont l'aimer: elle achète leur affection et leur respect à coups de cadeaux, d'argent, de mobylettes. Elle achète même l'amour de Louis en lui offrant un train de vie bien au-dessus des 14 000 francs mensuels du couple. Elle fait des emprunts, acquiert une résidence secondaire, investit dans des bijoux. C'est qu'il faut bien compenser aussi le fait que tout ce système d'écritures ne doit en aucun cas tomber sous des yeux étrangers... Ce serait trop risqué. Alors, ce couple de fonctionnaires modèles ne prend pas le plus petit congé. Toujours fidèle au poste, l'un ou l'autre...

Un jour (pourquoi?), Monique et Louis se permettent une petite escapade de 8 jours... Monique, qui a détourné 1,7 million de francs en trois ans, se dit que si l'Administration découvre le pot aux roses, on trouvera bien un moyen de s'arranger à l'amiable... Mauvais calcul...

Résultat des opérations: cinq ans pour Monique, quatre ans pour Louis. Bien sûr, ils ont des dettes: 5 000 francs par mois pendant trente ans. Et les enfants vont vivre chez leurs grands-parents...

Murder party

États-Unis – Mars 1991

George T. est un informaticien de haute volée. Il appartient à la branche locale du Club des Petits Génies, ces personnes dont le quotient intellectuel, à la suite de tests professionnels ou de contrôles universitaires, s'est révélé nettement au-dessus de la normale. George est un «génie» et il en est conscient. Il sait monter et démonter à merveille les labyrinthes des logiciels d'informatique.

Par ailleurs, il adore les romans d'Agatha Christie, dans lesquels quelques indices habilement dissimulés au lecteur naïf permettent, à la fin, une démonstration brillante signée Hercule Poirot. George aime remonter ces mécaniques ingénieuses. Pour mettre ses capacités en pratique, lui et son épouse organisent souvent, pendant le week-end, à leur domicile ou chez des amis, une *murder party*, jeu de rôles parmi les plus classiques.

Le principe en est simple. On distribue à tous les participants un «rôle»: témoin, détective, victime, assassin; et, suivant un schéma plus ou moins pittoresque, chacun doit, pendant la durée du jeu, qui peut se prolonger sur plusieurs jours, se comporter selon les règles que le hasard lui a imposées. L'assassin doit essayer de «tuer» la victime (c'est-à-dire se retrouver en tête-à-tête avec elle assez longtemps pour avoir, logiquement, le temps de l'assassiner). Le détective doit, en interrogeant les témoins, déterminer qui est l'assassin. La victime, doit, dans la mesure du possible, éviter de se retrouver en tête-à-tête avec l'assassin et, pour ce faire, l'identifier le plus vite possible. Tout se termine autour d'un cocktail suivi d'un bon dîner, au cours duquel les participants peuvent raconter leurs doutes, leurs émotions, les difficultés qu'ils ont connues pour « tenir leur rôle ».

Pour augmenter le frisson, l'organisateur soigne les détails et George excelle dans les détails. Si la mort doit survenir par empoisonnement, il précise à la victime quel rictus serait le plus réaliste en cas de « malheur », quel mouvement convulsif correspondrait le mieux au poison que l'assassin lui administrerait. George est un connaisseur en produits toxiques, comme d'autres Américains de même niveau sont connaisseurs en bordeaux ou en bourgogne et capables d'écrire des ouvrages de référence qui étonnent les Européens. George est connaisseur et amateur jusqu'à l'illégalité. Déjà, étudiant brillant mais farceur, George attire sur lui une notoriété de mauvais aloi en badigeonnant de drogue hallucinogène la poignée du réfrigérateur collectif, ce qui provoque chez ses camarades étudiants quelques troubles qu'il considère avec le détachement glacé de l'expérimentateur manipulant des souris blanches.

Avec le froid mépris du génie qui se sait bien au-dessus du *vulgum pecus*, de la « populace », il trouve, plus récemment, le moyen de se faire de l'argent en transformant des produits toxiques en « crack », cette drogue qui vous envoie au septième ciel et, immédiatement après, vous met 6 pieds sous terre. 4 millions de dollars de chiffre d'affaires, très rapidement transformés par le juge en trente-six mois derrière les barreaux. Mais notre petit génie purge sa peine avec stoïcisme, sachant que les génies n'ont guère de problème pour se refaire une situation quand ils sortent de prison, surtout quand leur sens moral est beaucoup plus bas que leur quotient intellectuel.

George, assagi, se refait donc une place au soleil. Il se recrée un cercle de relations choisies au chaud soleil de Floride, il s'amuse à nouveau à construire des meurtres pour rire, assassinats si astucieux que les participants ont bien du mal à les résoudre. George se dit qu'il est vraiment doué...

La vie serait belle, mais notre génie est confronté à un problème énervant : ses voisins immédiats sont vraiment trop bruyants. Une famille nombreuse issue d'un remariage, pleine de jeunes gens qui aiment un peu trop les engins pétaradants, adorent la musique hurlante et possèdent des animaux aboyant à longueur de jour et de nuit. George a besoin de silence pour son travail... et pour ne pas commettre d'erreur dans la mise au point minutieuse de ses « crimes pour rire » du dimanche. Ces décibels intempestifs, ces pétarades, ces aboiements continuels lui mettent les nerfs en pelote. Bientôt, de part et d'autre de la barrière de bois blanc qui sépare les deux maisons, des paroles mauvaises sont échangées. Rien n'y fait : les C., famille de braillards, n'y prêtent guère attention. Ils ont le bruit dans la peau et n'entendent pas plus loin que le bout de leurs oreilles.

George, toujours occupé à fignoler des morts lentes et douloureuses, en arrive à se dire qu'ils feraient, tous autant qu'ils sont, de merveilleuses victimes. Dans un premier temps, il essaie de provoquer chez eux la peur insidieuse par le biais de lettres anonymes : « Vous et votre prétendue famille avez deux semaines pour quitter la Floride. Sinon vous mourrez. » Bien sûr, les C. n'aiment pas du tout ce genre de lettre et vont se plaindre à la police. Ils désignent George comme l'auteur potentiel des missives menaçantes. Celui-ci l'a prévu et reste de marbre. On ne peut rien prouver. Il est bien trop malin. Alors, il passe à la phase «murder party» de son plan.

Quelque temps plus tard, Betty C. tombe dans un coma profond après avoir bu une innocente bouteille de Coca-Cola et, au bout de plusieurs semaines d'atroces souffrances, elle meurt. Son fils Duane et son beau-fils Travis, dix-huit et dix-neuf ans, connaissent le même sort, mais en réchappent de justesse. Monsieur C., trois autres personnes qui fréquentent la maison, une petite fille de deux ans, tous amateurs de Coca-Cola, se retrouvent à l'hôpital. On analyse la boisson gazeuse et on découvre que chaque bouteille contient une dose mortelle de nitrate de thallium. Tous les regards soupçonneux se tournent vers George, qui affiche une indifférence dédaigneuse, semblant dire: «Allez-y, prouvez quelque chose.» Et, malheureusement pour lui, c'est ce qu'on va faire.

Une nouvelle voisine, Susan G., vient participer aux dernières «murder parties» des T.: c'est, en réalité, une inspectrice de police qui profite de l'obscurité pour fouiller tous les placards et pour analyser le «génie destructeur» de George. Mais l'enquête piétine.

George et son épouse, sentant que l'endroit devient un peu trop «chaud», changent de résidence. Susan loue immédiatement leur maison et examine toutes les petites choses qu'on laisse toujours derrière soi quand on croit avoir tout emballé. Un roman d'Agatha Christie, *The Pale Horse*, oublié sous un escalier, se révèle extrêmement intéressant car un pharmacien, héros malfaisant, y commet un meurtre en utilisant du nitrate de thallium. Tiens! Tiens! Pire encore pour notre petit génie du mal: Susan trouve, au fond d'un placard, une fiole qui a réellement contenu du nitrate de thallium.

George est arrêté et, malgré toute son imagination, malgré le silence de sa cellule, il n'arrive pas à mettre au point un système de défense digne de lui. Piteusement, il essaie de faire croire que c'est son épouse qui a commis le meurtre collectif en empoisonnant un *pack* de Coca-Cola et en allant le déposer discrètement chez les C.

George est condamné à mort. Intéressant problème qui aurait sans doute passionné Agatha Christie quand, immergée dans sa baignoire, elle construisait ses histoires criminelles en croquant toute une série de pommes anglaises : comment un génie de l'informatique peut-il parvenir à échapper à la chaise électrique quand il ne dispose que de son quotient intellectuel, d'un papier et d'un crayon ?

Traitement de choc

Tahiti-Mars 1991

Papeete, synonyme de paradis, colliers de fleurs, amours nonchalantes sous les palmiers, tamouré et gigantesques agapes. Mais ces chromos de vacances n'empêchent pas la vie de tous les jours, avec le chômage, les tristesses, les chagrins et les maladies.

La maladie est précisément ce qui préoccupe Rosa G. Elle a cinquante-trois ans et, sous ces cieux paradisiaques, c'est un âge qui compte. La beauté des gamines nubiles à quinze ans à peine se paie par une vieillesse plus rapide qu'en métropole. À cinquante-trois ans, Rosa souffre de troubles circulatoires qui, faute d'avoir été traités en temps utile, ont déclenché une hémiplégie, aggravée par des crises d'hypertension qui sont peut-être la cause, à moins qu'elles n'en soient l'effet, de maux de tête persistants et de douleurs abdominales incessantes. Pour Rosa, ça ne va pas très fort. Les médecins n'ont pas amélioré grand-chose et la famille, après s'être longuement consultée, a décidé de revenir aux techniques traditionnelles depuis des millénaires sur l'île. On va aller voir le *tahua*, c'est-à-dire le guérisseur. Avec l'aide des esprits et de la Sainte Vierge, il arrivera sans doute à faire quelque chose pour cette pauvre Rosa.

Le *tahua* n'est pas n'importe qui : Frédéric W. qui, d'après son nom, doit bien avoir quelques gouttes de sang anglais dans les veines, est un solide agriculteur de trente-sept ans... Cette solidité va se révéler dramatique...

Le *tahua* a été initié par son grand-père à la médecine des esprits, et il connaît toutes les méthodes rituelles, toutes les plantes polynésiennes. On le respecte beaucoup dans le voisinage ; et il en tire une légitime fierté. C'est fort de ses « pouvoirs » qu'il entreprend de remettre Rosa sur pied grâce à différents massages et à quelques lotions de sa fabrication. Mais, après plusieurs jours, on lui ramène la malade, qui ne va pas mieux, loin de là. Alors, après avoir demandé l'aide des esprits de l'au-delà, Frédéric reçoit l'inspiration : tous les problèmes de Rosa viennent de la présence, dans sa poitrine, de démons qu'il faut expulser par la force.

C'est pourquoi, dans la nuit du 5 au 6 août 1989, après avoir fait étendre Rosa sur le sol, Frédéric, sûr de sa méthode, décide de passer à l'action : prenant son élan, il saute à pieds joints sur la poitrine de Rosa, qui n'a même pas la force de gémir. Un saut à droite, un saut à gauche, un saut au milieu. Et on recommence. Et ça continue, de 22 heures à 4 heures du matin. 6 heures pendant lesquelles la famille, terrifiée mais confiante, assiste au « traitement » sans rien dire, dans le silence troublé par le craquement des os. Rosa n'a pas le souffle nécessaire pour demander grâce.

Rosa est morte au début de l'après-midi suivant. La famille, pas très fière de ses initiatives, ne souffle mot du « traitement » du guérisseur. Qui sait s'il n'irait pas jusqu'à se venger ? On enterre Rosa. Puis, forcément, car personne ne peut se vanter de n'avoir aucun ennemi, quelqu'un parle. La gendarmerie enquête, on autopsie la pauvre Rosa. Le guérisseur n'a pratiquement laissé aucune chance aux démons de se cacher dans un coin : thorax enfoncé, 10 côtes fracturées à droite, 9 à gauche. Deux ans d'instruction. Verdict en cour d'assises : cinq ans de prison dont quatre avec sursis pour le guérisseur-piétineur.

Gros calibre

Grande-Bretagne-Mars 1991

Certains disent que les Britanniques sont gens de tradition, d'autres qu'ils ont tendance à l'homosexualité ; personne n'avance qu'ils soient spécialistes en braquage de banques.

Mark F., citoyen britannique, a de gros besoins d'argent. Et de l'argent, où en trouver, sinon dans les banques ? Mais Mark a de si gros besoins d'argent qu'il n'a pas les moyens de se procurer un « calibre », un revolver autrement dit, ni même les relations qui lui permettraient d'en emprunter un.

Alors, Mark se débrouille. Il se débrouille même très bien puisque, après s'être présenté devant une première caissière dans une première banque, il en ressort avec un gentil pécule que la dame, terrorisée, lui a remis sans trop faire d'histoires.

Encouragé par un si bon résultat, il apparaît à nouveau devant une seconde caissière dans une seconde banque, et la dame, elle aussi terrifiée par ce qu'elle croit deviner sous le manteau de Mark, donne, tout aussi rapidement, tout ce qu'on lui réclame ou presque (en matière de gros billets, entendons-nous bien!). Et la série continue: décidément Mark sait se débrouiller. Les caissières, terrifiées, fascinées, satisfont les exigences...

Hélas! dans la vie, les meilleures choses ont une fin et, un triste jour, Mark, qui n'a pas remarqué que la caissière actionnait discrètement le signal d'alarme, se fait prendre sur le fait par les *bobbies* accourus à la rescousse. On le reconnaît, on l'arrête, on le juge, on le condamne à 5 ans fermes pour sa série de braquages.

Depuis le début, Mark n'a pas changé de tactique, il a toujours présenté aux caissières le même effrayant gros calibre discrètement dissimulé sous son manteau; à la fin, cela finissait par être une sorte de porte-bonheur. Les caissières, vexées, ont appris par la presse qu'elles avaient lâché leurs caisses sous la menace d'un énorme... concombre, cucurbitacée dont la reine Elizabeth (et bien d'autres) font une grande consommation à l'heure du thé, sous la forme de délicieux petits sandwiches acidulés...

Coup de déprime

États-Unis-Mars 1991

– Venez vite, dit la voix féminine au téléphone, mon mari vient de se suicider.

Le policier américain de Pennsylvanie enregistre l'appel sans trop s'émouvoir; c'est la routine. Il note le nom de la victime, John C., qui demeure dans un quartier modeste, et la patrouille se rend sur les lieux. Le défunt John, qui ne manque pas d'un certain charme physique, est étendu sur le canapé de sa chambre, un fusil près de la main, la gorge déchirée par la balle que, de toute évidence, il vient de s'administrer pour en finir avec l'existence.

La veuve fait preuve d'un chagrin décent, mais on sent qu'elle s'attendait un peu à ce genre d'événement : son mari était très dépressif depuis longtemps... Au chômage depuis de nombreux mois, il se sentait dépassé par l'existence. De plus, malgré la modestie de leurs revenus, il se procurait de la cocaïne, grâce à laquelle il essayait d'oublier les horreurs de la vie, sans y parvenir apparemment, aggravant chaque jour davantage sa déprime. Finir ainsi, à 33 ans, quelle misère ! Un garçon qui plaisait à tout le monde : à sa femme, à sa belle-sœur, aux voisines. Un garçon qui ne manquait pas d'astuce, non plus, mais se laissait déborder par les événements...

Ce n'est qu'une triste et banale affaire et la police, assistée du médecin légiste, ne peut que conclure au suicide. Mary, la veuve, rentre chez elle où l'ouvrage ne lui manque pas, car ce pauvre John lui a laissé cinq enfants sur les bras. La vie doit continuer et chaque jour apporte sa charge de problèmes.

Mais, quelque temps plus tard, Bonnie Jean, la sœur de Mary, très éprouvée par ce deuil, et Edward, son frère, se trouvent confrontés à un assez joli problème : ils découvrent, en faisant du rangement chez le défunt John et chez Mary, un tout petit paquet pourtant très explosif – une cassette-radio soigneusement dissimulée, mais pas trop quand même. Intrigués, ils écoutent cette cassette sur laquelle, effarés, ils entendent l'enregistrement d'une conversation téléphonique que tient Mary, 29 ans, avec un certain David, un gamin de 18 ans. Cette conversation pour le moins surprenante ne laisse planer aucun doute sur les relations très intimes de Mary et de David ; la conclusion s'impose : ce pauvre John était cocu. Pire encore, il le savait puisque c'est lui qui a enregistré discrètement cette conversation. Edward et Bonnie Jean, outrée à plus d'un titre, se précipitent au poste de police pour faire écouter ces propos amoureux... et la suite.

Car la suite de la cassette est encore plus gênante pour Mary et son jeune amant : on les entend clairement mettre sur pied le projet d'assassiner John, le mari encombrant.

Celui-ci, lassé de la vie, est donc au courant de ce qui l'attend; fataliste, il laisse faire. Mais il se venge des amants infernaux en dissimulant la cassette comme preuve du crime. Il sait qu'on la découvrira un jour ou l'autre, mais il n'est pas pressé. Désespéré, mais pas fou...

On comprend d'ailleurs pourquoi il en a vraiment assez de vivre : à 33 ans, John, chômeur, drogué, père de cinq enfants légitimes, est aussi le père des quatre enfants de Bonnie Jean, son affectueuse belle-sœur, et il venait d'apprendre, peu de jours avant sa mort, qu'une autre dame du quartier, elle aussi sensible à son charme, a mis au monde un rejeton dont il est certainement le père... L'avenir ne s'annonce pas rose : drogué, chômeur et père de dix enfants avec trois femmes différentes... de quoi se tuer ou, du moins, se laisser tuer.

Noir inceste

France

1975-1991

Une petite fille qui pleure derrière le grillage d'un pavillon, une petite fille de quatorze ans. Et une voisine qui se mêle de ce qui ne la regarde pas.

– On t'a battue ?

C'est visible, un enfant battu, ça se voit. Le visage est bouffi, les sanglots ne ressemblent pas aux autres sanglots. Un enfant qui sanglote pour une mauvaise note à l'école et un autre parce que son père vient de la tabasser, ça ne « s'entend » pas de la même façon. Seulement voilà, il y a les gens qui savent « entendre », et donc écouter ensuite, et ceux qui n'entendent rien, donc n'écoutent rien et ne voient rien.

Cette voisine-là a-t-elle un don particulier ? Que nenni ! Elle est tout simplement attentive aux autres et ne vit pas en société comme si la société n'existait pas.

- C'est ton père ?

- Oui, Madame

Voilà un grand pas de fait. Le premier dans une histoire complètement affolante, qui dure depuis 1975. Les assassins et les violeurs sont parmi nous, il faut parfois les regarder en face, puisque ce sont nos voisins.

Dans ce pavillon de la région de Dreux vit une famille. Le père, Alvaro, la mère, Inès, et leurs cinq enfants,

Sophie, seize ans, Corinne, quatorze ans, Olivier, douze ans, Margot, quatre ans, et Patricia, deux ans.

Alvaro, d'origine portugaise, trente-six ans, a épousé Inès, d'origine espagnole. Ils se sont mariés en 1975. Inès était déjà enceinte de l'aînée. Un mariage de « régularisation ». Difficile de parler d'amour dans cette histoire. Durant seize ans, jusqu'en juillet 1991, il n'a jamais été question d'amour. Ni dans le couple, ni pour les enfants. Ont-ils été désirés, ces enfants ? « Imposés » est le mot juste.

La voisine qui écoute parler la petite Corinne de quatorze ans se doutait d'un drame : des gosses couverts de bleus, la mère bouffie de coups, un jour le nez cassé, un autre le bras tordu, et un visage d'esclave terrorisée – c'est également visible à l'œil nu.

La voisine se mêle donc de ce qui ne la regarde pas. Elle est bien la première en seize ans.

– Raconte-moi, Corinne... Qu'est-ce qu'il s'est passé avec ton père ? N'aie pas peur, dis-moi.

Il faut de la douceur, il faut de l'insistance, pour faire parler une adolescente ; les réponses ne viennent pas immédiatement, sauf s'il s'agit d'une chose sans importance. Corinne rechigne à s'expliquer, mais les sanglots ne s'arrêtent pas pour autant. L'enfant est réellement à bout, et la voisine le sent bien, si bien qu'à force de douceur, elle obtient enfin, dans un éclat de larmes, la bonne réponse :

– Mon père... il me viole, et ma sœur aussi. Il nous frappe tout le temps, il frappe maman, mais si on le dit à quelqu'un, il va nous frapper encore plus.

Le père, la voisine le connaît et ne l'aime pas. Ce sont des choses qui ne se commandent pas, une répulsion instinctive. Une ou deux fois déjà, ils se sont affrontés de chaque côté du grillage qui sépare les deux pavillons. L'homme est petit, trapu, le cheveu dru et noir, le visage bouffi, le regard violent, et le genre séducteur de banlieue. Raie sur le côté, petite moustache, grosse montre au poignet, il adore tirer dans les foires et promène sur les femmes un regard dominateur qui déplaît souverainement à la voisine. Le regard qui dit : « C'est moi le mâle, je fais ce que je veux. »

Prudemment, après avoir reçu les confidences de l'enfant, comme en confession derrière ce grillage, la voisine attend que le mari s'absente pour aller voir Inès.

– Ça ne va pas ? Vous avez des ennuis, Inès ?

Inès a pris des coups, le nez est boursouflé, l'œil noir.

– Vous pouvez me parler, je vous aiderai, Inès. N'ayez pas peur... Corinne dit des choses affreuses sur son père, vous voulez que je fasse quelque chose ?

C'est la première fois que quelqu'un propose à Inès de l'aider. Et il était temps. Elle aussi est à bout de forces, elle aussi sanglote et raconte, raconte seize années d'un mariage-torture abominable.

Ils étaient mariés depuis quelques mois, et l'aînée des enfants, Sophie, était encore un bébé. L'amusement de son père consistait à lui serrer le cou, jusqu'à l'étouffement, pour la secouer ensuite et la ranimer. À l'époque, la mère se confie à la police ; ils sont convoqués tous les deux à Rambouillet, où ils demeurent. Le père nie, s'esclaffe, convainc la police que sa femme est une menteuse, qu'il adore son bébé, et ne fait que jouer avec, comme un bon père qu'il est.

On classe le dossier et, en rentrant, Inès prend une correction telle qu'elle tente de se suicider et se réveille à l'hôpital.

– J'étais folle de peur, je n'en pouvais plus, personne ne me croyait et lui me battait davantage. Il m'interdisait de parler aux gens, aux voisins, et lui, il courait les filles sans arrêt. Il n'a jamais cessé d'avoir des maîtresses. Deux ans plus tard, nous avons quitté la région parisienne pour nous installer en Normandie. Les enfants sont nés, il les battait tout petits ; il me battait régulièrement moi aussi et menaçait de me tuer si j'allais me plaindre.

Femme battue, enfants battus, personne ne s'en mêle. Inès ne sait pas où se réfugier si elle fuit : pas de famille en France, pas de salaire personnel, l'homme dirige et possède tout. Au premier abord, elle est bien difficile à comprendre, la psychologie d'une femme battue. On se dit : « Elle n'a qu'à prendre ses enfants et filer. » Certes, mais deux enfants, puis trois, puis cinq... Il faut trouver où les loger, trouver quelqu'un qui les soutienne, vous aide financièrement, et le premier réflexe, malheureusement, n'est pas d'aller se confier à l'assistante sociale ou aux gendarmes du coin. Parce que les coups continuent de pleuvoir, sur elle, sur les gosses, et qu'elle n'a qu'une solution immédiate : se mettre entre le bourreau et les gosses, pour prendre les coups à leur place. Ne pas oublier, non plus, que certains hommes refusent que leur femme utilise des moyens contraceptifs, qu'ils les violent dans le mariage, légalement.

Le pire n'est pas encore là, dans le récit d'Inès à sa voisine. Le pire, c'est qu'Alvaro a violé Sophie le jour de ses onze ans. En cadeau d'anniversaire, en somme. Et lorsque Corinne, la deuxième, a atteint, elle aussi, cet âge fatidique, il l'a violée aussi. Il a même exigé de la mère qu'elle lui amène elle-même l'aînée dans son lit. Il prétend préférer dormir avec Sophie, plutôt qu'avec une femme qui pleure et gémit sans arrêt. À Sophie il a dit, comme tous les pères violeurs, que cette « chose » était normale », mais si elle en parlait à l'extérieur, il la battrait et prendrait sa sœur dans son lit à sa place.

Pour ce genre d'hommes, la mécanique est toujours la même en présence de deux ou trois de leurs filles. Il s'agit de convaincre la première violée qu'elle protège l'autre. Tout en disant à l'autre que sa sœur a accepté et n'a rien dit. Un piège infernal pour des enfants de cet âge.

Inès a toujours peur qu'on ne la croie pas, qu'on relâche le père comme la première fois et qu'elle paie cher sa dénonciation. Elle espère Dieu sait quoi, qu'il finisse par s'en aller vivre avec l'une de ses maîtresses par exemple. Il arrive souvent à Alvaro de passer une semaine hors du domicile conjugal chez une autre femme. Et, en juillet 1991, il a eu pour maîtresse une jeune fille de dix-sept ans, qui lui écrit; Inès a vu les lettres. Cette jeune fille semble supporter les coups puisqu'elle écrit: «Tu peux toujours me battre, tu t'en lasseras avant moi.»

Elle en est là, Inès, en juillet 1991, devant cette voisine attentive et horrifiée par ce qu'elle vient d'entendre. Elle en est à supporter le viol de ses deux filles, régulièrement, depuis 1986. Et les coups pour tout le monde. Elle vit avec un fou, un maniaque sexuel, un violent, un persécuteur, comme elle vivrait dans un camp nazi...

La voisine a le bon réflexe. Depuis quelque temps, une association courageuse a placardé sur les murs des villes des affiches agressives dont le slogan est: «Merci de vous mêler de ce qui ne vous regarde pas.» On y voit des enfants battus, des gamines enceintes, et un numéro de téléphone gratuit: le 05. 05. 12. 34. L'association s'appelle Enfance et Partage. Le joli visage de Carole Bouquet lui prête le plus souvent possible son aide et sa conviction. On peut être belle et choisir de ne pas se taire.

La voisine téléphone. Elle se mêle toujours de ce qui ne la regarde pas. Une enquête discrète est ouverte par la gendarmerie de Rouen. Il s'agit d'interroger le voisinage, les proches, l'école, de recueillir les preuves, venant de tous ceux qui n'ont pas encore parlé. De ceux qui ont vu sans voir. Entendu sans écouter. Deviné sans vouloir s'en mêler...

Inès a toujours peur d'aller plus loin. C'est à elle, pourtant, de porter plainte, d'accuser ce mari ignoble. Mais on ne se débarrasse pas facilement de cette peur particulière. Et si les gendarmes ne recueillaient pas suffisamment de témoignages ? Si l'affaire était une fois de plus classée ? Qui s'occuperait ensuite de la vie familiale, une fois les portes closes et les volets fermés, une fois la nuit venue... Qui ?

Les vacances sont là, Inès part avec quatre enfants au bord de la mer, laissant Sophie avec son père. Il la veut, il en a besoin pour lui servir de bonne à tout faire, dans toute l'expression du terme, et au-delà. Sophie va devoir passer quinze jours de « vacances » dans le lit de son père-bourreau.

Seules Corinne et sa mère ont parlé à la voisine pour l'instant. Sophie, elle, garde ses secrets. Elle sait trop de choses, Sophie, tant de choses... que sa mère ignore, que sa sœur ignore, que la voisine ignore et les gendarmes aussi... Et pour cause. Il y a, dans la mémoire de Sophie, un crime parfait. Dont son père est l'auteur. Son père a des armes chez lui, et il s'en est servi. Alors, Sophie se tait encore, se laisse violer encore, car la peur de mourir à son tour est encore plus terrible que le reste.

L'enquête des gendarmes a progressé. Ils ont entendu la jeune maîtresse d'Alvaro et décident d'intervenir à la rentrée de septembre, d'enregistrer les déclarations des deux adolescentes et de la mère.

Alvaro ne se doute pas de ce qui l'attend. Licencié d'une usine de voitures miniatures, où il travaillait jusqu'en 1990, il a retrouvé du travail sur un terrain de golf en construction. Lorsqu'un juge d'Évreux demande son arrestation, le 5 septembre 1991, il a l'intention de l'inculper du crime d'inceste sur ses deux filles aînées. Il ne se doute pas de l'ampleur que va prendre son dossier.

Face au juge, Alvaro nie, en rigolant. Les pères incestueux nient généralement tous. Soit en riant, comme si le crime dont on les accuse était impensable pour eux. Soit en clamant leur innocence, en parlant d'insulte à leur intégrité et à leur honneur de père. Alvaro, lui, rit et nie.

Il prétend n'avoir jamais commis d'autres crimes que celui de faire la sieste avec ses filles.

Sophie et Corinne doivent lui être confrontées. C'est le passage le plus dur, pour ces enfants violées par leur père. La honte de ce qu'elles ont subi les bétonne, elles se sentent sales, déconsidérées depuis si longtemps. Raconter les exigences sexuelles d'un père... rien n'est plus difficile. Curieusement, c'est l'enfant qui se sent honteux du crime de l'adulte.

Mais, cette fois, Corinne parle, et Sophie aussi, car Sophie apprend, à cette occasion, que ses efforts désespérés pour épargner sa sœur ne servaient à rien. Elle n'a rien empêché. Le père avait juré à l'aînée qu'il ne toucherait pas à la cadette... Le silence de Sophie ne tenait qu'à cette promesse mensongère.

Alvaro ne rit plus tellement, accusé par ses filles, accusé par sa femme, accusé par la voisine... il peut toujours nier. Le matin même, il a encore battu Inès, elle en porte les traces. Le voilà donc inculpé et mis en prison préventive.

Peine maximum prévue pour le double crime d'inceste, vingt ans. Certains écopent de cinq ans, d'autres de neuf ou douze, d'autres de dix-neuf... tout dépend du jury, de l'expertise psychiatrique de l'inculpé. De son système de défense. L'association Enfance et Partage se porte partie civile dans ce genre de procès, ce qui aide considérablement l'accusation, lui fournit un avocat solide.

Donc, le sieur Alvaro, dont on ne peut pas donner ici le nom de famille, d'abord parce qu'il est inculpé, et surtout par respect pour ses cinq enfants mineurs, le sieur Alvaro est dans une mauvaise passe. Nul ne prendra la peine de le plaindre. D'autant plus que... Sophie dit tout à coup au juge d'instruction :

– Papa a fait pire que ça...

– Pire que vous violer, ta sœur et toi ?

– Bien pire...

Et c'est ainsi que le dossier Alvaro s'épaissit d'une histoire criminelle complètement folle. Qui laisse l'observateur pantois. Un homme est mort et enterré. De mort naturelle et donc enterré naturellement. Or, rien dans sa mort n'est naturel, si l'on en croit le témoignage de Sophie.

– C'était en mars 1990, en tout cas à la fin de l'hiver. « Il » – son père, qu'elle ne peut plus nommer autrement – m'a emmenée en voiture avec lui un soir. Il le faisait souvent dans la voiture, n'importe où, à n'importe quelle heure... Il est allé à l'usine où il travaillait. Il allait être licencié et il le savait. Il a pris des armes avec lui, dans la voiture. Il s'est arrêté dans le noir, tous feux éteints, devant l'usine qui fabrique des voitures miniatures. J'étais assise à côté de lui, sur le siège passager. Les ouvriers travaillent la nuit dans cette usine. Quelqu'un est sorti de l'atelier, un homme noir. Il a tiré deux fois, et raté deux fois. La troisième fois, l'homme est tombé. Alors quelqu'un d'autre est sorti de l'atelier et s'est penché sur l'homme à terre. « Il » a voulu tirer encore, l'arme s'est enrayée ; il en a pris une autre, a tiré, a raté, et nous sommes partis dans la nuit. Personne ne nous a vus, je crois. Je sais que l'homme qui est tombé est un Noir, parce que le lendemain, en regardant le journal, « il » a dit en rigolant : « Y'a un Noir qui est mort à l'usine d'une hémorragie interne. »

La vérification est facile à faire. Il est exact qu'à l'usine, le 12 mars 1990, un Africain du nom de Herbert N. est mort.

Extrait du certificat rédigé par le docteur F.B. : « Victime âgée de trente-cinq ans, décédée d'hémorragie interne extériorisée par voie digestive, et selon toute vraisemblance, une rupture d'anévrisme artériel, ou perforation d'ulcère sur une artère de gros calibre. »

Herbert, la victime, était ghanéen, ouvrier, et son frère John l'a enterré en se posant des tas de questions. Comment un colosse tel qu'Herbert, en bonne santé, jeune, a-t-il pu mourir d'une sorte d'infarctus ? On lui a bien parlé d'un accident, à cette époque, on lui a bien demandé de prendre contact avec la gendarmerie, ce qu'il a fait, mais Herbert était enterré, sous la foi du certificat médical et d'un permis d'inhumer, c'est la loi, et pour pouvoir demander l'exhumation, il fallait payer. Or, chez les ouvriers ghanéens, on n'est guère riches. John recule devant les frais. Par contre, il va voir le médecin traitant de son frère.

– Herbert ? Un ulcère à l'estomac ? Pas du tout.

Et les questions bizarres sur la mort bizarre d'Herbert, sur son lieu de travail, demeurent sans réponses. Jusqu'au mois de septembre 1991, jusqu'à la déclaration de Sophie : « Mon père a fait pire. »

Alvaro étant capable du pire, il l'a montré, le juge demanda l'exhumation du corps d'Herbert, le 17 septembre. L'autopsie, cette fois, est à la charge de l'Administration, et révèle immédiatement la cause réelle du décès. Herbert est mort d'une balle de petit calibre dans la tête ; elle n'est pas ressortie... et personne ne l'a vue !

Personne ? Non. Ni le médecin qui répond :

- J'ai découvert cette information dans la presse, j'ai pu me tromper, l'examen s'est fait sur les lieux de l'accident... Il est possible qu'une petite balle dans un crâne noir aux cheveux crépus soit indécelable.

No comment.

Quant à la gendarmerie du lieu, elle renvoie à ses supérieurs. Ils ont bien demandé une autopsie au procureur, sur les instances de John, laquelle a été refusée, avec précision : « Que le demandeur la prenne à sa charge... »

No comment.

Pourtant, l'usine avait porté plainte en son temps, contre X, et avant le meurtre d'Herbert, pour sabotages, saccage du bureau du patron, et vol d'un moule de voiture miniature, modèle 605, reproduit au 1/18e.

À la suite de ce vol, les ouvriers avaient dû travailler

en heures supplémentaires pour refaire le moule en question.

Alvaro avait été soupçonné... Une perquisition chez lui n'avait donné aucun résultat. Sophie croit savoir pourquoi:

– Il avait tout jeté dans la rivière.

Et le pauvre Herbert N. a dû payer, ce soir de mars 1990, le fait d'avoir dénoncé Alvaro.

Une balle dans la tête et mort naturelle... Quelqu'un l'a vu tomber, cependant. Il y avait du sang, un médecin est venu, a examiné le corps, écrit des papiers... Histoire de fou ? On peut encore, à notre époque, considérer comme mort naturellement quelqu'un qui a une balle dans la tête ? On peut encore refuser une autopsie demandée par la famille ? Alors que la gendarmerie parle d'accident et non de mort naturelle ?

Quelle différence y a-t-il, Messieurs les Élèves de la faculté de médecine, entre une mort par infarctus gastrique et une mort par balle dans la tête ?

Partie de sa simple bonne volonté – remarquable, car elle est rare – la voisine de Sophie, de Corinne et de toute leur petite famille a soulevé un lièvre qui n'a pas fini de rebondir sur les bureaux des magistrats instructeurs.

Alvaro n'est pas encore jugé. Inès a demandé le divorce.

Sophie et sa sœur Corinne ont rejoint les rangs des enfants violés.

Lorsqu'on interroge les gens sur ce genre de crime, ils répondent souvent d'un air peiné : « Il y en a plus que l'on croit »...

Téléphone gratuit dans toute la France : 05. 05. 12. 34.

Mêlez-vous de ce qui ne vous regarde pas... Ça n'empêche pas forcément de dormir.

Crime par hypothèse

France

1991

Un petit garçon de huit ans, prénommé Charles-Édouard, fils de Jean-Louis T., vétérinaire de son état, quarante et un ans, et de Michèle T., vétérinaire de son état, trente-huit ans, a disparu depuis la nuit du 20 au 21 mars 1991.

Ses parents étaient en instance de divorce. Le 4 avril suivant, un juge devait prendre la décision de confier la garde à l'un ou à l'autre des parents. En l'état actuel de la législation et des coutumes en matière de garde d'enfant, il est logique de penser que la garde de Charles-Édouard aurait été confiée à sa mère.

Le jour de sa disparition, Charles-Édouard a quitté sa mère pour rejoindre son père, à 20 heures, dans une magnifique villa de vingt-quatre pièces, d'une valeur estimée de 8 millions de francs. Ce jour était un mercredi ; le lendemain, jeudi, Charles-Édouard devait aller à l'école.

Les certitudes s'arrêtent ici. Le reste n'est plus qu'hypothèses autour de la vie ou de la mort d'un enfant. Avec chantage, menaces, mensonges, non-dits ; et que les enquêteurs se débrouillent... Qu'ils cherchent un enfant vivant, ou un enfant mort. Dans cette année 1991, qui a offert à notre société française un affreux tableau du sadisme en tout genre concernant des enfants, cette histoire «sort de l'ordinaire», si l'on ose s'exprimer ainsi, par une seule chose: l'attitude du père.

Première déclaration du 21 mars à la police, Brigade des mineurs de Nice: «Mon fils a disparu, il n'était pas dans son lit à 7 heures du matin. J'ai dormi à côté de lui, dans un lit jumeau, j'ignore ce qui s'est passé. J'ai d'abord cru qu'il avait rejoint ses grands-parents, dans la maison voisine, pour y prendre son petit déjeuner, comme il le fait très souvent. Ce n'était pas le cas.»

Enlèvement? Fugue? L'enfant aurait pu vouloir rejoindre sa mère, en pleine nuit et à des kilomètres de la bastide, vêtu d'un survêtement et d'une paire de chaussons. Sur le trajet, il aurait pu être enlevé par un maniaque.

C'est la première hypothèse qui oriente les recherches, durant plusieurs jours, et qu'aucun indice ne vient confirmer. Les enquêteurs estiment alors qu'il pourrait s'agir d'un enlèvement par un membre de la famille, afin de soustraire l'enfant à la garde de la mère. Le père est placé en garde à vue, il s'en plaint – on le considère comme un coupable, c'est scandaleux! La presse niçoise fait de gros titres sur cette affaire, bientôt relayée par la presse nationale.

Trois semaines durant, le père participe lui-même aux recherches, fait placarder des affiches promettant une récompense de 100 000 francs, avec la photo de Charles-Édouard. Mais, en même temps, il harcèle sa femme de coups de téléphone. Il a toujours refusé le divorce, c'est elle qui a quitté le domicile conjugal le 17 février 1991, après des années de disputes, dit-elle. Et voici qu'au téléphone, le père dit à la mère: «Si tu reviens à la maison, tu reverras Charles-Édouard.» Chantage qui tendrait à justifier l'hypothèse de la police selon laquelle l'enfant serait l'enjeu classique de l'obstination du père à refuser la séparation.

Aidée par la police, la mère enregistre les conversations téléphoniques de son mari, dans l'espoir de lui faire avouer où il a caché l'enfant. Et, un jour, Jean-Louis déclare, ignorant, apparemment, qu'il est enregistré : « J'ai tué Charles-Édouard. Je lui ai fait avaler un somnifère, je l'ai étranglé avec une cravate, je l'ai enroulé dans un drap que j'ai emprunté à ton ami de L., j'ai emprunté également une pelle, et j'ai enterré le corps quelque part dans la région. »

Le 13 mai 1991, Jean-Louis est inculpé d'assassinat et incarcéré. Sans autre preuve, pour l'heure, que cette bande magnétique.

Immédiatement, Jean-Louis se rétracte. Il n'a dit cela au téléphone que pour faire du mal à sa femme...

Et il continue son horrible chantage, par lettre cette fois : « Un jour, tu me croiras, car j'espère que Charles-Édouard reviendra, mais tu dois tenir tes engagements. » Les engagements en question concernant la reprise de la vie commune, si l'enfant réapparaît.

Courageusement, la mère accepte le marché et arrête la procédure de divorce. Mais l'enfant demeure introuvable.

Le 22 mai, des battues sont organisées dans les environs du col de Saint-Roch pour retrouver le corps de l'enfant. 130 hommes y participent, dont 40 policiers, 50 gendarmes et des bénévoles, plus des chiens, un hélicoptère, sur 8 000 hectares divisés en secteurs de rocailles, de précipices et de routes. Deux jours de recherches ne ramènent que le corps d'un chien, qui n'a rien à voir avec l'affaire. Quoique...

En juin, on fouille entièrement une décharge à la pelleteuse, dans l'arrière-pays niçois ; on fouille aussi une grotte, non loin des deux cliniques vétérinaires du couple. Car ils ont chacun la leur.

Jean-Louis fait appel sur le motif de son incarcération. La cour d'Aix-en-Provence confirme le maintien en détention.

Le double jeu permanent que mène cet homme est assez sidérant. À sa femme, il laisse entendre que l'enfant est peut-être quelque part au Maroc, ou ailleurs, confié à quelqu'un... À la police, il continue de nier l'assassinat dont il s'est vanté pour faire du mal, en soutenant la thèse de l'enlèvement mystérieux de son fils par un, ou des inconnus.

La prison, pour les supposés tueurs d'enfants, n'est pas un lieu de repos. Menacé directement par ses codétenus, il doit être placé en cellule de sécurité – pas de promenade, il y risquerait un coup de couteau entre les épaules.

Cette histoire empeste le mensonge. Jean-Louis est, de plus, doté d'un physique qui ne joue pas en sa faveur. Des yeux inquiétants, une barbe sombre, qu'il décide de raser en prison.

Sa belle-famille ne l'aime pas et le dit. Sa femme n'en voulait plus et l'a dit. Son fils n'en voulait-il plus ?

Au fur et à mesure que l'on fouille dans la vie privée du couple, un élément important apparaît. La mère reconnaît qu'au moment du divorce elle a voulu, elle aussi, faire du mal à son mari en lui assenant une information décisive : « Charles-Édouard n'est pas ton fils ! »

Fou de jalousie, et piqué dans son orgueil, lequel orgueil semble chez lui à la limite du supportable, Jean-Louis a fait faire une recherche génétique, dont la réponse l'a plongé dans un abîme de perplexité. Il n'y a pas d'incompatibilité génétique entre l'enfant et lui. Ce qui ne prouve pas à cent pour cent qu'il est le père.

Le doute persiste, ronge Jean-Louis, qui entreprend une recherche obstinée d'un amant et géniteur potentiel.

Michèle s'est prise d'amitié pour un jeune homme un peu marginal, et que l'on dit mentalement fragile ; elle l'a logé dans une petite maison, à L. L... là où le père a prétendu avoir emprunté un drap et une pelle pour ensevelir son fils.

Ce garçon pose un autre problème, dans cette histoire. Pour la nuit de la disparition de l'enfant, il dispose d'un alibi inattaquable, confirmé par plusieurs personnes. Il sait que Jean-Louis a voulu l'impliquer dans la disparition de son fils. Il dit : « C'est normal, il est jaloux de moi, il a voulu se venger. » Il dit aussi : « Il m'a pris un drap. » Pour quel usage ? Mystère.

Il dit encore : « Je ne le vois pas tuer son enfant et l'enterrer ici dans la rocaille. Je crois que son fils est quelque part en Suisse. »

Et, curieusement, ce garçon, au demeurant sympathique, ancien employé des pompes funèbres, dit-on, fait une grève de la faim devant la prison... pour soutenir Jean-Louis.

Il se reproche peut-être son amitié avec la mère de Charles-Édouard, qui a provoqué la jalousie de l'autre, les disputes, le divorce... et la disparition de l'enfant.

Mais, finalement, ce crime reste une hypothèse que l'on peut décliner en trois scénarios possibles.

Le premier scénario colle aux « aveux » du père à la mère : « J'ai donné un somnifère à Charles-Édouard, je l'ai étranglé avec une cravate, je l'ai transporté dans ma voiture, j'ai pris un drap et une pelle pour l'ensevelir... Mais je ne dis pas où, exactement... »

En ce qui concerne cette hypothèse, il faut tout de même noter qu'un père normal dit rarement ce genre de choses à une mère, même pour être méchant... ou alors il n'est pas normal, ou alors il dit vrai.

Le deuxième scénario colle également aux déclarations du père à la mère : « J'ai fait partir Charles-Édouard, en Suisse, au Maroc, en Algérie, ou en Italie, et même peut-être en Chine... Tu ne le reverras que si tu reprends la vie commune. »

Concernant cette deuxième hypothèse, il faut remarquer que, selon les enquêteurs, Jean-Louis aurait effectivement préparé un départ à l'étranger, en voulant notamment mettre sa maison en vente, et liquider ses biens. Il parlait souvent d'une île en Chine, où il irait un jour se réfugier...

Le troisième scénario part d'une hypothèse examinée par la police, et qui vient effectivement à l'esprit, étant donné la profession du père. Un vétérinaire doit faire procéder régulièrement à l'incinération des chiens morts. Pour cela, il doit enregistrer le nom, la race, le tatouage, mettre l'animal dans un sac en plastique, que les services d'incinération prennent en charge. La police précise que chaque incinération est vérifiée et que le corps de l'enfant n'a pas pu prendre la place d'un chien. Les employés de ce service funèbre animalier en auraient donné la certitude aux enquêteurs.

Bien. Mais arrive-t-il à un vétérinaire de pratiquer lui-même ce genre d'incinération ? N'y a-t-il pas un moyen de passer outre le règlement ? La nuit, est-il possible de transporter un sac en plastique contenant un corps et de le faire disparaître comme s'il s'agissait de celui d'un chien ?

Une remarque sur cette dernière hypothèse : rien ne la confirme, mais rien ne l'infirme non plus.

Remarque supplémentaire, et encore plus aléatoire : les premières recherches, dans la région indiquée par Jean-Louis au cours de ses « aveux », n'ont permis de retrouver que le corps d'un chien... dans un sac en plastique. Un mauvais scénariste imaginerait alors le transfert horrible.

Tout est laissé à l'imagination et aux hypothèses, dans cette affaire, étant donné l'attitude de Jean-Louis lui-même. Il crie son innocence en prison. Il n'existe pas de preuves contre lui, à l'exception des bandes magnétiques... Ses avocats précisent également que l'on ne juge pas quelqu'un sur son faciès...

Certes, mais le personnage est décrit par nombre de témoins comme brutal et cynique. Certains ont même avancé une petite tendance au brassard nazi... Son comportement avec la mère de l'enfant, fait de chantages cruels, même s'il s'agit de mensonges, ne plaide pas non plus en sa faveur.

Jean-Louis est obstiné ; on le décrit aussi comme un enfant pauvre, ayant réussi à grimper dans l'échelle sociale, et fier de cette réussite, comme un amoureux des voyages style baroudeur en vacances, en Chine ou ailleurs, l'Afrique du Sud par exemple. L'enfant disparu a été conçu lors d'un voyage en Asie, en 1982. Mais le couple s'est séparé professionnellement, chacun exerçant de son côté, et depuis « l'amitié » entre le jeune marginal et la mère, les relations se sont empoisonnées singulièrement. Jean-Louis agissant comme un maniaque, crevant les pneus de la voiture de sa femme, bouclant l'accès de sa clinique vétérinaire, et refusant de manière infantile de se rendre à l'évidence – elle ne veut plus de lui. Rejet probablement insupportable à un homme qui roule en Rolls et a fait de son manoir-villa, avec piscine et pigeonnier, la façade orgueilleuse de sa réussite sociale.

S'il est innocent, on se demande à quel jeu stupide a joué cet homme, au point de se retrouver directement accusé du meurtre de son fils.

S'il est coupable, le raisonnement est le même.

Hypothèse de crime, crime par hypothèse, mystère du couple, mystère de leurs relations, mystère de la disparition de l'enfant.

Charles-Édouard vivait avec son père depuis la séparation de ses parents, il dormait à côté de ce père, dans un lit jumeau. Une nuit de mars, il se serait levé tout seul et sans faire de bruit pour fuguer ? Un enfant de huit ans, gai, assez équilibré malgré le divorce à venir, ayant peur de sortir seul la nuit, selon sa mère et ses grands-parents ? Ce gamin de huit ans, a-t-il décidé de fuir en chaussons, par une nuit d'hiver bien noire, entre 20 heures et 7 heures du matin ?...

Les enquêteurs et le juge n'y croient pas. À remarquer que le père a immédiatement signalé la disparition de son fils sans effectuer, ce matin-là, la moindre recherche personnelle.

Et Jean-Louis est toujours en prison, à nier ses aveux. À se battre pour retrouver sa liberté, soutenu par son avocat, qui joue sur le fait que la seule preuve existante contre son client, en l'absence du corps de l'enfant, est cette bande magnétique enregistrée à son insu.

Une ultime confrontation, en décembre 1991, entre le père et la mère, devant le juge d'instruction, n'a fait qu'empoisonner d'un soupçon supplémentaire l'imbroglio de ce couple de parents. On parle maintenant d'une autre hypothèse, celle de l'assassinat par la mère.

Charles-Édouard avait huit ans. Il aimait les insectes, les échecs, les chiens, les chats, les renards, et les étoiles. La nuit du 21 mars 1991, il était avec son père; ils étaient seuls tous les deux. C'est l'unique certitude.

Sur les affiches, demeurées vaines, promettant une récompense de 100 000 francs, Charles-Édouard ressemble au Petit Prince. Sourire fragile, cheveux bouclés, regard d'innocence.

Sur les photos de presse, Jean-Louis – regard sombre, barbe démoniaque – montre obligeamment les deux lits jumeaux, côte à côte, les deux oreillers, côte à côte, où ils dormaient tous deux, à portée de respiration.

À portée d'hypothèse.

Drôle de sursis

France

1975-1991

Ils se sont mariés en 1975, dans un petit village de Bretagne. La photo du mariage est sur la commode de leur chambre à coucher – lui, cheveux longs, un peu soixante-huitard ; elle, chignon volumineux et mèches laquées, même époque. Elle n'avait pas encore seize ans ni lui vingt. Ils se ressemblaient un peu : visage poupin, encore dans l'enfance ; nez gentil pour lui, nez volontaire pour elle...

Ils ont acheté le *Café de la mairie* en 1985, dans le même petit village de Bretagne. Des cafés de la mairie, il en existe dans toutes les communes de France, situés, en général, non loin de ladite mairie et de l'église.

Le bâtiment de pierres est cossu, carré, sur deux étages. Au rez-de-chaussée, le patron a installé le *Bar de Colette*, en honneur de la patronne – « Ici, on mange des crêpes. »

Quinze ans ont passé. Gilbert a trente-sept ans, Colette trente-deux ans. La photo de leurs trois enfants trône sur la commode de leur chambre à coucher, au premier étage du *Café de la mairie*.

Comment vont Gilbert et Colette ? Vus de l'extérieur, bien. Couple heureux, bien assorti, travailleur, courageux. Il faut du courage lorsqu'on est à son compte, en 1991, pour élargir ses affaires. C'est ce que Gilbert a voulu. Avec l'aide des banques et des crédits, il s'est rendu acquéreur de deux autres petits cafés dans deux autres villages bretons, et donc, il emploie du personnel, sur place. Il a également acheté une Renault 25 turbo Diesel, pour faire le taxi, et une Citroën XM, pour faire l'ambulance. Activités nécessaires dans les petits villages.

Vus de l'intérieur, on ne sait pas s'ils s'entendent bien. Les voisins, les amis pensent que oui. Mais sait-on jamais ce qui se passe à l'intérieur d'un couple, après quinze ans de mariage ?

Tout de même, ils s'accordent bien, dit la cantonade. Colette, jeune femme grande et brune, porte des toilettes achetées en ville... Petit détail important pour les villageois, qui y voient certainement le signe d'une aisance financière. Elle tient le bar qui porte son nom, s'occupe de ses enfants et gère la comptabilité de leurs affaires. S'offrir un comptable, lorsqu'on est artisan, représenterait quasiment le bénéfice espéré. Donc, point de comptable, la femme de l'artisan tient les comptes. Gilbert fait le taxi, conduit l'ambulance, surveille les deux autres gérances ; les journées de travail sont bien remplies. La réussite est à ce prix. Ni vacances, ni week-ends.

Hélas ! les comptes, eux, vont mal. Chacun sait avec quelle obstination les bailleurs de fonds réclament le montant des traites et des intérêts. Crédit pour les véhicules, crédit pour l'achat des deux bars, taxes professionnelles, taxes d'habitation, patente, URSSAF (la moins patiente), Sécurité sociale, impôts sur le bénéfice, salaires, stock, et il faut bien vivre à cinq...

Les commandements « à payer avant le... » se font de plus en plus comminatoires et Colette empile, dans l'ordre des urgences ; les moins urgents devenant rapidement les plus urgents. Cela s'appelle dans les milieux autorisés – ceux des banques – « le surendettement des ménages français ». Mauvais calcul entre les possibilités de remboursement à court terme et le rendement à court terme des affaires. Certes, un bon banquier faisant correctement son travail de banquier aurait dû expliquer à Gilbert que crédit 1, plus crédit 2, plus crédit 3, c'était trop, et lui conseiller de s'en tenir au crédit 1. Mais le bon banquier se dit souvent qu'un crédit garanti par des biens immobiliers – cafés, bars et voitures – ne présente guère de risques pour lui. Il y retrouve toujours ses billes, le bon banquier.

Pas le bon artisan. Colette s'affole : Gilbert vient de lui annoncer, ce 3 juin 1991, qu'il a l'intention de mettre son nez dans les comptes pour savoir dans quelle galère il s'est embarqué. Lui qui ne l'a jamais fait, lui qui a horreur de cela, lui qui a engagé son avenir sur ce méli-mélo de traites à payer, va forcément réaliser que la situation est catastrophique. Les finances sont au rouge et clignotent depuis longtemps. C'est un désastre, après tant d'années de travail.

Le 4 juin 1991 à l'aube, Gilbert s'enferme dans le bureau du premier étage, tire les rideaux afin de ne pas être distrait par le joli soleil breton, qui annonce un été breton, et ouvre le grand livre comptable.

Colette est au lit ; le *Café de la mairie* n'a pas encore ouvert ses portes aux amateurs de café arrosé. Nous sommes mardi. La veille, lundi, jour de fermeture, Colette s'est rendue à Ploërmel faire des courses. Ploërmel, son église, ses vieilles maisons, et son armurier.

Elle a contemplé la vitrine de l'armurier, puis s'est décidée :

– Nous tenons un café, nous restons ouvert tard le soir, je me sentirais plus tranquille avec une arme près de la caisse.

Beaucoup d'armes sont en vente libre. Beaucoup trop, peut-être. Nul besoin de permis. Ce revolver, par exemple, un 22 long rifle. Un coup seulement, mais 450 francs seulement...

– Ça vous irait ?

– Je le prends.

Et Colette a regagné le village, avec l'arme dans son petit sac. Le prix d'achat ne figure pas dans la colonne comptable des fournitures, avec facture justificative à l'appui. Gilbert ignore que son épouse, la mère de ses enfants, sa compagne à l'ouvrage, celle qu'il a épousée à peine sortie de l'enfance, a décidé de régler les comptes à sa manière.

Les enfants s'en vont à l'école, 9 heures sonnent au clocher du village, et Gilbert est toujours penché sur les livres. Colette est toujours au lit.

À 10 heures 30, la jeune patronne du *Café de la mairie* appelle les gendarmes au secours. Un drame affreux vient de se produire : son mari s'est tiré une balle dans la tête, il est mort !

Effectivement, le malheureux baigne dans son sang, affalé sur le parquet. Une balle lui a traversé la carotide, est ressortie par la joue droite, et les dégâts sont terribles. La balle a ricoché sur le coin du bureau, là où s'étalent les livres de comptes.

Colette, effondrée, explique ainsi l'accident.

– Il avait acheté un revolver, il a voulu me montrer comment ça marchait et le coup est parti.

Première constatation des gendarmes : Gilbert n'est pas mort. Ambulance, SAMU, direction l'hôpital de Ploërmel. Le médecin rassure la malheureuse femme :

– Il y a peut-être une chance de le sauver... Il faut faire vite.

Gilbert est dans le coma et, à l'hôpital, on s'efforce de l'en tirer. Colette attend le verdict, visage défait, veuve en sursis.

Le chirurgien va sûrement passer cette vilaine porte interdite à toute personne ne faisant pas partie du personnel, et lui dire : « Je suis désolé, il n'a pas survécu... »

– Je suis désolé, Madame, il est toujours dans le coma... Les problèmes sont sérieux, je ne peux rien vous dire de plus.

– Est-ce qu'il a dit quelque chose ?

– C'est un coma profond, Madame. Il faut comprendre que la balle a fait énormément de dégâts. S'il s'en tire, nous ignorons dans quel état il sera. Il est encore trop tôt.

Et les jours passent. Et Colette s'occupe du *Café de la mairie* et de ses clients qui, bien entendu, demandent des nouvelles de Gilbert.

– Je vais le voir tous les jours, il n'est pas sorti du coma.

Et les clients de la plaindre.

– Hier, il a bougé un bras et ouvert les yeux, le médecin dit qu'il est tétraplégique...

Et les clients de la plaindre. Si jeune, avec trois enfants et un mari gravement handicapé...

De semaines en semaines, Colette, attentive, surveille les progrès de Gilbert. Minces au début. Le malheureux ne peut plus se nourrir seul, ne marche plus et ne parle plus. Comment son cerveau a-t-il réagi au choc ? Se souvient-il ?

Et Colette, que pense-t-elle ? Va-t-il mourir ; ou : pourvu qu'il ne meure pas ? Mon Dieu ! faites qu'il meure ; ou : Mon Dieu ! sauvez-le ?

Car Colette, ce matin du 4 juin 1991, s'est levée doucement, l'arme à la main, elle s'est approchée de la nuque de Gilbert, penchée sur les comptes, offerte... Elle a mis brutalement le canon du revolver sur cette nuque et a tiré.

C'est un crime avec préméditation. Raté. Le mort est en sursis et la coupable aussi. Un sursis épouvantable à vivre, pour l'assassin comme pour la victime.

Va-t-il parler un jour ? Va-t-il reprendre conscience ? Se souvient-il des faits ? A-t-il tout oublié ?

Chaque fois qu'elle se rend à l'hôpital, elle attend le

verdict du jour. Il a bougé une main, il a cligné des yeux, il a remué la jambe, il parvient à boire... puis à s'alimenter... On a pu le lever aujourd'hui... On l'emmène en rééducation au centre de Kerpape, ils font des miracles là-bas...

Mais Gilbert ne parle toujours pas. Gilbert regarde sa femme, du fond de son lit, l'œil encore éteint, le cerveau embrumé. Que se passe-t-il dans sa tête ?...

La situation est franchement intenable, mais Colette tient le coup. Travail, visite, rencontre avec les parents de Gilbert, nouvelles aux enfants... « Papa va mieux. » « Papa fait de la rééducation. »

Parfois, elle doit reprendre espoir, si l'on peut dire. Les gendarmes n'ont pas eu le temps de faire normalement leur enquête. Et notamment le test à la paraffine : quiconque tire avec une arme porte sur lui des traces de poudre, sur la peau des mains, sur les vêtements. Si Gilbert était mort et que l'on ait pratiqué ce test sur lui, la thèse de l'accident ne tenait plus debout. Les mains de Colette portaient les traces accusatrices. Mais la gravité de son état a fait que l'on s'est d'abord préoccupé de l'opérer, de le ranimer, et personne n'a songé, en de telles circonstances, à pratiquer le test sur Colette. Or, il faut faire vite dans ce genre d'examen, deux ou trois jours au maximum, avant que les traces disparaissent...

Les gendarmes se sont tout de même posé la question : « Une balle accidentelle dans la nuque, bizarre, bizarre. À quoi jouait-il, ce pauvre Gilbert, avec ce revolver ? À la roulette russe ? Avec une seule balle ? »

L'enquête de voisinage n'a révélé dans le couple aucune fracture, aucun mobile. Personne n'a parlé de dettes. On ne parle pas de ce genre de choses, dans les villages. D'ailleurs, Gilbert voulait entreprendre des travaux de réfection de la façade du *Café de la mairie*, pour la saison d'été... Donc, tout allait bien dans le commerce !

C'est d'ailleurs pour cette raison que Gilbert a voulu

faire le point sur ses finances, avant de se lancer dans de nouveaux frais. Mais ils ne sont que deux à le savoir. Elle et lui.

Au centre de Kerpape, Gilbert fait des progrès. Les bienfaits de la mer et de la rééducation lui permettent bientôt de se promener dans un fauteuil roulant et de partir en convalescence chez ses parents. Pas chez sa femme. Mais là encore, rien de suspect. Sa femme travaille, elle ne pourrait pas s'occuper efficacement du malade. Personne ne dit nulle part que Gilbert a « voulu » se rétablir chez ses parents ; simplement, Colette craque ; elle a moins le temps de lui rendre visite en ce moment... Trop de travail, trop de soucis.

En réalité, cet œil qui s'éveille de jour en jour, cette bouche qui tente péniblement d'articuler sans y parvenir... Ce n'est pas soutenable.

Gilbert bredouille, en effet. Et l'oreille attentive de ses parents se désole. Ce qu'il marmonne est incompréhensible. Le malheureux a dû perdre ses facultés mentales et retomber dans l'enfance. Le cerveau est atteint. Régulièrement, il retourne au centre de rééducation fonctionnelle, où l'on ne désespère pas d'améliorer son état. Il est possible de réactiver le centre de la parole. Possible de lui réapprendre les mots courants. C'est long, fastidieux et pénible pour le malade, mais quel bonheur, lorsque Gilbert parvient enfin à articuler « Colette »...

Ce mot-là, les parents l'ont parfaitement identifié. Gilbert a dit « Colette », et autre chose après... « C'est quoi, Gilbert ? Colette quoi ? Tu veux voir Colette ? Non ? Répète, Gilbert... fais un effort... Colette, bmll bmll ? »

– Colette boum boum.

– Ça ne veut rien dire « boum boum », Gilbert... Calme-toi... Tu veux voir Colette ?

– Nnn... on... Colette boum boum.

Et Gilbert parvient à faire un geste plus explicite que ses paroles. Ce à quoi les parents réagissent d'abord avec prudence. Leur malheureux fils n'a plus sa tête. Il accuserait sa femme de lui avoir tiré dessus ? Il est malade. Quinze jours de coma profond, des mois à vivre comme un légume ensuite, il est certain que le cerveau, mal irrigué, a subi des atteintes, dont certaines sont irréversibles. Il est impossible que sa femme ait tenté de le tuer. Une femme qui vient régulièrement le voir, qui s'épuise au travail depuis des mois... Une femme qui l'aime... Tirer sur lui au bout de quinze ans de mariage ? Et pour quel mobile, Gilbert ? Pas d'amant, pas de divorce en vue. Aucune dispute... On ne devient pas assassin sans raison.

– Colette boum boum...

Gilbert s'obstine. Ce que les parents ont du mal à saisir, c'est que l'impossibilité d'articuler n'est pas forcément le signe d'une atteinte mentale. Gilbert peut avoir conservé ses facultés d'analyse et de réflexion sans pouvoir mécaniquement les transmettre aux autres. Pur problème de communication. Et avec le temps et des efforts surhumains, le problème se réduit.

– Colette boum boum, là... dans le cou... Revolver... Elle a dit : « Je te tue. » Colette boum boum. Je veux gendarmes...

Bon, voilà qui est tout de même clair. Les gendarmes de Ploërmel viennent « entendre » Gilbert. Et le « boum boum » ne les étonne guère. La trajectoire de la balle était si bizarre !

Au *Café de la mairie*, Colette voit arriver les gendarmes quelques minutes après la déposition de son mari. Déposition succincte mais accusatrice. Quelques heures plus tard, elle reconnaît les faits et explique le mobile :

– J'avais peur qu'il se rende compte du désastre financier après des années de travail acharné.

Les gendarmes ont estimé que ce mobile était « un peu flou ». Il l'est. Cela dit, la meurtrière est en prison. Et il faudra attendre, peut-être, que Gilbert récupère plus avant l'usage de la parole pour espérer comprendre mieux ce mobile.

Dépression ? Usure ? Problèmes cachés ? Peut-on assassiner froidement son époux, sous prétexte qu'il examine la comptabilité ? Le surendettement, dont tout le monde parle, peut-il mener une jeune femme à cette extrémité ?

N'en avait-elle pas assez de travailler douze heures par jour en élevant trois enfants, cette jeune femme de trente-deux ans, mariée à seize ans à peine, et qui n'avait jamais connu, peut-être, la vraie liberté, l'épanouissement, les vacances, la futilité, le rêve de vivre à ne rien faire au soleil, avec de belles toilettes achetées en ville ?

Présomptions que tout cela ! Les juges apprécieront. Et les mois de coma et de rééducation ? Sursis, pour la coupable ? Ou enfer ? Espoir de voir son crime réussi, ou moins de souffrance dans l'espoir de libérer sa conscience ?

Pas facile, Messieurs les Jurés, d'apprécier. La seule chose facile à apprécier, malheureusement, demeure le résultat. Gilbert, trente-sept ans, handicapé à vie, trois enfants déboussolés, et probablement les affaires en faillite.

Vilain coup que ce coup de 22 long rifle à 450 francs, en vente libre. Boum ! et la vie fiche le camp.

La confession du Vendredi saint

France

1988-1991

Mardi 16 août 1988, 22 h 45. Les pompiers arrivent dans un pavillon d'une petite localité à une quinzaine de kilomètres de Limoges. Une femme brune d'une trentaine d'années gît au bas d'un escalier escamotable et raide qui conduit au grenier. Tout autour d'elle, des boutons éparpillés. Elle porte plusieurs plaies à la tête.

Un homme d'une trentaine d'années également, portant lunettes, aux cheveux coiffés court et prématurément blanchis, est en train de lui faire du bouche à bouche. L'un des pompiers s'adresse à lui.

– Laisse-nous faire, Hervé...

Il prend sa place avec un appareil de réanimation, mais il ne tarde pas à se redresser.

– C'est trop tard. C'est fini.

Arrivés peu après, les médecins du SAMU ne peuvent que constater, eux aussi, le décès, de même que le médecin, qui signe le permis d'inhumer. C'est un stupide accident, comme il en arrive, hélas ! trop souvent : Anne-Marie G., vingt-huit ans, a trouvé la mort dans une chute d'escalier. Elle était allée chercher son nécessaire de couture au grenier et elle a fait un faux pas.

C'est Hervé E., trente et un ans, son compagnon, chez qui elle vivait depuis cinq ans, qui a fait la tragique découverte. Employé aux PTT, il était aussi pompier volontaire et il rentrait justement d'une réunion avec ses collègues quand il a trouvé Anne-Marie inanimée. L'ironie du sort a fait qu'il a dû les appeler quelques minutes après les avoir quittés.

Hervé s'adresse à une femme d'une soixantaine d'années, qui se tient en retrait dans la pièce.

– Maman, après ce qui vient de se passer, tu ne m'abandonneras pas ?

– Jamais, mon fils.

Il va vers elle pour donner libre cours à son chagrin, tandis que ses collègues et amis pompiers cachent mal leur émotion. C'est, qu'ici, tout le monde aime bien Hervé, de même que sa mère, Odette. Odette habite au rez-de-chaussée du pavillon, tandis qu'Anne-Marie et Hervé occupaient l'étage...

L'accident fait, pendant plusieurs jours, l'objet de toutes les conversations et puis on finit par l'oublier. La disparition prématurée et brutale d'Anne-Marie fait malheureusement partie des choses qui arrivent.

Et pourtant on ne va pas tarder à reparler de la mort d'Anne-Marie, non seulement au village, mais dans la France entière. Car ce qui s'est passé ce soir-là est le début d'une incroyable histoire.

Vendredi 13 avril 1990. Ce vendredi 13 n'est pas comme les autres : c'est également le Vendredi saint. Il est 3 heures de l'après-midi, heure de la mort du Christ. Nous sommes à Limoges, dans l'appartement d'un journaliste du *Populaire du Centre*. Un homme portant lunettes, aux cheveux coiffés court et prématurément blanchis, se prépare à parler devant les caméras. Il a trente-trois ans, l'âge de la mort du Christ : c'est Hervé.

Il n'est pas seul. Outre les deux journalistes à qui il a choisi de s'adresser, deux hommes l'accompagnent : son avocat, maître Abel Longa, qui est également l'avocat des Témoins de Jéhovah et un responsable local de ces mêmes Témoins de Jéhovah. Tout le monde fait le silence et Hervé parle.

– J'ai souhaité voir la presse parce qu'il y a un an et demi environ, j'ai commis un crime. C'était un crime avec préméditation, un assassinat, et ma première réaction, à l'époque, après cet acte abominable qui n'avait aucune circonstance atténuante, a été de fuir. J'ai donc menti jusqu'à présent à la police, à tout le monde. Ça a marché. Personne ne se doutait de rien, puisque cette affaire a été classée sans suite. La vie aurait très bien pu continuer sans que personne ne puisse me pousser ou me forcer à faire aujourd'hui cette démarche...

Ces propos ont été prononcés avec un calme absolu. L'un des journalistes intervient.

– Vous avez donc commis un crime parfait ?

– J'ai commis un crime et il s'avère que le déroulement de la justice me permet de dire qu'il s'agit d'un crime parfait, puisqu'il n'y a pas eu de suites.

– Qui avez-vous tué ?

– J'ai tué ma concubine, Mademoiselle Anne-Marie G. C'était le mardi 16 août 1988, après 21 heures.

– Comment cela s'est-il passé ?

Hervé est toujours aussi maître de lui.

– C'est un crime qui a été prémédité. Les circonstances familiales étaient assez difficiles à l'époque, puisque j'ai toujours vécu avec ma mère. J'ai perdu mon père, que j'ai toujours connu paralysé, à l'âge de treize ans. Cette personne était la première femme que j'aie connue dans ma vie. Les rapports entre elle et ma mère se sont avérés difficiles, très difficiles. Quand j'ai commis cet acte, les ponts entre ma mère et cette personne étaient complètement rompus. C'était une situation très pénible à vivre pour moi...

– C'est à cette époque que vous avez décidé de la tuer ?

Hervé regarde la caméra bien en face, sans ciller. C'est maintenant que la confession du Vendredi saint commence vraiment. Il va décrire dans tous les détails, avec une minutie de chroniqueur, comment il a tué celle qu'il n'a nommée qu'une seule fois, pour ne plus l'appeler, ensuite, que « cette personne ».

– Tout à fait. L'idée a germé en moi. J'ai essayé de combattre les idées qui allaient et venaient, mais je me suis trouvé comme dans un étau. C'est terrible de penser à ce genre de choses, mais moi, je suis passé à l'acte... C'était le 16 août à 21 heures. On venait de dîner et, ce soir-là, nous avions la télévision dans la cuisine. J'avais décidé de la tuer en la frappant avec un montant de fenêtre, un bout de bois de démolition que j'avais récupéré et caché sous le lit.

Suit une évocation hallucinante de précision, un meurtre comme si on y était...

– Elle était le dos tourné, en train de regarder la télévision. Avec ce bois, j'ai frappé au niveau de la nuque. Elle a chuté, mais elle n'était pas inconsciente. Il y a eu bagarre. J'ai tenté de l'étrangler et je me suis aperçu que c'était long... Ma réaction a été de lui prendre la tête et de taper sur le carrelage. Le carrelage, c'est quelque chose de dur. Au deuxième coup, le sang a coulé et je savais qu'elle allait sombrer dans l'inconscience. Pour que ça aille plus vite, je suis allé chercher de l'éther. Elle respirait encore et je lui ai mis un mouchoir imbibé dans la bouche...

Hervé reprend son souffle. Dans la pièce, le silence est d'une intensité impressionnante.

– Après, ce n'était que de la mise en scène. Il faut savoir que j'appartiens à un corps de sapeurs-pompiers volontaires et que, ce soir-là, il y avait une réunion à la caserne. Donc, j'ai laissé le corps en l'état. Elle n'était pas morte. Je l'ai laissée dans la cuisine et je suis allé à la caserne. Quand je suis revenu, je savais très bien ce que j'allais trouver. J'avais envisagé une chute dans l'escalier de la maison, un escalier escamotable qui va au grenier. J'y ai traîné le corps. Je lui ai mis les deux jambes sur les marches. Je lui ai enlevé le mouchoir, j'ai enlevé les traces de sang et j'ai appelé les secours pour une chute d'escalier. Quand ils sont arrivés, je n'ai eu qu'à continuer ce que j'avais commencé, c'est-à-dire faire du cinéma, un massage cardiaque et du bouche à bouche, alors que je savais très bien qu'elle était morte... Ensuite, je ne sais plus. Le SAMU est venu. On m'a donné un somnifère. Il n'y a pas eu d'autopsie. Le corps est resté à la maison, dans une housse, en attendant qu'on le mette dans un cercueil et qu'on l'enterre.

C'est au tour des journalistes, visiblement mal remis de leur stupeur, de poser leurs questions.

– Donc, l'enquête de la gendarmerie a conclu à la mort accidentelle ?

– Oui, classée sans suite.

– Qu'est-ce qui vous pousse aujourd'hui à nous confier ce terrible secret ?

– Quelque temps après, j'ai eu la chance de rencontrer les Témoins de Jéhovah. Je me suis aperçu que j'avais détruit une vie qui était précieuse aux yeux du Créateur et ma conscience m'écrasait. Je suis un assassin : je veux que les gens le sachent. J'ai donc voulu voir la presse pour que l'information soit prise au départ. À savoir que les choses se sont passées telles que je vous les ai décrites... Il y a un verset de la Bible, livre de Jean, chapitre B, verset 32, qui dit : « La vérité vous libérera... »

Quand il a terminé sa déclaration, qui sera plus tard diffusée sur FR3, Hervé se lève et, accompagné de maître Longa, va trouver le juge d'instruction pour renouveler ses aveux. Le magistrat ne revient pas de cette démarche sans précédent, mais il se décide quand même à inculper Hervé de meurtre. Ce dernier s'y attendait. Sa valise remplie de livres et de brochures religieux à la main, il prend le chemin de la prison et, pour les gendarmes, c'est une enquête sortant pour le moins de l'ordinaire qui commence.

Ils se renseignent d'abord sur la personnalité de ce déroutant inculpé. C'est un jeune homme tranquille et effacé, qui vit depuis toujours avec sa mère et ne l'a pas encore quittée. À l'école communale, puis au collège, c'était un élève solitaire et effacé. Il n'était ni bon ni mauvais ; il n'avait pas d'amis, mais pas d'ennemis non plus. Aux PTT, c'est un employé modèle et il est également très efficace comme sapeur-pompier.

Hervé vivait depuis 1983 en concubinage avec Anne-Marie. Il avait, effectivement, un mobile pour la tuer. Anne-Marie détestait Odette, qui vivait sous le même toit. Début août 1988, elle avait dit à Hervé : « Il faut que tu choisisses entre ta mère et moi. » S'il faut en croire ses dires, il aurait choisi.

Mais faut-il le croire ? C'est toute la question. Dès le départ, les gendarmes n'accordent aucun crédit à ces aveux spectaculaires. Ils refont la mise en scène auprès du corps et ils en démontrent l'impossibilité. Entre le moment où il a quitté les pompiers et celui où il leur a téléphoné, Hervé n'avait pas le temps d'effacer les traces de sang et de traîner le corps jusqu'à l'escalier.

Ce dernier ne se démonte pas.

– C'est que je me suis trompé. C'est avant d'aller à la caserne que j'ai maquillé le crime en accident.

L'exhumation de la victime est ordonnée, mais après deux ans, elle ne donne pas grand-chose. Elle montre un crâne intact, une absence d'hémorragie et une trace bleuâtre pouvant correspondre à une ecchymose ancienne...

Le seul témoignage vraiment nouveau est celui d'un Portugais habitant le pavillon voisin :

– Le soir du 16 août, j'ai entendu un cri strident suivi d'un bruit de vaisselle.

Ces propos correspondent, évidemment, avec le récit du meurtre tel qu'il a été fait par Hervé. Mais ils ne sont pas incompatibles non plus avec l'accident. Bref, quand l'enquête est close, elle n'a apporté aucune preuve de la culpabilité d'Hervé. Ce sera aux jurés de trancher.

17 juin 1991 : c'est aujourd'hui, jour de la Saint-Hervé, que va avoir lieu le troisième et dernier acte de l'affaire, son procès devant la cour d'assises de Limoges.

En raison des circonstances exceptionnelles entourant les aveux, l'assistance est nombreuse et l'intérêt passionné. Un fait est particulièrement remarqué et commenté : les parents d'Anne-Marie ne se sont pas portés partie civile. Ils ont même gardé de bons rapports avec l'accusé. Ils sont Témoins de Jéhovah et ce sont eux qui l'ont fait entrer dans le mouvement religieux.

Hervé apparaît dans le box tel qu'il a toujours été : très maître de lui, le regard bien droit derrière ses lunettes à la monture métallique, dans un costume strict, impeccable.

Le président Mercier s'adresse à lui.

– Tous les renseignements recueillis sur votre compte sont excellents. Aux PTT où vous avez été engagé en 1975 en qualité de dessinateur, on se louait de vos services. Parallèlement à votre travail, vous étiez caporal-chef des pompiers et vous donniez des cours de secourisme. C'est d'ailleurs en donnant ces cours que vous avez rencontré votre concubine.

Hervé acquiesce. Le président poursuit.

– À vingt-sept ans, c'était votre première relation féminine ?

L'accusé acquiesce de nouveau.

– Vous aimiez votre compagne ?

– Énormément. Je lui ai demandé de vivre avec moi. Ma mère avait le rez-de-chaussée de la maison, nous le premier étage. Mais dès le début, il y a eu des problèmes entre Anne-Marie et ma mère.

– Vous pouvez nous donner un exemple ?

– Un jour, Anne-Marie et moi sommes partis en vacances. Anne-Marie avait demandé à ma mère d'arroser le parterre de fleurs. Quand elle est revenue, elles étaient toutes sèches. Anne-Marie l'a reproché à ma mère. Celle-ci a rétorqué que c'était bien fait, que nos chats n'arrêtaient pas de faire des dégâts chez elle. C'était tout le temps comme ça. À la fin, c'était devenu intolérable.

– Mais puisque la vie dans cette maison était devenue impossible, pourquoi n'êtes-vous pas, tout simplement, parti avec Anne-Marie ?

– On avait envisagé de le faire, mais...

– Vous ne pouviez vous y résoudre ?

– C'est sans doute cela. J'aurais voulu qu'elles parviennent à s'entendre...

On en arrive alors au crime lui-même. À la demande du président Mercier, Hervé refait ses aveux... Le récit est connu de tous. Mais il y ajoute un détail qu'il n'avait pas dit dans sa confession du Vendredi saint, un détail terrible.

– Nous venions de dîner. Elle me tournait le dos. Je suis allé chercher le bout de bois et, par-derrière, je lui ai donné un grand coup. Elle a crié. Fort, très fort. Ça m'a surpris. Alors, j'ai mis mes mains autour de son cou pour l'étrangler. Elle se débattait. Elle est tombée. Elle m'a regardé et elle m'a dit : « Hervé, je t'ai tout donné et tu veux me tuer !... »

Un frisson passe dans la salle d'audience.

– Et que lui avez-vous répondu ?

– Rien. J'ai attrapé sa tête et je l'ai frappée contre le sol à deux reprises...

Le reste est en tous points identique à la première version. Lorsque Hervé a terminé, le président Mercier pose avec gravité la question que tout le monde attend.

– Je vous le demande solennellement : êtes-vous bien certain que vos aveux sont véridiques ? Vous avez vraiment tué cette jeune femme ?

La réponse est prononcée d'une voix ferme.

– Oui. Et j'ai avoué ce crime parce que je ne pouvais pas vivre avec le poids de mon remords. Depuis la mort d'Anne-Marie, j'ai rencontré la foi. J'ai été baptisé par mes amis Témoins de Jéhovah. Je ne pouvais recevoir le sacrement en supportant le poids du péché...

Le premier témoin est peut-être le plus important. C'est Odette, la mère. Portant des lunettes, comme son fils, les cheveux bouclés, elle ressemble à toutes les dames de son âge. Mais elle confirme sans ambiguïté que ses rapports avec celle qui vivait sous son toit étaient mauvais, voire exécrables.

– Il était gentil, mon garçon, mais cette fille qu'il a trouvée, elle ne m'a jamais plu. Elle était mauvaise, elle criait tout le temps, elle me faisait des reproches. Même quand je suis allée à l'hôpital, elle s'est mal comportée. Je lui avais demandé de m'apporter des serviettes de toilette. Elle l'a fait, mais elles étaient sales...

Et elle confirme la mise en demeure d'Anne-Marie qui a, semble-t-il, été la cause directe du drame.

– Enfin, ce n'était pas le plus grave. À la fin, elle a fait bien pire : elle a demandé à mon fils de choisir entre elle et moi.

Entre cette femme de caractère et Anne-Marie, les relations ne pouvaient être qu'explosives. Car la disparue non plus n'était pas commode. Ses collègues viennent le dire à la barre :

– Elle était volontaire et autoritaire. Elle savait ce qu'elle voulait.

On comprend mieux la situation intenable qui a dû

être celle d'Hervé, être faible, objet d'une rivalité féroce. Christian Tessendier, psychologue, vient faire son portrait à la barre.

– C'est un sujet calme, coopérant, sociable, mais solitaire, avec une vie amoureuse tardive. Il est immature et dépendant. Pris entre deux femmes-étau, il a pu être soulagé, dans un premier temps, par le passage à l'acte. Puis sont venus les remords et le besoin de libérer sa conscience...

On en vient ensuite aux faits eux-mêmes, qui restent entourés de la même ombre que lors de l'enquête des gendarmes. Le médecin légiste vient répéter les résultats peu probants de l'autopsie; le témoignage du voisin portugais, qui est depuis rentré dans son pays, est lu par le président. En fait, tout va peut-être se jouer sur les plaidoiries de l'accusation et de la défense.

Elles sont aussi déroutantes l'une que l'autre. L'avocat général Soumireu-Mourat commence par se dire « modérément convaincu » par les aveux de l'accusé, mais il conclut son discours en déclarant :

– En matière de justice, faute avouée n'est pas à moitié pardonnée. Je vous demande de condamner cet homme à une peine de l'ordre de quinze à vingt ans de réclusion criminelle.

La situation de maître Abel Longa n'est pas moins incommode. Il plaide, comme il est logique, l'innocence, mais peut-il être crédible quand son client clame non seulement sa culpabilité, mais son désir d'expier ? C'est pourquoi il demande, au cas où Hervé serait condamné, une peine de prison légère... Les jurés se retirent alors pour délibérer et personne, dans la salle d'audience, ne saurait dire dans quel sens ils vont trancher.

Hervé est coupable avec circonstances atténuantes : tel est le verdict des hommes et des femmes chargés de le juger. Ils ont finalement cru à ses aveux et ils le condamnent à dix ans de prison. L'intéressé n'a pas de réaction et s'il en avait une, elle serait de satisfaction : il a obtenu ce qu'il désirait.

Ainsi se termine l'histoire de cet homme qui a choisi d'avouer un crime parfait, qui a préféré la prison à la liberté, le châtiment à l'impunité... Mais quand on y réfléchit bien, sa conduite est-elle tellement invraisemblable ? Pouvait-il continuer à vivre auprès d'une mère pour laquelle il avait tué ? Quel avenir avait-il dans ces conditions ?

Son meurtre accompli, il se trouve dans une situation intenable.

C'est alors qu'il rencontre les Témoins de Jéhovah et cela change tout. Car, quelle que soit l'ardeur de sa foi, c'est bien plus que la religion qu'il découvre, c'est Dieu le Père. C'est le Père Tout-Puissant, trônant en majesté du haut des cieux et remplaçant l'image paternelle qu'il a connue : celle d'un homme diminué, humilié et souffrant.

Dans sa prison, avec ses livres de prières, Hervé a commencé son long tête-à-tête avec celui qui lui a manqué toute sa vie et qui, seul, peut lui permettre de reconstituer sa personnalité, le Père avec un grand « P », celui qui interdit, qui protège contre soi-même, qui empêche de passer à l'acte, celui qui ordonne, qui punit et qui pardonne.

Quand la haine tue
France
1988-1991

Événement judiciaire, ce lundi 28 octobre 1991 : la Cour d'assises spéciale des Alpes-Maritimes va se réunir à Nice. C'est la première fois que cette juridiction d'exception siège ailleurs qu'à Paris.

Les Cours spéciales, créées en 1986 au moment du jugement d'Action directe, sont uniquement compétentes dans les cas de terrorisme. Elles ont la particularité d'être composées de magistrats professionnels au lieu de jurés populaires, afin d'éviter toute possibilité d'intimidation de ceux qui rendent la justice.

Et c'est bien de terrorisme qu'il s'agit aujourd'hui... Dans la seconde moitié des années 80, une série d'explosions a secoué les Alpes-Maritimes. Le 5 mai 1985, c'est le local du parti communiste du Cannet qui est visé. En janvier 1987, c'est au tour de l'Union CGT de Cannes. En mai de la même année, un attentat contre le foyer Sonacotra de Cannes fait quatre blessés.

Mais le plus grave se produit dans la nuit du 18 au 19 décembre 1988, à la Sonacotra de Cagnes-sur-Mer. Deux bouteilles de gaz explosent à une minute trente d'intervalle, d'abord au premier étage du bâtiment, puis sur le parking. La technique rappelle celle mise au point pendant la guerre d'Algérie pour faire un maximum de victimes: la première explosion réveille et fait fuir, la seconde tue ceux qui passent à proximité. Cette fois, il y a un mort: Georges I., Roumain de quarante-huit ans, travaillant comme livreur dans la région, et une vingtaine de blessés.

Les responsables ne tardent pas à être arrêtés. Il s'agit de Nicolas G., barman, quarante-trois ans, le chef du commando, de Gilbert H., soixante-dix ans, considéré comme l'idéologue du groupe, et de trois hommes de main: Philippe L., vingt-huit ans, Serge B., trente-quatre ans et Georges C., trente-deux ans.

Tous appartiennent à l'extrême droite locale.

Nicolas, après un passage au Front national qu'il estime « trop mou », et qui combat Le Pen « parce qu'il n'ose pas appeler un Noir un nègre », s'inscrit au PNFE (Parti nationaliste français et européen) qui, lui, est plus ou moins ouvertement nazi.

Gilbert est une figure à part. À la fois idéologue et prophète, il tient chez lui des réunions où il multiplie les discours violemment racistes et antisémites. Il se dit spirite, affirme avoir des conversations avec Hitler et porte un bonnet de laine orné de condensateurs électriques pour « éloigner les mauvaises vibrations ».

Mais il ne s'agit pas de folklore. Les déclarations de Nicolas et de Gilbert, au moment de leur arrestation, suffiraient à le rappeler. « Ce que nous voulions, ont-ils dit aux policiers, c'est terroriser les Arabes pour les faire fuir et faire porter le chapeau aux Juifs. »

Les cinq accusés viennent d'être jugés une première fois, le mois de septembre précédent, par le tribunal correctionnel de Grasse, pour les délits d'association de malfaiteurs, de détention d'armes et d'explosifs. Nicolas et Gilbert ont été condamnés à quatre ans de prison – plus, d'ailleurs, que les réquisitions du procureur, qui avait demandé trois ans.

Mais, à présent, c'est de meurtre qu'ils vont devoir répondre.

La Cour d'assises spéciale prend place et son caractère inhabituel se remarque aussitôt. Le président William Watrin paraît en effet, assisté de six magistrats du ressort de la cour d'appel d'Aix-en-Provence. Au lieu des hommes et des femmes en tenue de tous les jours, ce sont sept silhouettes en robe qui ont pris place sur les bancs des jurés. En outre, dans la salle, de nombreux Maghrébins, partie civile, rappellent l'émotion soulevée par l'attentat.

Le président Watrin demande qu'on fasse entrer les accusés. Nous sommes le 28 octobre, ce dont personne ne se soucie vraiment; et pourtant, la date n'est pas indifférente, car elle va provoquer un coup de théâtre: Gilbert a décidé de ne pas se présenter.

Il s'en est expliqué auprès du président Watrin, qui lit la lettre qu'il lui a adressée: «En fonction de mes convictions et croyances profondes en l'astrologie lunaire et chinoise et en la numérologie, il ne faut jamais commencer une affaire un jour comprenant le chiffre 8 ni un jour de lune descendante.» En conséquence de quoi, il ne vient pas.

Remous dans l'assistance. Bien entendu, le président Watrin n'entend pas en rester là: il envoie un huissier chercher l'accusé dans sa cellule. Toute la matinée est perdue à cette démarche. En vain. L'huissier ne peut que rapporter un nouveau refus. Mais Gilbert a annoncé qu'il serait présent le lendemain 29 car, a-t-il précisé: «2 plus 9 égale 11 et 11 est un bon chiffre.»

Le président décide de ne pas perdre davantage de temps et de commencer sans Gilbert. Il annonce les charges pesant contre les accusés: «Assassinat, tentatives d'assassinat, destructions par explosifs, avec la circonstance aggravante d'avoir constitué une entreprise collective dans le but de troubler gravement l'ordre public par l'intimidation et la terreur. »

C'est de la personnalité des accusés, présents ou non, qu'il va être d'abord question. À commencer par Gilbert lui-même.

Tout ce qu'on apprend de lui confirme son originalité. Après la guerre, il s'installe à Saigon où il tient trois magasins d'articles ménagers. Il est absolument fasciné par les Asiatiques et la couleur de leur peau car, précise-t-il aux experts psychiatriques, s'il aime le jaune, c'est que, quand il était petit, il adorait le flan. Logique avec lui-même, Gilbert épouse une Vietnamienne.

On en vient à son domicile. C'est pour apprendre qu'il y possède une prothèse dentaire d'Édith Piaf et l'œil de verre d'un soldat de la guerre de 14-18, grâce auquel il entre en contact avec les morts, en particulier Hitler.

Son enquêteur de personnalité vient faire part de ses conclusions à la barre :

– Gilbert est un illuminé, beau parleur, aux mots précis et forts, qui se veut persuasif et rigoureux. Il écoute ses rêves.

L'expert psychiatre qui lui succède le reconnaît néanmoins sain d'esprit :

– Il est lucide, cohérent, pas du tout anxieux. Son discours tourne autour de deux thèmes : le racisme, où il pérore, et le spiritisme, dans lequel il est plutôt fumeux.

Une commerçante niçoise, qui se dit « spirite depuis trente ans », vient ensuite à la barre faire l'éloge de l'accusé absent :

– Gilbert est un pur Français qui veut que la France reste française et qui est prêt à tout pour cela.

Et elle précise :

– C'est Moshe Dayan qui est venu le lui dire. Son esprit a parlé au cours d'une séance de table tournante...

Après un tel tableau, les autres inculpés, présents dans le box, pâlissent un peu. Nicolas, massif dans son costume croisé bleu marine, chemise blanche et cravate rouge, semble le seul à l'aise ou, en tout cas, prêt à faire face. À ses côtés, Georges, Philippe et Serge se font aussi petits que possible.

Nicolas a refusé de se laisser examiner par les psychiatres, ce qui laisse dans l'ombre sa personnalité. Né à Cannes, de parents russes, il était barman au moment de l'attentat. Comme le président Watrin lui demande sa profession et son adresse, il répond d'une voix assurée :

– Taulard à la prison de Nice.

Le reste est du même ton...

On en vient aux exécutants, en commençant par Georges. La cour évoque sa personnalité : enfance difficile, parents divorcés, il est recueilli par la DDASS. Il sait démonter une arme depuis son plus jeune âge. Il s'engage dans l'armée mais n'y reste pas. Il devient maître-chien, puis serveur dans un restaurant. Cet « homme sans mère, sans famille, sans affection », selon un expert, ne nie pas sa participation à l'attentat, tout en tenant à la minimiser :

– Oui, j'étais partant pour poser des bombes. Mais ils m'avaient assuré qu'on ne tuerait personne.

Philippe voulait être officier. Il a fait sa préparation militaire, mais été réformé pour daltonisme. Très déçu d'avoir été renvoyée de l'armée, il a été, par la suite, licencié de la place qu'il avait trouvée. Il s'est laissé embrigader par Nicolas.

Serge, dit familièrement « Commando », est un ancien parachutiste. Il a été, par la suite, mercenaire, puis garde du corps. Mais ses anciens camarades ne l'ont pas oublié et viennent le couvrir d'éloges à la barre. Ainsi, le maire d'une petite ville voisine, venu témoigner en tant que membre de l'Union nationale des parachutistes :

– C'est un garçon qui a dû se laisser entraîner pour ne pas se dégonfler. C'est un réflexe d'homme, finalement...

Mardi 29 octobre. Puisque 9 et 2 font 11, c'est un jour «favorable» et on se presse pour voir Gilbert prendre place dans le box.

Personne n'est déçu: le physique est à l'avenant de la personnalité. Il n'est, certes, pas de ceux qui passent inaperçus, avec son visage maigre, ses lunettes sur le bout du nez, sa grande barbe grise et ses cheveux ébouriffés. Compte tenu de ce qui a été dit la veille, nul ne s'étonne de le voir en K-Way jaune d'or, sa couleur de prédilection.

Dès le début, on n'entend que lui. Gilbert crie, s'enflamme, traite la prison de Nice de goulag et les policiers qui l'ont arrêté de membres de la Gestapo. Surtout, il nie tout. Il n'a rien fait, le seul responsable, c'est Nicolas.

– Vous savez, Nicolas, c'est un Slave. De nous tous, c'est lui qui exerçait le vrai charisme. Il m'a balancé parce qu'il m'en veut. Il estime que je suis responsable de leur arrestation. Mais il sait bien que je n'étais pas au courant de tout ça!

On en arrive aux faits eux-mêmes. Le commissaire Christian Lauthion explique que des tracts signés «Organisation juive combattante Massada» ont été retrouvés chez Gilbert. Laissés sur les lieux, ils permettaient de faire coup double en faisant endosser la responsabilité de l'attentat aux juifs.

Tout cela n'est pas niable. En revanche, la défense va s'efforcer de prouver qu'il n'y avait pas d'intention homicide.

Il s'ensuit un débat d'experts serré sur la puissance des bombes: deux bouteilles de gaz de treize kilos, vidées de leur contenu et remplies d'un mélange de chlorure, de sucre glace et de poudre noire. Le point est important, car si l'intention homicide est prouvée, les accusés risquent la perpétuité ; sinon, vingt ans au maximum.

L'un des trois exécutants, Georges, avoue avoir allumé les détonateurs, mais c'est pour préciser aussitôt :

– C'étaient des bombes soufflantes et non brisantes. C'était uniquement pour faire peur, pas pour tuer. Il aurait été aussi simple pour nous de mettre cinq cents grammes de plastic au lieu du chlorure.

L'expert artificier n'est pas de cet avis.

– Les dégâts étaient terribles. L'immeuble en béton a été fissuré de bas en haut. Le couloir de quarante mètres de long a été détruit à 80 %, les voitures étaient entassées comme à la casse.

Et il conclut :

– Il n'y a pas de bombes gentilles...

La troisième journée du procès va rester dans tous les esprits, car on va y entendre et – il faut l'ajouter – y voir les responsables du Parti nationaliste français et européen, auquel appartiennent les accusés.

Après avoir été inculpés et incarcérés, ils ont été mis hors de cause par la cour d'appel d'Aix. Ils ne risquent donc rien et sont là en tant que simples témoins ; ils peuvent parader en toute impunité. Ils ne s'en privent pas. Ils décrivent, avec complaisance, les uniformes bruns qu'ils ont arborés à leur congrès national, les « sections spéciales » qu'ils ont créées parmi eux, désignées par les lettres « SS », dans le même graphisme que les *Schutz Staffel* d'Hitler. Comme le président demande à l'un d'eux comment ils se saluent, l'interpellé fait un impeccable salut nazi.

Le président Watrin :

– Cela ne vous gêne pas de faire ce salut ?

– Non, pas du tout. C'est un salut romain en usage depuis deux mille ans. Nous saluons le bras tendu : nous appelons cela le « salut européen ». C'est l'apanage de la race blanche. Je ne l'ai jamais vu faire dans les tribus nègres ou asiatiques.

Du coup, on en oublie les accusés dans leur box. Ceux-ci se taisent et n'ont effectivement rien besoin de dire. De telles manifestations ne peuvent que leur être favorables. Par comparaison, Gilbert, qui prétend converser avec Hitler au moyen d'un œil de verre, fait figure de doux original...

La journée suivante est d'abord consacrée à l'audition du frère de Nicolas, qui donne une dimension nouvelle à l'affaire. Il prétend avoir des relations aux Renseignements généraux. Un de ses membres lui aurait dit qu'ils surveillaient son frère un mois avant son arrestation. Alors, pourquoi l'avoir laissé agir ?

L'avocat général s'insurge :

– Écoutez, Nicolas, si vous avez été manipulé par les services spéciaux, vous devez le dire !

Nicolas ne répond pas, il laisse planer le malaise. Car il y a incontestablement un malaise : une formation aussi extrémiste que le PNFE ne pouvait qu'être suspecte à la police. Elle a dû essayer de l'infiltrer. Sans doute n'y est-elle pas arrivée. Sans doute...

La déposition de la veuve de Georges I., dont on a retrouvé le corps déchiqueté par les éclats de la bombe, fait brusquement monter l'émotion. Faisant preuve d'une grande dignité, elle n'accable pas les accusés :

– Ils n'ont pas pensé au mal qu'ils ont fait.

Et elle conclut avec des mots tout simples :

– Mon mari avait quitté la Roumanie pour trouver la paix et la liberté dans un pays qui l'avait accepté, avec un travail correct. Il a aimé la France comme d'autres émigrés, qui sont condamnés sans avoir rien fait.

Lorsqu'elle s'est tue, les quatre membres du commando se lèvent et expriment l'un après l'autre leurs regrets.

Lundi 4 novembre 1991 ; c'est le début des plaidoiries. Maître Depré parle le premier pour madame Georges II

– On a presque oublié la victime, un réfugié politique roumain qui avait fui la dictature de son pays pour devenir chauffeur-livreur en France et qui a connu une mort horrible, le corps criblé de ferrailles projetées par la bombe.

Il revient sur la discussion technique entre engins « soufflants », seulement destinés à faire peur, et « brisants », faits pour tuer, et il a cette formule :

– Tout ce que je sais, c'est que ces bombes ont soufflé la vie de Georges I. et brisé celle de sa femme...

Le lendemain, l'avocat général Bernard Farret prononce son réquisitoire. Il rejette les circonstances atténuantes pour Nicolas et réclame la perpétuité assortie d'une peine de sûreté de dix-huit ans. Pour Gilbert, eu égard à son âge, il se satisfait de quinze ans. Il requiert pour Philippe vingt ans de prison, dont une peine incompressible des deux tiers. Pour Serge et Georges, dix-huit ans avec, également, une peine incompressible des deux tiers.

Ces réquisitions se veulent exemplaires « à une époque où le discours raciste est dans la rue » et contre la dérive terroriste. Car, affirme-t-il :

– Il s'agit bien de terrorisme, avec une volonté homicide et une volonté de persister. Si on ne les avait pas arrêtés, ils auraient continué leurs activités.

La défense de Gilbert prend la parole le même jour. Maître Didier Valette dénonce le procès d'un lampiste.

– Le délit d'incitation à la haine raciale vaut trois mois, mais c'est tout. Vous ne pouvez le condamner parce qu'il est raciste.

De même, maître Cardix s'écrit :

– Le savant fou, le sorcier, le diable qui n'a jamais convaincu personne ne peut être l'instigateur, l'inspirateur, ni même le concepteur de tous ces actes!

Les défenseurs des autres accusés, ceux de Nicolas, en particulier, s'en prennent à la sévérité du procureur et réclament des peines qui «ne soient pas politiques» et qui «soient dignes d'un pays démocrate». Maître Baudoux interpelle l'avocat général:

– Vos réquisitions n'ont pas laissé l'ombre d'une circonstance atténuante. Elles m'ont donné l'impression de vouloir une purification par la violence. Au nom de l'histoire de l'humanité, je dénie à l'État, que vous représentez, de donner des leçons de morale, parce que la société a trop souvent couché dans le lit du plus fort!...

Le verdict tombe le lendemain, mercredi 6 novembre 1991, après deux heures et demie de délibération. Gilbert, reconnu non coupable, est acquitté. Nicolas bénéficie des circonstances atténuantes et est condamné à dix-huit ans de réclusion criminelle. Philippe, Georges et Serge ont respectivement quatorze, douze et huit ans de prison.

Gilbert pleure de joie. Chez les trois autres, le soulagement est nettement visible. La Cour d'assises spéciale se sépare. Pour longtemps, on l'espère.

Vertige de la liberté

France-Mars 1991

Gérard est né sous une mauvaise étoile. Il est pupille de la Nation, ce qui implique que, dès son enfance, on a estimé qu'il avait besoin de la protection publique. Ses études ne le mènent pas plus loin que le statut d'ouvrier agricole dans les grandes plaines du nord de la France. Puis c'est le service militaire en Allemagne. Ce service militaire qui, pour beaucoup de déshérités, peut être la grande chance – chance de se créer des amitiés, d'acquérir une formation, de découvrir d'autres paysages –, n'apporte rien à Gérard, sinon de mauvaises fréquentations puisque, peu après, Gérard se retrouve devant les assises pour avoir fait une « grosse bêtise ». Bêtise en forme de meurtre : on le condamne à perpétuité.

À vingt-deux ans, on ne peut pas dire que ce soit un bon départ dans la vie. Pourtant, d'une certaine manière, Gérard va voir du pays, un peu toujours le même d'ailleurs : les grands murs des centrales qu'il visite l'une après l'autre, pendant vingt-cinq ans. Vingt-cinq ans durant lesquels pas âme qui vive, absolument personne, ne vient lui rendre la moindre visite, ni lui apporter la moindre lueur d'espoir ; vingt-cinq ans pendant lesquels Gérard qui, depuis le début, n'a sans doute rien compris à la vie, tourne de plus en plus en rond, en se disant qu'il a des chances, avec les progrès de la médecine, de vivre jusqu'à quatre-vingts ans entre les matons et le bruit des portes des cellules qu'on referme...

Un jour, Gérard, touriste pénitentiaire, arrive à la prison Saint-Paul près de Lyon : tout de suite, on voit qu'il va mal dans sa tête. L'administration pénitentiaire, avatar de la Nation dont Gérard est le pupille, s'occupe de son cas. On examine ses pauvres nerfs déjà usés à quarante-sept ans. On le pousse à demander une semi-liberté. Un éducateur lui apprend tout ce qu'il a oublié et tout ce qu'il ignore du monde extérieur : comment téléphoner, comment prendre le métro, comment réaliser la valeur de l'argent, qu'il s'agisse d'acheter une baguette ou une paire de baskets.

Enfin, Gérard a une petite lueur d'espoir : un stage payé. Il quittera tous les matins la prison, seul, libre ou presque, et rentrera sagement le soir. C'est presque trop beau : Gérard n'y croit pas. Plus grave : Gérard, qui a tant rêvé de liberté, découvre que ses vingt-cinq ans de prison ont coupé toutes ses envies. Rien ne l'intéresse dans le monde extérieur : ni les filles en minijupes, ni l'air de la liberté, ni le parfum des *hamburgers* de McDonald's.

Pourtant Gérard fait ce qu'on lui dit car c'est son seul vrai métier depuis vingt- cinq ans : l'obéissance. Et c'est là tout le drame : une fois à l'air libre, il est complètement perdu ; tel le chien qui n'a plus de collier, Gérard ne sait que faire de sa liberté qui le panique. Il a besoin de quelqu'un qui le guide en lui donnant des ordres. Tout lui pose un problème ; il sent qu'en cas de conflit, il n'aura pas le dessus car la société lui a appris à perdre depuis trop longtemps. Il n'ose pas prendre un autobus, ne sait pas choisir un blouson au Secours catholique, transpire à l'idée d'acheter quelques oranges, s'effraie d'être seul et libre dans la nuit. « Alors, se dit Gérard, c'est donc ça, la liberté ! Tout ce qu'on me propose, c'est de plonger dans un univers inconnu et angoissant, dans l'immense lutte pour la vie dont, depuis vingt-cinq ans, la prison me protégeait. »

Gérard rentre chaque soir un peu plus tôt dans la prison-mère, seul endroit où il se sente en sécurité. Mais la situation est absurde : avoir attendu si longtemps la liberté pour la refuser... Gérard a trouvé la solution à ses angoisses : il s'est jeté sous un train qui aurait pu l'emporter vers d'autres horizons.

Bébé pleure...

France-Janvier 1991

Pauvre Véronique, ça ne va pas fort en ce moment ! Deux enfants sur les bras- la fillette de sept ans et le petit de dix-huit mois qui se met à hurler dès qu'on le lâche pour trente secondes- e,t aujourd'hui, le bouquet : le père s'est fait épingler en flagrant délit de cambriolage.

L'affaire n'a pas traîné : un avocat commis d'office et, ce soir, on va savoir à quelle sauce on le mange. Quel idiot ! Comme si on n'avait pas déjà assez d'ennuis comme ça. Et puis l'affaire se juge à Lille. Ce n'est pas loin de Roubaix, mais Véronique n'a personne à qui confier les enfants pour la journée. De plus, on lui poserait des questions du genre : « Ah, bon ! qu'est-ce qui vous arrive ? Qu'est-ce que vous allez donc faire à Lille toute la journée ? » Elle s'imagine mal répondant :

« Je vais voir si je peux récupérer mon homme, vu qu'on le juge pour un flagrant délit de vol, et qu'il risque de filer derrière les barreaux pour un bon petit moment. » Non ! le plus simple, se dit Véronique, c'est d'aller là-bas avec les enfants et de souhaiter que les choses ne traînent pas.

Alors c'est ça, le tribunal ! Véronique est sagement assise

dans le fond de la salle avec la foule des amis et des parents qui ont quelqu'un «sur le feu». Pour l'instant son homme n'est pas derrière la barre, il n'y a qu'a prendre patience. La patience, Véronique en a et la fillette aussi, que la menace d'une gifle fera tenir tranquille. Mais le petit dernier, lui, ne l'entend pas du tout de la même oreille. Ces hautes voûtes, cette foule, ces annonces, ces bruits insolites l'amusent un moment, puis le laissent perplexe. Pourquoi Maman le tient-elle si longtemps ? Est-ce qu'on ne va pas lui donner quelque chose à manger ? Il commence à avoir faim. Comment le dire ? Comme d'habitude, en hurlant.

Rien de pire pour troubler la concentration du juge que d'entendre un bébé pleurer dans le prétoire. Cela semble une contestation de ses attendus et de son jugement. Comme une protestation des familles.

– Que le bébé qui pleure sorte de la salle ! ordonne le magistrat...

Véronique comprend qu'il s'agit d'elle et ne se le fait pas dire deux fois. De plus, son homme n'est pas encore dans la salle. Sortie discrète : Véronique fait les cent pas dans le couloir, tout en surveillant sa fille du coin de l'œil. De toute manière, elle n'est pas venue seule. S'il se passe quelque chose, on la préviendra.

Quand le «quinquin» est calmé, Véronique rejoint sa place dans la salle sans se faire remarquer. Mais, pour quelle raison ? un bruit insolite ? quelqu'un qui tousse ? et c'est reparti, voilà les pleurs qui recommencent... Le juge n'attend pas que cela prenne des proportions incontrôlables.

– Madame, je vous prie à nouveau de sortir avec votre enfant...

Nouvelle sortie de Véronique qui secoue rageusement le petit :

– Tu ne vas donc pas te taire !

De temps en temps, lorsque quelqu'un d'autre entre

ou sort de la salle, elle jette un œil à travers la porte entrebâillée. Soudain elle le voit, son grand imbécile de cambrioleur : il arrive les menottes aux mains, l'air penaud. Véronique se glisse dans la travée avec la fillette accrochée à sa jupe et le bébé dans les bras. C'est qu'il est lourd pour son âge... Véronique le change de bras. Du coup, le voilà qui a son père dans sa ligne de mire... Sous les voûtes sonores, son cri résonne :

– Papa !

Un « papa » qui a l'air de durer un quart d'heure...

Alors là le juge, apoplectique, lance avec hargne :

– Madame, je vous ordonne de sortir de la salle.

Véronique, à peine assise, ne demande pas son reste. Furieuse de s'être fait remarquer trois fois de suite, énervée d'avoir attendu toute la journée pour rien, agacée d'être empêtrée dans sa progéniture, elle lance un « Petit con ! » sonore. À qui ? Une âme charitable aurait pensé qu'elle parlait à son fils, mais le juge, à cette heure de la journée, n'a pas l'âme charitable.

Ce « petit con » était-il adressé au juge ou au bébé ? Aiguillonné par le substitut, une femme à réflexes, au milieu du brouhaha et de la bousculade provoquée par une Véronique à cran...le juge relève l'outrage à magistrat. Le verdict tombe : trente-cinq jours d'emprisonnement ferme et incarcération sur l'heure. Véronique, enfin débarrassée du bébé, se retrouve derrière les barreaux tandis que la famille récupère ses enfants. Mais les choses, grâce à la réaction des avocats, finissent par s'arranger, heureusement...Si Véronique avait marmonné : « Quelle heure qu'il est ? », le juge, abusé par la sonorité de la phrase, lui aurait sans doute infligé trois mois...

Flûte de flûte

France-Avril 1991

Ah ! les vacances en Corse, l'odeur du maquis, l'accent traînant des insulaires, les dernières nouvelles des Indépendantistes, les langoustes grillées et les merveilles naturelles : calanques de Piana, le Cap, les Lavezzi, les falaises de Bonifacio... Mais, au bout de quelques jours, parfois, on tourne un peu en rond, alors on se promène et on s'intéresse à des attractions plus exotiques : les vendeurs de souvenirs de style *hippie* qu'on rencontre un peu partout dans le monde, les Africains et leurs tambourins, leurs colliers de perles, les fabricants de chapeaux style *vaquero*, faits de morceaux de cuir dépareillés et cousus bout à bout, enfin tous ceux qui vous proposent ces « souvenirs », que l'on rapporte triomphalement des séjours vacanciers.

Monsieur M., un brave Lillois, fait donc un petit tour sur la place d'Ajaccio et, machinalement, son œil inspecte les objets, étalés sur une couverture bariolée, qu'un Noir propose aux touristes blasés. Parmi ces masques prétendus anciens, ces colliers de malachite mal taillée, ces bracelets de cuivre joliment travaillés, ces petits bronzes pittoresques, son regard est attiré par un éclair doré. Un objet incongru parmi les autres, une flûte, moderne, superbe, dans son étui de velours rouge. Monsieur M. se dit que cet instrument est vraiment insolite ici : qui sait s'il ne va pas pouvoir l'acquérir à un prix intéressant.

Effectivement, le vendeur africain demande 2000 francs pour cette flûte superbe, mais monsieur M. sait y faire : il repose la flûte à terre et s'en va plus loin. Puis il repasse discrètement quelques instants plus tard, sourit au vendeur, regarde à nouveau l'instrument doré, hausse les épaules d'un air désolé, s'éloigne. L'Africain rappelle monsieur M. d'un geste, lui demande combien il serait prêt à débourser pour cette splendeur dorée. Monsieur M., avec une moue, annonce :

– 300 francs.

Le vendeur proteste. Monsieur M. repart, repasse, sort son portefeuille, en extrait deux billets de 200 francs. Le Noir en a aperçu un troisième, le saisit d'autorité pour le joindre aux deux autres. 600 francs...pour ce prix-là, il est prêt à se défaire de son trésor.

Monsieur M. (sans trop se poser de questions), tout heureux de cette belle affaire, rentre à son hôtel avec son trésor, surgi, Dieu sait comment, sur la plage d'Ajaccio.

Le seul inconvénient c'est que, une fois rentré dans sa mégapole Lille-Roubaix-Tourcoing, monsieur M. se rend compte de deux choses : la première est qu'il ne sait absolument pas jouer de la flûte traversière, et que les sons qu'il parvient à tirer de son acquisition sont plutôt du genre « bruits incongrus » ; la seconde constatation est que, en vacances, on a toujours tendance à emporter deux fois plus de vêtements que nécessaire, et deux fois moins d'argent qu'on en dépense. Justement, du côté « finances », ça tire un peu à la rentrée. Alors, après un dernier regard mélancolique à « sa » flûte, le Lillois se dit que cet achat ne sera vraiment une bonne affaire qu'a une condition : qu'il en tire un bénéfice substantiel. Mais comment revendre sa flûte ajaccienne ? La solution la plus commode est de la livrer « au feu des enchères publiques ». Aussitôt monsieur M. se rend à la salle des ventes et propose « sa » flûte, sans en cacher l'origine.

– Je l'ai achetée à un Noir sur la plage pour 600 francs, j'aimerais en tirer au moins 1000 francs.

Cela semble raisonnable au commissaire-priseur et l'instrument est mis en exposition publique.

Une jeune femme passe par là. Elle est flûtiste, elle, et aimerait bien trouver un instrument car on vient de lui voler le sien. Aussi, aperçoit-elle immédiatement le bel objet doré. Elle demande à le voir et même à l'essayer. Dès le premier contact, elle sait que cet instrument de grande classe n'est pas celui qu'on lui a dérobé. Mais, en professionnelle, elle décèle ce que ni le vendeur africain ni monsieur M. ni le commissaire-priseur n'avaient vu : cet instrument est de la marque Yamaha, il possède un numéro d'immatriculation, et même un poinçon, qui donne une indication importante.

Cette flûte, comme le confirme la maison Yamaha, est precieuse : elle appartient à un soliste de réputation mondiale, Patrick G., à qui elle a été récemment dérobée. Patrick G. est d'autant plus soulagé de récupérer son instrument que cette flûte voyageuse, sinon « enchantée », est – détail important- en or massif... Elle vaut 200 000 francs. Flûte de flûte !...

Pour que sa fille soit « Pompom-Girl »

États-Unis-Septembre 1991

Wanda H., trente-sept ans, mère de famille, honorablement connue dans la banlieue bourgeoise de Houston, Texas, est préoccupée. D'ailleurs, elle est constamment préoccupée depuis plusieurs années, depuis dix ans en particulier, quand son mari l'a abandonnée avec deux enfants, Shan, le garçon, et Shana, la fille. Mais Wanda possède de l'énergie à revendre et elle compte bien que la vie lui donnera sa revanche, sinon directement, du moins par l'intermédiaire de ses enfants quand, à la force du poignet, elle aura réussi à en faire des bourgeois américains, purs produits WASP (White Anglo-Saxon Protestant, Blanc anglo-saxon et protestant), la crème des États-Unis, selon ceux qui appartiennent à cette catégorie.

Aussi, depuis son divorce, Wanda s'applique, jour après jour, à donner d'elle-même et de ses enfants la meilleure image conventionnelle qui soit. Elle tient l'orgue au temple le jour du prêche, elle s'occupe de bonnes œuvres, travaille bénévolement à la bibliothèque du quartier deux fois par semaine. Elle inscrit son garçon dans une université prestigieuse où il poursuit de bonnes études de droit. Shana, la fille, semble moins douée pour une brillante carrière intellectuelle mais Wanda espère bien que ses qualités physiques et son joli visage la conduiront sans peine aux portes d'un riche mariage qui fera entrer dans la maison un gendre bien sous tous rapports, spécialement sous le rapport financier.

Shana ne déçoit pas sa mère, elle lui obéit au doigt et à l'œil et respecte tous les commandements maternels quotidiens, saluant poliment les notabilités, n'omettant jamais de s'informer de la santé des gens modestes du voisinage. Décidément, cette famille sans père peut servir d'exemple à toute la communauté. En effet, on ne saurait être trop prudent. Que se passerait-il si l'on venait à apprendre que monsieur T., l'ex-mari, le père des enfants, a récemment été mêlé à une affaire d'escroquerie ? La vie d'une ambitieuse mère de famille dans les banlieues bourgeoises du Texas demande une somme incroyable de prudence, d'astuce, d'agressivité, de volonté.

Wanda H., trente-sept ans, mère de famille, honorablement connue dans la banlieue bourgeoise de Houston, Texas, est préoccupée parce qu'on va procéder à l'élection de la *cheerleader*, la chef des acclamations des Pompom-Girls de l'école de Shana. Celle-ci, blonde, charmante et si respectueuse de tous, semble être une élue toute désignée. Mais qui dit « élection » dit « concurrence », et il y a à l'école une tout aussi charmante jeune fille, Amber H., qui pourrait bien l'emporter, pour les mêmes raisons qui font de Shana une *cheerleader* probable. Amber, elle, a l'avantage de posséder des parents unis. Et une mère équilibrée...Ce qui n'est pas le cas de Shana...loin de là, comme on va le voir.

Wanda, qui travaille jour après jour à la réussite sociale de sa fille, ne veut rien négliger. Même les manœuvres déloyales ne l'effraient pas : il n'y a pour elle que le résultat qui compte. Elle décide de faire l'acquisition d'une multitude de ces petits cadeaux qui ravissent les adolescents américains : pin's, cassettes, stylo, gadgets, et elle confie à Shana la distribution discrète de ces menus présents à tous les élèves de sa classe. Pour entretenir l'amitié, comme on dit. Nul doute qu'elle récolte ainsi des voix supplémentaires et qu'elle s'assure le poste tant convoité de cheftaine des Pompom-Girls. Wanda pourra bientôt voir sa Shana, sur les terrains de sport, vêtue aux couleurs de son école, avec, dans chaque main, une énorme boule de rubans multicolores. Sa Shana, vedette incontestée de son établissement, donnant le signal des chansons, des mouvements de groupes, des danses, des enchaînements de gymnastique, applaudie par tous les supporters de son équipe sportive. Shana, très bientôt princesse incontestée de la petite ville.

Mais, ce soir-là, la future princesse rentre chez elle en larmes : sa distribution de petits cadeaux a mal tourné ; quelqu'un s'en est plaint à la direction du collège et, convoquée chez l'adjointe du directeur, Shana s'est entendue signifier son élimination. Wanda interprète aussitôt ce coup du sort à sa manière : elle sait, sans doute possible, que c'est Verna H., la mère de la jolie Amber, par ailleurs leur voisine, qui est responsable de ce coup du sort.

Telle une maléfique héroïne de Shakespeare, Wanda s'enferme chez elle avec sa fille pour ruminer sa douleur et réfléchir aux moyens de se venger. Il faut que sa Shana, malgré la sanction qui la frappe, soit élue « par abandon de l'adversaire ».

Abandon ? Disparition ? La solution la plus radicale lui apparaît tout à coup comme la plus simple. Une supposition que Amber et sa mère, Verna, cette horrible machine à ragots, viennent à disparaître : Shana, restant seule candidate possible, serait ainsi inévitablement élue. Et des souvenirs viennent tourner dans la tête malade de Wanda. Terry, le frère de son ex-mari, croupier à Las Vegas ! Voilà quelqu'un qui pourrait être utile dans cette affaire. Combien de fois n'a-t-il pas fait état de ses relations dans la mafia, des personnages peu recommandes qu'il côtoie autour des tapis verts ? Wanda lui téléphone et lui annonce qu'elle a besoin de ses services immédiatement. D'ailleurs, précise-t-elle d'un ton sans réplique, un billet d'avion Las Vegas-Houston l'attend à l'aéroport.

Terry, vaguement inquiet, arrive. Wanda lui explique son plan : l'élimination pure et simple d'Amber et de sa mère par tueur interposé. Elle n'oublie pas de s'inquiéter des tarifs. Terry repart en ayant vaguement promis de prendre contact avec un homme de main. Mais dans l'avion du retour, ayant déjà eu maille à partir avec la police, il se dit que son ex-belle-sœur est en train de lui tailler un bel uniforme de futur détenu. En aucun cas, conclut-il, il ne doit entrer dans cette machination, sinon pour des raisons morales, au moins pour des raisons de sécurité. Terry, ayant bien réfléchi, sitôt sur le plancher des vaches, court à la police à qui il raconte par le menu le plan fou de sa dangereuse belle-sœur.

On lui confie un mini-magnétophone et on lui demande de repartir pour la banlieue de Houston. Cette fois-ci, il connaît les prix : 47 000 francs pour un double assassinat. Terry enregistre discrètement les propos et les calculs de Wanda qui met son projet au point. Si on ne tuait que Verna, la mère, pourrait-on couper les frais en deux ? Elle décide que seule l'élimination de Verna est nécessaire. Si celle-ci saute sur la bombe qu'on va déposer dans sa voiture, sa fille sera sans doute suffisamment bouleversée pour renoncer à s'exhiber comme *cheerleader* des Pompom-Girls. Shana se retrouvera élue et toute l'opération n'aura coûté que la moitié du devis originel. Autant de gagné pour acheter quelques robes supplémentaires à la jolie Shana, sa petite princesse.

Quelques jours plus tard, Wanda la Féroce reçoit sans surprise la visite d'un « tueur à gages » qui « accepte » 13 500 francs et une paire de boucles d'oreilles en diamants pour prix du crime. Wanda est sûre de sa victoire sur l'horrible Verna. Mais le « tueur » n'est qu'un policier. Wanda se retrouve avec les menottes aux poignets. On la libère contre une caution, puisque son casier judiciaire est vierge mais, désormais, Shana ne sera jamais *cheerleader*. Sa mère, la terrible Wanda, condamnée depuis par les juges, va pouvoir tenir l'orgue de la chapelle et la bibliothèque de la prison de femmes pendant les quinze années à venir.

Une petite fille modèle.

États-Unis-Août 1991

Darla Jo S. est une ravissante Américaine de quatorze ans, jolie, gaie, les cheveux très courts, sportive et mince, ni vulgaire, ni super sexy, l'air un peu garçonnier. Et pour l'instant, elle vient de rentrer chez sa maman qui est bien contente de la récupérer, étant donné que, depuis quelques mois, Darla vivait sa vie avec un garçon.

La maman, divorcée, n'arrive pas à trouver assez d'heures dans la journée pour nourrir ses deux filles en travaillant comme vendeuse. Elle est d'autant moins contente de son budget que, pour voir revenir sa chère petite, elle a dû s'endetter pour débourser 20 000 dollars : le montant de la caution de Darla – à peu près 120 000 francs au cours du jour. Et pour ce prix-là, on ne lui laisse sa fille que pour deux ans au maximum ; mais enfin, quand on aime, on ne compte pas.

Le mot de « caution » signifie « problèmes avec la justice ». Autrement dit, on reproche quelque chose de grave à la ravissante Darla Jo. On pourrait aussi reprocher à sa maman d'être un peu laxiste dans l'éducation de son rejeton...

Deux ans auparavant – elle n'avait alors que douze ans –, Darla rencontre George J. Celui-ci est tellement séduisant que la maman accepte qu'il vienne s'installer chez elle. Mais, à douze ans, les amours sont changeantes et Darla finit par se lasser. Alors George repart, sans faire d'histoires. Pourtant, Dieu sait s'il est capable d'en faire, des histoires... Darla est vite consolée... surtout quand elle rencontre James M., un vieux de dix-sept ans qui lui plaît bien. Va-t-il venir vivre chez elle ? Darla hésite, pèse le pour et le contre... Pour, finalement, décider que James n'est pas l'homme qui lui convient. Alors, autant le lui faire comprendre de la manière la plus définitive possible. Mais Darla ne se sent pas vraiment de taille à convaincre James. Elle fait donc appel à George, son « ex », un garçon serviable.

Elle donne rendez-vous à James dans un quartier perdu, ce qui l'étonne un peu. Il est encore plus étonné de voir que la jolie Darla est venue accompagnée de George. Il est définitivement surpris quand George, serviable mais nerveux, dégaine un revolver et lui loge une balle dans la tête.

À l'audience, George, le meurtrier serviable, prend énergiquement la défense de la si jolie Darla : elle n'a rien fait, elle ne l'a pas poussé au meurtre, elle ne savait même pas qu'il était armé. Elle envisageait peut-être une belle bagarre entre «hommes» comme on en voit dans les bons westerns, mais rien de plus.

Le jury d'Hernando, dans le Mississippi, ne l'a pas suivi. Personne n'a cru que Darla fût tout à fait innocente en donnant rendez-vous à James dans ce quartier désert. Et, après le meurtre, son attitude non plus n'a pas joué pour elle : au lieu de se précipiter à la police, au lieu d'arriver en larmes chez sa maman, la jolie Darla, si sentimentale, est partie en Floride avec le meurtrier. On les a retrouvés sur un parking, où ils attendaient leur destin depuis deux jours.

Le plus grave, c'est que tout le monde, au tribunal, était d'accord pour faire passer la gamine sur la chaise électrique. À quatorze ans, Darla Jo serait entrée dans le *Livre des records* comme «la plus jeune condamnée à mort des États-Unis», une manière de laisser une trace dans l'histoire de l'humanité (ou de l'inhumanité !). Pour l'instant, elle est la plus jeune condamnée à perpétuité : mais, moyennant 20 000 dollars généreusement avancés par une société spécialisée dans ce genre de prêt, la maman de Darla Jo a récupéré sa jolie gamine... Elle a deux ans devant elle pour lui apprendre à vivre... le temps qu'il lui reste à rester vivante.

L'amante anglaise

Grande-Bretagne-Mai 1991

Christopher, riche avocat anglais, âgé de 52 ans, vit dans l'Essex. Depuis quelques années, il perd sa joie de vivre car, dans son ménage, ça ne va plus très fort. Son épouse, Susan, bien qu'encore très désirable, lui tient un peu la dragée haute, comme on dit. Il se demande même si, par hasard, elle n'aurait pas un «coquin» dans sa vie...

Trop souvent, elle est distante, se refuse à lui... « Il faudra bien qu'un jour cela se termine, d'une manière ou d'une autre », se dit-il.

« Il faudra bien qu'un jour cela se termine, d'une manière ou d'une autre », se dit aussi Susan, 47 ans, qui vit une grande passion discrète avec Dennis, lui-même âgé de 52 ans. La meilleure solution, avec l'aide du diable, serait évidemment que Susan se retrouve veuve, qu'elle hérite des biens de son époux et qu'elle convole en justes noces avec Dennis, qui est si charmant, de jour comme de nuit. Mais s'il faut attendre que les choses se fassent naturellement, combien d'années vont encore passer ? « Quand Christopher aura 70 ans, se dit Susan, j'en aurai 65 et, même si j'attends un peu, quand il en aura 90, j'en aurai 85. Pas le temps d'attendre ». Comment se débarrasser du mari encombrant ? La meilleure solution serait de simuler un accident. Oui, mais lequel ? Voiture ? Pas évident ! Chute ? Les policiers d'aujourd'hui ont vite fait d'analyser plaies et bosses, angles de chute et échelles fragiles...

Susan réfléchit en marchant autour de l'étang, en bas de leur luxueuse propriété... Tiens, l'étang ? Une noyade ? Pourquoi pas. Mais l'étang n'est pas une piscine. Aucune raison pour que Christopher aille y faire trempette. Il faudrait qu'il y tombe accidentellement. Dans quelles circonstances ! Il ne pêche pas à la ligne.

Christopher apparaît alors juché sur la magnifique tondeuse à gazon qui lui permet, en pensant à autre chose, d'entretenir ce fameux gazon qui fait la fierté du Royaume. Christopher se rapproche de Susan, là où le terrain accuse une pente plus forte ; la tondeuse prend alors un air penché inquiétant. « Euréka ! se dit Susan, voilà l'idée : le tracteur bascule et Christopher, assommé par l'engin, doit rester la tête sous l'eau pendant, disons... un bon quart d'heure. » Superbe ! Susan, enchantée de son projet, se retient pour ne pas sautiller sur place en battant des mains...

Pour que tout se passe bien, il faudrait que Christopher soit déjà comateux au moment où on le mettra dans l'eau. Dennis, informé du projet criminel, accepte d'intervenir pour étouffer le mari. Pour que l'amant puisse pénétrer dans la maison au bon moment, il serait bien que la victime soit un peu inconsciente. Donc qu'il ait bu quelques verres, verres qu'il aurait absorbés pour célébrer quelque chose. Pourquoi pas une réconciliation inattendue avec Susan ? Le projet prend forme.

À partir de ce jour-là, Susan décide de ne plus jouer les bêcheuses : elle veille à ce que les relations conjugales, diurnes et nocturnes, reprennent un tour plus aimable. Le jour choisi pour l'exécution, elle fait un effort particulier – table de fête, vins fins, plats choisis parmi ceux que Christopher préfère –, et revêt une robe neuve amplement décolletée. Quand l'avocat revient de son bureau, elle lui saute littéralement au cou, lui glisse dans l'oreille des promesses plus que précises. Le mari n'en revient pas ! Ainsi la crise serait passée ; tout cela n'aurait été qu'un mauvais rêve ? Il n'est pas rancunier... On trinque avant de passer à table.

Le festin tient ses promesses et pendant que Susan débarrasse la table – les domestiques ont un jour de congé – Christopher, tout émoustillé, a hâte de déguster « le dessert conjugal ». Déjà, discrètement, Susan fait entrer son amant dans la maison. Dennis se prépare à étouffer le mari, puis à l'installer sur la tondeuse, puis à pousser celle-ci et son passager dans l'étang. Quelques minutes plus tard, Susan, l'air inquiet, n'aura plus qu'à partir à la recherche de son époux et, en poussant des cris appropriés, elle le découvrira, la tête dans l'eau, sans espoir de retour…

Mais Susan a trop bien fait les choses : le repas, le décolleté, les promesses érotiques inattendues ont mis Christopher dans un état d'excitation remarquable. Il se sent rajeuni de 20 ans, peut-être même de 30, et pour ne pas perdre de temps dans la maison vidée de ses domestiques, il s'éclipse dans la salle de bains, prêt à tout... Quand Susan le rejoint, il est entièrement nu. «Si on le met tout nu sur la tondeuse ça semblera bizarre», pense Susan. Alors, rusée, elle dit en gloussant: «Rhabillez-vous, chéri, aujourd'hui j'ai envie de vous en costume de ville, ça m'émoustille.» Sitôt dit, sitôt fait, mais Christopher ne s'attend pas à ce qui va lui arriver. Brandissant un oreiller, Dennis entre, derrière lui, Susan a repris sa tête des mauvais jours... Tous deux estourbissent le pauvre Christopher et le traînent jusqu'à la tondeuse, où ils le maintiennent tant bien que mal.

Mais l'air frais réveille l'avocat, qui rassemble ses dernières forces pour se dégager de l'étreinte mortelle des deux amants. Il parvient à courir chez des voisins.

Susan et Dennis ont eu le réflexe de s'enfuir puis, ne sachant où aller, ils sont rentrés au bercail, piteux. Ils en ont profité pour mettre au point leur version des faits: selon eux, tout ça n'était pas très sérieux; ils voulaient, prétendent-ils, donner une leçon à Christopher qui, en tondant son gazon, les empêche un peu trop souvent, et par pure méchanceté, de vivre leur vie... *My God!*

Table

DU MÊME AUTEUR

à TF1 Éditions

LES CRIMES PASSIONNELS (1989)
NUITS D'ANGOISSE (1990)
avec la collaboration de Jean-François Nahmias.

LA PEUR DERRIERE LA PORTE (1991)
avec la collaboration de Marie-Thérèse Cuny.

Composition réalisée par INFOPRINT

IMPRIMÉ EN FRANCE PAR BRODARD ET TAUPIN
Usine de La Flèche (Sarthe).
LIBRAIRIE GÉNÉRALE FRANÇAISE - 6, rue Pierre-Sarrazin - 75006 Paris.
ISBN : 2 - 253 - 06369 - X

30/9671/6